すべては救済のために

デニ・ムクウェゲ自伝

DENIS MUKWEGE

デニ・ムクウェゲ　ベッティル・オーケルンド　加藤かおり＝訳

あすなろ書房

すべては救済のために　デニ・ムクウェゲ自伝

コンゴ民主共和国周辺の略地図

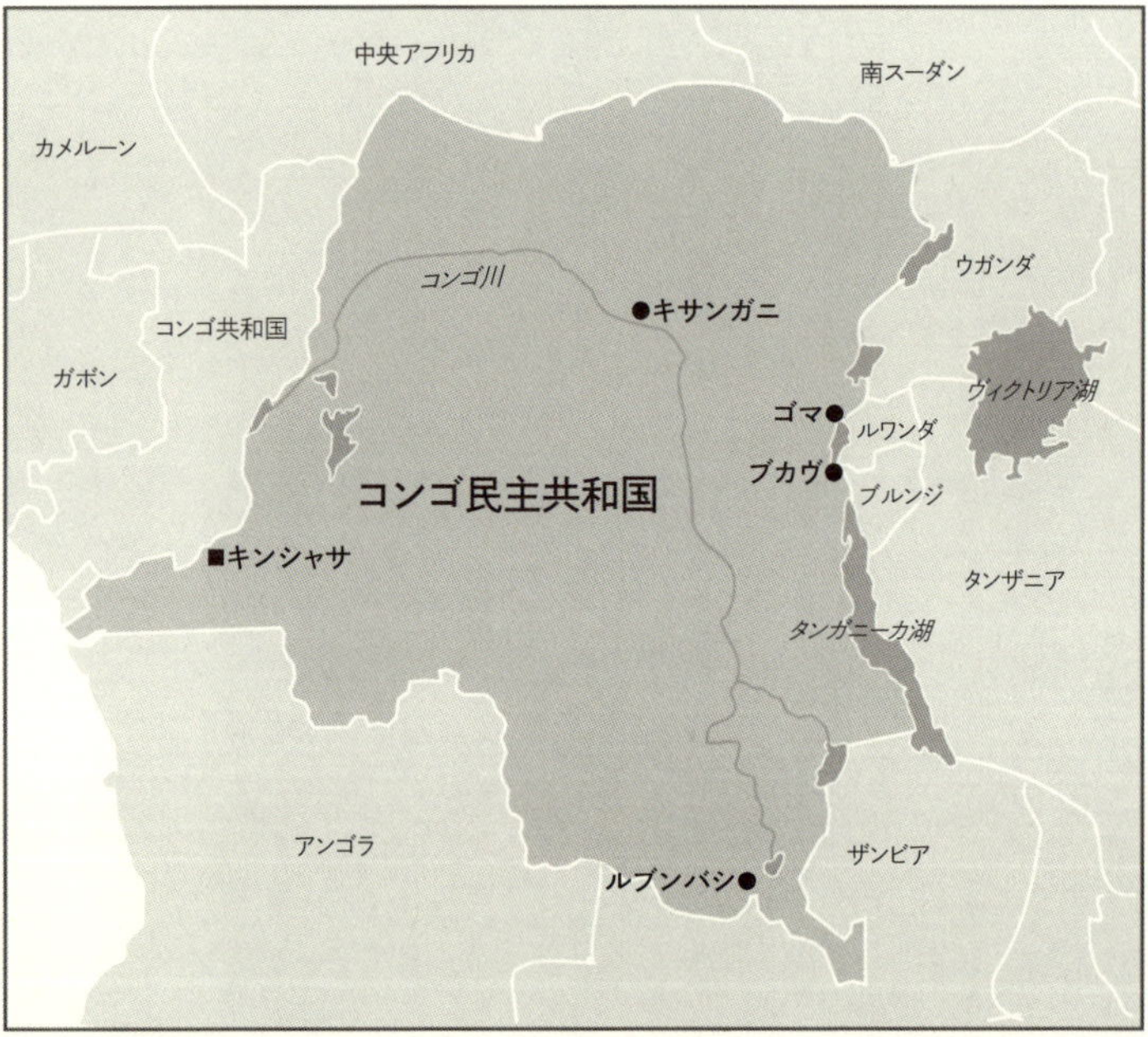

「コンゴ民主共和国」の西にコンゴ共和国が隣接する。本書中で単にコンゴと記した場合は「コンゴ民主共和国」を指す。

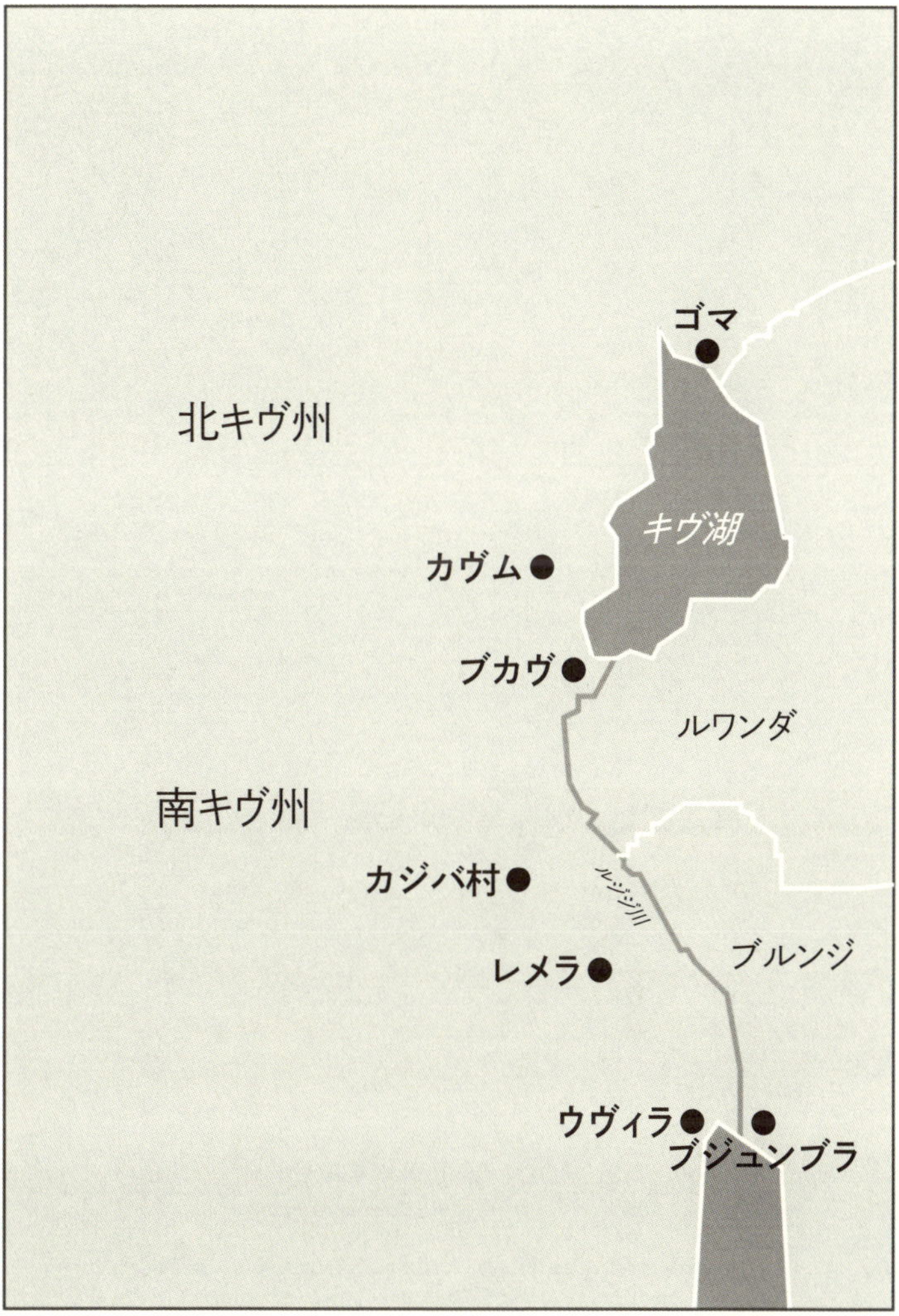

南キヴ州と北キヴ州をまとめてキヴ州と呼ぶことがある。キヴ州自体は1966年7月に設置され、1988年、南キヴ州、北キヴ州、マニエマ州に3分割された。

PLAIDOYER POUR LA VIE
by Denis Mukwege with Berthild Akerlund

ブックデザイン／城所潤+大谷浩介（ジュン・キドコロ・デザイン）

プロローグ

それは二〇一二年一〇月二五日の日暮れどき、あたりが夕闇に包まれはじめたころの出来事だった。私はコンゴ民主共和国［旧ザイール共和国］の東部の町、ブカヴの北東部にある自宅の前で車をとめた。ちょっとした用事で外出から帰ってきたところで、家を留守にしていたのはせいぜい二〇分。私は門番に門扉を開けてもらおうと、短く二回クラクションを鳴らした。だが不思議なことに、門扉ではなくその脇に設けてある小さなドアがわずかに開き、男が顔を突き出した。初めて見る顔で、うちの庭でいったい何をしているのだろうといぶかしく思った。

男は私を見て顔を引っ込めた。そしてすぐに門扉が開くや、人影がさっと車の前に飛び出してきた。その数五つ、全員男だ。彼らはすぐに車に押し入ってきた。後部座席に四人、助手席に一人。あっと言う間の出来事で不意をつかれ、何もできなかった。男たちは武装していたが、すぐにただの物盗《ものと》りではないとわかった。よく訓練された雰囲気が漂っていたし、自分たちに課せられた任務を心得ているように見えたからだ。男たちは押し黙ったまま、車を庭に入れるよう身振りで合図した。そんな状態で車から逃げ出すのはどう考えても不可能だ。正面に見える自宅まで猛スピードで車を走らせて、男たちを道連れに死ぬしかないのだろうか？　門扉から家まで、激突をするだけの距離はじゅうぶんある……。

アクセルをぐっと踏み込み、エンジンがうなりをあげた瞬間、助手席にいた男があわてて私の手首を引っ張った。「何やってんだ?! みんな死んじまうじゃないか！」

男が口にしたのはそれだけだった。だが、その短い言葉が私の心に迷いを生んだ。

いかにも人間味を感じさせる言葉だったからだ。私は状況を見誤っているのだろうか？ ひょっとしたらこの男たちは私を殺しに来たのではなく、車を盗みに来ただけなのでは？ そう言えば私の同僚も、最近おかしな事件に遭遇したらしい。その同僚が住んでいるのはブカヴではなく、二〇〇キロメートルほど北にあるゴマだ。だが、私と同じように自宅の庭で見知らぬ男たちに襲われた。賊たちは同僚に車から出るよう命じると、彼の両手を背中で縛り上げ、ふたたび車に押し込んだ。そして一味の一人がハンドルを握り、見るからに行きあたりばったりに車を走らせた。それが三時間以上続いたあと、同僚を解放するよう指示する電話が入り、ドライブは終了した。同僚は墓地に置き去りにされた。疲労困憊《こんぱい》だったが怪我はなかったという。この引きまわし事件の目的はいまだに謎で、車もまだ見つかっていない……。家の壁に車を激突させようとしていたまさにその瞬間、この事件のことが頭をよぎり、心が揺れた。自分はただの車泥棒を五人も道連れに死のうとしているのか？

私はブレーキペダルをめいっぱい踏み込んで家の壁からほんの一メートル手前に車を急停止させ、外に出ようとした。車は男たちの好きにさせるつもりだった。だが、賊の一人が車のイグニッションキーを奪い取った瞬間、ほかの二人が私に銃を突きつけた。うなじにピストルを、こめかみに機関銃を押しあてられた。その数秒後、ピストルを持つ男が私を両腕で抱え込んで車から引きずり出し、機関銃を手にした男がすかさず私の横に張りついた。事ここに至って、私もさすがにこれはただの車泥棒ではないと確信した。では、いったい何が目的だ？　この状況では家の中に駆け込むしか逃げ道はない。だが、玄関のドアに向かって駆け出した瞬間、機関銃を持った男が先まわりした。私は男と車の前で向き合った。相手は機関銃の引き金に指をかけたまま、私の身体からほんの数センチのところに銃口を向けている。その目つきと態度から、本気で撃つつもりなのがわかった。男は任務を遂行しようとしている。そして私は自宅の前で殺される。

だが、人生最後の瞬間が訪れたと覚悟したとき、怒号と叫び声が響いてきた。うちの使用人のジョゼフ・ビジマナ、通称〈ジェフ〉の声だ。次の瞬間、ジェフが家の背後から飛び出してきて、両腕を天に突き上げながら機関銃の男に飛びかかろうとした。それがジェフのこの世での最後の行動となった。あのときのことを思い出すたびに、私の胸は深い悲しみにえぐられる。男はさっと振り向くと二発撃ち、銃弾がジョゼフの顔面を直撃した。私は衝撃のあまりよろめいた。背中に撃ち込まれた三発目がとどめの一撃となったらしい。だが、私にはそこまではわからなかった。バランスを失い、地面に倒れ込んだからだ。

そのあとのことはよく覚えていない。記憶にあるのは、自分が気を失って庭に倒れていたことだ。ほんの数分程度だが、意識を取り戻したときはショック状態で、何も理解できなかった。ふらふらと立ち上がると、娘たち――リザとドゥニーズ――が私を家の中へ引き込んだ。二人も激しく動揺し、悲鳴をあげていた。

娘たちは銃声を耳にして、私が撃ち殺されたと思ったらしい。だが、玄関先に父親があらわれた。衝撃を受け、呆然としてはいたが、かすり傷一つない姿で。いったい何が起きたのか、娘たちにわかるはずもなかった。

「床に伏せて！」二人は叫んだ。「窓から離れて、這って移動するのよ！　あの人たち、また撃ってくるから！」

この事件があったのは、私が一週間のヨーロッパ滞在から帰国した翌日だった。私はまずジュネーヴで開かれた重要な集会で講演をおこない、そのあとブリュッセルに立ち寄り、執筆に協力した新刊本を紹介するイベントに参加した。コンゴ東部で起きている性暴力をテーマにした本だ。

長旅をするときは、行きも帰りもたいてい、隣国ブルンジのブジュンブラ国際空港を利用する。車での送迎を担当するのは、私を支えてくれるスタッフの一人、ンガボだ。午前中や夕刻前に到着したときはそのまま車でブカヴに帰るのだが、今回はブリュッセルを日中に発つ便だったので、ブジュンブラ空港に着いたのは夜の八時ごろだった。

到着が遅くなるのがあらかじめわかっているときはいつも、ホテルの部屋を予約していた。だが、その日は身の安全を考えてあえて予約はしなかった。ブジュンブラで一泊することを誰にも知られたくなかったからだ。狙われていると感じさせる何か具体的な根拠があったわけではないが――とはいえ、悪い予感はした――、用心するに越したことはないと私は考えた。

だが、その日は部屋を見つけるのに苦労した。ホテルというホテルがすべて満室で、車の中で寝る羽目になるのかと危ぶんだ。五軒目でようやく空き部屋が見つかったときにはすでに夜の一一時をまわっていた。空きっ腹を抱えていた私とンガボは、ホテルのルームサービスを頼んだ。

私の部屋でンガボと食事をとっていると、突然、明かりが消えた。その直後、誰かが私の部屋のドアをノックした。来客の予定はない。ンガボがドア越しに「どちらさまですか？」と訊《き》いても返事はない。質問を繰り返したが、ドアの向こうはしんと静まり返っている。怪訝《けげん》に思いホテルのフロントに連絡すると、「変わったことはありません」という答えが返ってきた。万事正常、心配するにはおよばないということらしい。

その数分後、男が一人、部屋を訪ねてきて、停電中にドアをノックしたのは自分だと説明した。「宿泊代の領収書を手渡したかったんです」代金を支払ってもいないのに領収書だなんておかしな話だと思った。私たちはいつものように宿代はチェックアウトのときに、つまり翌朝ホテルを発つときに精算するつもりだったからだ。

私はこの一件ですっかり不安になり、その夜は一睡もできなかった。不安を覚えるそれなりの理由もあった。私は一カ月前、イギリスのウィリアム・ヘイグ外相の招きで国連を訪れていた。私が招待されたのは、主要8カ国首脳会議（G8）を近々開催することになっているイギリスが会議の議題に性暴力を盛り込もうとしていたためだ。私は国連でスピーチをするという絶好の機会を利用して、この問題の専門家としてあらためて証言し、コンゴ東部における性暴力の要因について私の見解をあきらかにした。加えて、当時刊行された著作［コレット・ブレックマン著『L'homme qui répare les femmes（女を修理する男）』、GRIP/アンドレ・ヴェルサイユ社、二〇一二年］の中でもはっきり意見を述べていた。そのことから、目的のためには手段を選ばない過激な勢力を敵にまわしてしまったと自覚していた。実はその一年ほど前に私はすでに脅しを受け、そのときはしかたなく譲歩した。私のここ最近のはっきりとした物言いが、危険な連中をまたぞろ刺激してしまったのだろうか……。

ブジュンブラからブカヴまではおよそ一三五キロ、車で二時間ほどで、ルート上には二カ所の検問所が置かれている。私たちは朝七時にホテルを発つつもりだったが、結局出発を一時間遅らせた。不安が拭《ぬぐ》えず、交通量が増える時間帯に移動したほうが安全だと判断したからだ。コンゴに入る手前でルワンダ国内を通過することになるのだが、二種類の行き方があり、どちらか一方を選ばなければならなかった。私たちは待ち伏せされている場合にそなえ、それまでほとんど利用したことのないルートを選んだ。

ブカヴに着くとようやくほっとひと息ついた。そしてすぐに仕事に取りかかることにした。診察がある木曜日だったので自宅には戻らず、勤務するパンジ病院に直行した。病院の入り口にはすでに大勢の患者が集まっていた。午後三時ごろ、妻のマドレーヌから電話があり、「家に帰ってきて」と頼まれた。丸一週間留守にしたのだから、家族のこともちょっとは考えてほしいということらしい。

「仕事はほとんど片づいているから、もう少ししたら帰るよ」

私は三〇分後に病院を出て母の家に立ち寄ったあと、午後四時すぎに家に着いた。妻と少し言葉を交わし、娘たちの最新情報を仕入れた。家の中の壁が塗り直されたばかりで、室内にはまだペンキのにおいが漂っていた。そのため、夕食は庭でとることにした。マドレーヌは外出の準備に大わらわだった。友人の結婚式に出席し、そこでお祝いのディナーを食べる予定になっていたのだ。

一七時半ごろ、パンジ病院の法務担当者がやってきた。次の出張についていくつか問題が起きたので私の自宅を訪ねてきたらしい。庭に彼を迎え入れ、ちょうど打ち合わせが終わったとき、「結婚式に行ってくるわ」というマドレーヌの声がした。たまたま法務担当者もその結婚式に招待されていたので、一緒に出かけることになった。二人が連れ立って出ていってから数分後、ドアをノックする音がした。訪ねてきたのは母と娘の二人連れだった。私と話がしたいらしい。そんなふうに患者が自宅に押しかけてくるのは初めてではない。急ぎの用事もなく、時間に余裕があったので私は話を聞くことにした。

日が暮れはじめたせいで急に冷え込んできた。

「どうぞ中へ。外にいて風邪を引きたくないもので」

私たちはリビングのソファに座って話しはじめたが、一五分ほどすると、前夜一睡もできなかったせいか、私は突然激しい疲労に襲われた。休まないと身体がもたない。そう思った私は二人に、「申しわけありませんが、本日のところはお引き取り願えませんか」と頼んだ。すると、年のいった母親が自分の腫れ上がった足を指さして、歩くのに難儀しているのだと説明した。「モランバ広場まで車で送っていただければ、そこからバスかタクシーで帰れるのですが」

モランバ広場までは車で数分、距離にしてせいぜい一、二キロだ……。私は母娘を車で送ることにした。そして私が家を離れたそのほんのわずかなすきに、五人組の襲撃者がうちの敷地内に侵入した。おそらく一人が先に塀を乗り越えて中に入り、ほかの四人を招き入れたのだろう。

それから男たちは別々に行動し、二人が屋内に押し入った。家の中には私の娘二人とその女友だち一人がいた。武装した襲撃者は娘たちに、床に座り、携帯電話を渡すよう命じた。そして、「おとなしくしてれば危害は加えない。だが、叫んだり、助けを呼ぼうとしたりしたら撃ち殺す」と脅した。

二人の男は娘たちに目を光らせながら、ひと言も口を利かずに静かにソファに陣取った。一人は膝に機関銃を載せていた。私がいつ戻ってくるのかまったくわからなかったはずなのに、いつまで待っても構わないとでもいうように悠然と落ち着いた様子だったという。

私が家を出たとき、塀のドアの近くにある小さな門番小屋にはジョゼフと門番、それに彼らの友人二人の四人がいた。襲撃者二人が家の中に押し入っているあいだ、一味のほかの二人が門番小屋を担当した。彼らはジョゼフたちが着ていた服で手足を縛り、銃を突きつけた。襲撃者たちは、戻ってきた私が門扉の前で鳴らしたクラクションを聞きつけるとそれぞれ門番小屋と家から飛び出して門扉を開け、車に突進した。そのあいだにジョゼフは拘束を解くことに成功し、こっそり門番小屋を抜け出した。

そして、家の前にとめた車の前で男が私に銃口を向けていたまさにその瞬間、急いで家の背後にまわり込み、近所に助けを求めるため大声で叫ぶと家の正面へと走った。それから、私を銃で狙っている男を取り押さえようと飛びかかり……撃たれた。私は二発の銃声を耳にした直後、目の前が真っ暗になって気を失った。家の中にいた娘たちは数発の銃声を聞いた。襲撃者たちが私の車で逃げ去ったあと、玄関先には空の薬莢《やっきょう》が六つ散らばっていた。

下の娘ドゥニーズが私の手を取り、自分の寝室へ連れていくと私をベッドに寝かせた。私はびっしょり汗をかき、震えていた。何が起きたのかさっぱりわからず、頭は混乱しきっていた。

「お父さんは休んでて」

私はうとうとしたが、庭から響いてくる声で目が覚めた。誰かがジョゼフの名を口にしている。映画でよくあるように、少し前に起きた出来事が短いフラッシュバックとなって次々に目の前によみがえった。その直後、私ははっとして身を起こした。最初に頭に浮かんだのはジョゼフのことだった。すぐに庭へ行き、彼の容態を確かめなければ。銃撃で重傷を負ったのはわかっていたが、死んだはずはないと自分に言い聞かせた。命の光のひと筋がまだ残っていて、一命を取りとめたに違いない。そうした例を私は病院で何度も目にしてきた。たとえば、手術台に横たえられていたあの女性。ひどい傷を負っていて、助かる見込みはゼロだった。だが、それでも私は手術を施した。それが私の医師としての務めだからだ。周囲は死を覚悟したが、生が死に勝利し、彼女は奇跡的に回復した。私はあの一件から教訓を得た。どんなときにも手遅れだとあきらめてはいけないと……。

私はドゥニーズの部屋を出て、玄関のドアへと向かった。すると娘たちに、「外に出ちゃだめ！」と行く手をふさがれた。

「あの人たちに殺される！」

それでも私はロボットのように歩を進め、外へ出た。妻の兄の姿が見えた。義母と一緒に隣の家に住んでいる義兄は、ジョゼフの叫び声とそのあと鳴り響いた銃声を聞きつけてやってきたのだ。

「ジェフが殺された」義兄はつぶやいた。「ジェフが殺されてしまった……」

振り返ると、ジョゼフが地面に横向きに倒れていた。背中から血を流していて、三発目の銃弾を受けたのだとすぐにわかった。


ちょうどそのころ、結婚式に出席していた妻のマドレーヌのもとに短い電話がかかってきて、「お宅で何か起きたみたいだからすぐに帰ったほうがいい」と告げられた。相手は名乗らず、誰からの電話かマドレーヌにも見当がつかなかった（結局、その匿名の電話の主はわからずじまいだった）。

火事だと思ったマドレーヌはすぐに自宅へ向かった。家の近くで知り合いを見かけたので車をとめ、何があったのかその人に尋ねたがはっきりとした答えは得られず、もう一度訊《き》いても埒《らち》が明かなかった。そのうち車の周囲に人が集まってきて、あやふやな情報が飛び交った。

「この女性の家で誰かが殺されたみたいだよ」

それを聞いたマドレーヌはこみ上げる涙をこらえ、もっと詳しく教えて欲しいと頼んだ。

「夫が殺されたんですか？」

相手が戸惑ったように黙り込んでしまったので、マドレーヌは車を出した。自宅の手前まで来ると、家の前を国連軍の兵士たちがパトロールしているのが見えた。門扉も大きく開いている。マドレーヌは私が殺されたのだと早合点し、悲鳴をあげた。

そして家に入って仰天した。死んだと思った夫がリビングのソファに座っていたからだ。彼女は私の胸に飛び込みながら言った。

「殺されたのかと思ったわ！」

襲撃者たちはいったい何者だったのだろう？　というか、誰に送り込まれたのだろう？　もちろん、心当たりはあった。だが、おそらく真相は藪の中だろう。ただ、男たちが余裕たっぷりだったことだけは確かだ。後ろ盾があり、自分たちは守られているとわかっている様子だった。

私の自宅は監視の目が行き届いた治安のよい地区にあり、国連軍のベースキャンプからわずか五〇メートル、警察署からも二〇〇メートルしか離れていない。近くには人でにぎわうレストランが入ったしゃれた建物もある。私の家の塀のそばをうろついていれば人目を引き、怪しまれる危険が大きかったはずだ。しかも、男たちの一人は機関銃を抱えていたのだからなおさらだ。いつなんどき近くをランドクルーザーが通りかかり、塀を乗り越えようとしている賊を見つけて警察に通報してもおかしくはなかった。

私の家の前まで誰かが男たちを車で送り届けたのだろうか？　誰からも見られないように、賊たちは少しのあいだうちの前の道路を封鎖したのか？　逃げ去ったときについても同じ疑問が浮かぶ。私の車を奪ったあと、彼らはバックのまま車を猛スピードで走らせたようなのだが、それはほかの車が通らないとわかっていたからか？　つまり、道路をふさいでいた共犯者がいたということか？

男たちは顔を隠してはいなかった。私は彼らの顔を目にしたが、ほんの短い時間だったので、次に会ったときにわかるかどうか自信はない。だが娘たちは、少なくとも一味の二人としばらく向き合って座っていた。娘たちの記憶にはあの恐怖のひとときと彼らの顔がしっかり刻まれたはずだ。

襲撃者たちは地元民ではなく、おそらくコンゴのほかの地方、あるいは隣国から来た者たちだと思われた。彼らはコンゴ東部で使われている言語の一つ、スワヒリ語で話していた。だが、だからと言ってそれが母語とはかぎらない。それにそもそも、口にしたのはほんの数語だ。出身地を隠すためにわざと口数を少なくしたのだろう。

襲撃者たちを追う手がかりは、私の家から数キロ先で途絶えてしまった。彼らは私の車を乗り捨てると、ほかの車を強奪して逃走した。逃げる際、一味は娘の携帯電話を持ち去っていた。私の従姉妹がその携帯に電話をかけると、賊の一人が出た。従姉妹は「あなたたちの罪はけっして消えないわよ！　一生ついてまわるんだから！」と吠え立てたが、長々としたせせら笑いが返ってきただけだった。

警察はすぐにやってきた。だが、普通なら周囲一帯を立入り禁止にしたり、聞き込みをしたりするはずなのに何もせず、当日の夜に警察に聴取された者は一人もいなかった。警察はいったい何をしに来たのだろうと私たちは首を傾《かし》げた。

しかも、国連軍の兵士たちのほうはなかなか姿をあらわさなかった。ベースキャンプはうちから目と鼻の先にあり、銃声が聞こえたはずなのに、わが家にやってくるまでなぜあれほど時間がかかったのだろう？　兵士たちの任務は住民を守ることだ。ほとんど〝お隣さん〟とも言える距離に彼らがいることで私たちは安心し、安全が保障されている気がしていた。だが、駆けつけるのにあれだけ手間取ったことで、守ってくれる人などいないのだと私も家族も認識を改めざるをえなかった。

となれば、これからどうすればいいのだろう？　このままブカヴに残るのか、それともここを離れるべきか。私の最初の直感は、「動くべきではない」というものだった。というのも、ここを発つということは、あの五人の殺し屋を送り込んできた者どもに屈服することになるからだ。確かに警察の動きは鈍かったが、私はまだ彼らを信頼していた。司法警察が襲撃犯を追ってくれる、明日には検事がやってきて捜査を開始するはずだと信じていた。

だが、検事は来なかった……。それでいよいよ「もうここにはいられない」と思った。襲撃者たちは野放しで、ふたたび狙われる危険が高い。ここでは誰にも守ってもらえず、身の安全は保障されない。

家族全員が大きな衝撃と悲しみに打ちのめされた。ジェフが亡くなったという事実を私たちは受け入れることができなかった。ジェフはうちでもう二〇年以上も働いていて、私たちにとって家族同然の存在だった。私が死なずにすんだのは、彼が犠牲になったからだ――そう思うと、胸が苦しくてたまらなかった。ジェフが家の裏に走り込んで大声を出し、襲撃者たちの注意をそらさなければ、いったいどうなっていたことか。

男たちの目的は、ただ私を脅すことだけだったのかもしれない。というのも、結局私は殺されずにすんだからだ。あれほどの至近距離から撃ち損じるとは考えにくい。相手が訓練された殺し屋であればなおさらだ。だが私は、この〝脅すだけだった〟という説には懐疑的だ。ジェフを撃った男の取った行動は、脅しが目的だったとは到底思えない。その意図は明白だった。彼はあきらかに私を消そうとしていた。

私の説はこうだ。ジェフを殺したあと男は私を狙って引き金を絞った。だが、銃弾は気を失ってくずおれかけていた私の頭上をかすめた。私が地面に倒れ込んで動かなくなったのを見て、相手は私が死んだと勘違いした。あのとき庭は薄闇に包まれていたし、家と車のあいだのごく狭い空間での出来事だったので、死んだと思い込んだのだろう。

なんにせよ、命が助かったのは奇跡としか言いようがない。

そもそも私は、このような九死に一生を得るという経験を何度もしている。それはもう驚くばかりだ。私の人生は絶体絶命のピンチを奇跡的に逃れたエピソードに彩られている。生まれてわずか一週間後には深刻な感染症にかかった。母は絶望し、私を胸に抱きながらわが子の死を覚悟した。だが、運命は私たち親子に勇気ある一人の女性を遣わし、その人の奔走と尽力のおかげで私は死なずにすんだ。母はいつも私に言う。あのとき、私の歩むべき人生の道筋が決まったのだと。「おまえはほかの人に救ってもらったのだから、今度はおまえが人生をかけてほかの人を救いなさい……」

死をぎりぎりで免れた経験はそれだけではない。二〇〇四年にはこんな出来事もあった。ある日の午後、私は私設の診療所にいた。パンジ病院での仕事のほかに、私はそこでも患者を診ていた。診療所に顔を出すのはたいてい夕方五時ごろだった。その日、診療所の診察室の椅子に腰を落ち着けたとたん、友人から電話があり、「いまから会えないか」と言われた。「ちょうどブカヴに立ち寄ったんだが、明朝ロンドンに帰らなきゃならなくて、いましか時間が取れないんだ」私は「患者がいるから無理だ」と断ったのだが、向こうは「三〇分でいいから」とねばった。そこでしかたなく友人に会いに行くことにし、患者たちに「すぐに戻ります」と声をかけて診療所を出た。

どんな悪事がたくらまれているのか、そのときの私には知るよしもなかった。だが、私が外出したすぐあとに診療所への銃撃が始まった。診療所の建物にはほかにも民間の医療施設が入っていたため、一人あるいは複数の銃撃者は近所の民家の屋根の上にのぼり、そこから私の診療所に狙いをつけたらしい。

友人と会って戻ってきた私は、診療所の手前まで来たとき周囲が騒然としていることに気がついた。看護師があわてて飛んできて、両腕を激しく振りながら私の前に立ちはだかった。

「診療所が銃撃されてます！　すぐにここを離れてください。さあ、走って逃げて！」

しばらく経ってから思い切って診療所に戻ってみた。壁が銃弾で穴だらけになっていた。銃撃者たちは普段私が座っている場所を狙って撃っていた。弾は二方向から、つまり私の執務机の左側にある窓と正面の窓を通じて撃ち込まれていた。ロンドンに住む友人には感謝してもしきれない。彼がしつこく会いたいと言わなければ、私はおそらく命を落としていただろう。


診療所への銃撃事件は、ちょうどこの地方で性暴力がふたたび猛威を振るい出した時期に起こった。性暴力が再燃した大きな要因は、その一週間以上前にブカヴの町に戒厳令が敷かれたことだ。コンゴ軍の元将校二人が反乱軍を組織して武力でブカヴを制圧し、それをきっかけにかつてないほど激しい暴力の嵐が吹き荒れることになったのだ。

反乱軍が攻撃を開始したとき、私は国際救援委員会（ＩＲＣ）の事務所にいた。逃げ道はすべて遮断され、食料はまったくなく水も乏しい状態で、私たちが袋のネズミになってしまったのはあきらかだった。しかも外の世界と連絡を取るのは至難の業《わざ》に思われた。

だが三日後、現地で活動している国連軍の部隊になんとかＳＯＳを出すことに成功し、国連の兵士たちが戦車に乗って私たちを救出しに来た。医者が戦車内に陣取るのはなんとも場違いだったが、ほかにどうしようもなかった。蹂躙《じゅうりん》されて荒廃した町を戦車で走り、国連軍の野営地に着いたあとすぐに、私は何が起きているのか理解した。この野営地には大勢の民間人が保護を求めて押し寄せていて、その中には膣を傷つけられた女性がたくさんいたからだ。私はそこにとどまって彼女たちの手当てをした。ほかにも医師が数人いて、野営地の小さな診療施設はすぐにトリアージュ室、つまり症状の度合いによって治療の優先順位を決める選別をおこなう部屋に様変わりした。

毎日女性が続々と押し寄せてきたため、医師たちはパンク寸前だった。だがシフトを組み、二四時間態勢で診療に当たった。戒厳令が解除されると、私たちは患者の一部をパンジ病院に移送したが、手当てを必要とする女性はまだまだたくさんいた。そこで、ドイツを拠点とする医療支援分野のＮＧＯ〈マルティーザ・インターナショナル〉の医師たちの協力を得て、市内に臨時の診療所を開設した。

二〇〇四年末ごろに私たちがまとめた数字によると、パンジ病院およびその協力施設で手当てを受けた性暴力被害女性の数は二、五〇〇人にのぼった。比較のため、前年はその数が一、〇〇〇人強だったことをつけ加えておこう。

二〇一二年一〇月二七日の朝、つまり自宅が襲われてから三六時間後、私と家族は国連の護送車両に乗ってブカヴの北にある空港へと向かった。スウェーデンのペンテコステ派宣教団の協力で、ブカヴの町から退避するだけでなく国外に出ることになったのだ。

体調は最悪だった。二日間まともに眠っていなかったので当然と言えば当然なのだが、何よりもジョゼフの死に打ちのめされていた。恐ろしい出来事に遭遇すると、過去の同じような出来事の思い出がよみがえってくるものだ。私は二年半前に引き戻され、あの耐え難い悪夢のような事件、つまり孫同然にかわいがっていた幼い兄妹が殺され、深い悲しみにのみ込まれたときのことを追体験しているような思いを味わった。

兄妹はそれぞれ一一歳と一〇歳で、男の子には私の名前が、女の子には私の末娘の名前がつけられていた。子どもたちの父親は私と妻マドレーヌが世話をしていた家族の一員で、彼が幼いころから面倒をみてきたため、私たちにとって実の息子のような存在だった。兄妹はそんな彼の誇りであり、生きがいそのもので、子どもたちがいるからこそ彼は未来に希望を見出していた。

だが、信じられないことが起こった。母親と旅をしているとき軍の検問所を通った兄妹が兵士たちに襲われて殺されたのだ。私はブカヴ総合病院で二人の遺体に対面した。兄は心臓に銃弾を受け、妹は鉈《なた》で惨殺されていた。

子どもたちが殺されたあと、父親は生きる気力を失って病に倒れ、二年後、あとを追うように亡くなった。

そして今度はジョゼフが殺された。しかもわが家で。これほどの悲劇に直面し、どうしたら気力と希望を失わずにこの地の未来を考えることができるだろう。ここでは罪のない人たちが次々に殺されている。悪の力を封じ込めることはできないのだろうか。だが、あきらめてはいけない。そう、あきらめてはいけないのだ……。

どのくらいのあいだ国を離れることになるかはわからなかった。数カ月？　あるいはもっと？

祖国を捨てるという選択肢は頭をよぎりもしなかった。ここコンゴにこそ、私のするべき仕事、実現すべきプロジェクトの数々があるからだ。祖国が必要としているものを私は知っている。ヨーロッパやアメリカに移り住み、祖国で起きている出来事を傍観することは私にとって耐え難い苦痛になるはずだ。私は、暴力に打ち勝つことのできる唯一のものは愛だと繰り返し説いてきた。そう、一にも二にも愛なのだ。

ただ、私と家族には立ち直るための時間、傷を癒やすための時間が必要だった。だが、かならず戻ってくる。私たちのいるべき場所はここだから。ここ以外にはないのだから。

この襲撃事件は私が初めて国連で演説した日からほぼ六年後に起きた。国連での演説は多方面で決定的な影響をおよぼした。だから、この演説を起点に私の人生を語ろうと思う。私が国連総会に招かれたのは二〇〇六年一二月初めのことだった。

1

目の前に世界各国の大使が勢ぞろいしている。まるで夢の中にいるようだ。スピーチ原稿を演台にセットし、ネクタイを直す。これは本当に現実なのか？　目を上げて会場に視線をめぐらせる。さまざまな国名を記したプレートが照明の光を受けてきらめいている。

各国の大使たちが耳にイヤホンを着けるのを見つめながら、私はいまこの時の重要性をずしりと胸に感じた。私はこれから国連で演説をする。私に与えられた貴重なチャンス、望みうる最高の機会。何年も前から私は、コンゴ東部で起きていることに人々の目を向けさせるため声高に叫んできた。新聞記事で、あるいはラジオやテレビの番組で証言、告発、懇願してきた。しかし、目に見える成果は得られず、女性に対する非道な暴力は続いていた。

だが、いまこの瞬間から状況が変わるはずだ。そう私は確信していた。国際社会はボスニアやリベリアでの残虐行為に手立てを講じ、蛮行をやめさせるのに成功した。ならば、コンゴ民主共和国でも解決策が図られることを期待してなぜいけない？

スピーチ原稿に目を向けた。そこには大使たちに知らせるべき情報が網羅されていた。さあ、いよいよこれからだ。背広の内ポケットからメガネを取り出した。そしてそれをかけようとした瞬間、手が止まり、はっと息をのんだ。議場が世界各国の大使たちで埋まっている中、たった一つだけ空席があることに気づいたのだ。虚しく空いたその席は、コンゴ民主共和国――私の祖国――の大使が座るべき席だった！

それが意味するところは火を見るよりもあきらかだった。私はボイコットされたのだ。国連総会はたった一カ国をのぞいて満席だった。私は大きな衝撃を受けた。ぽっかり空いたその席が、心の中でどんどん重みを増していく。たじろぐな、落ち着け……。

私はメガネをかけ、演説を始めた。だが状況が変わってしまった。いまや私は、居並ぶ大使と座り手のいない席の双方に向けて語りかけなければならなかった……。

この初めての国連での演説は二〇〇六年末のことで、私がブカヴにあるパンジ病院で働きはじめてから六年以上が経っていた。六年前に誰かに、「あなたはいつか国連本部でスピーチすることになるでしょう」などと言われていたら、私はその人をやさしくからかったはずだ。演説を始めた瞬間もまだ現実とは思えなかった。私はそのような場には不慣れだった。政治家でも外交官でもないので、それまでそうした状況に身を置いたことはなかった。確かに私はパートタイムの牧師として聴衆の前で話をした経験はある。だが、小さな教会で五〇〇人の信者に教えを説くのと、国連本部で二〇〇人ほどの大使たちを前に演説するのとはわけが違う。

私は国連が採用している六つの公用語の一つ、フランス語で演説した。そしてその内容は残る五つの公用語――アラビア語、英語、中国語、ロシア語、スペイン語――に訳された。それまで私は何度も壁に向かって話しているような気がしてきた。だがいま、私の言葉は同時通訳され、イヤホンを通じて大使たちの耳に届けられている。今度こそわかってもらえるはずだ。メッセージが理解できなくても、今度ばかりは言葉の不明瞭さや声の通りの悪さのせいにすることはできない……。

私は〝証言者〟として国連に招かれた。証言のための〝観測所〟となったのはパンジ病院の外科病棟だ。コンゴ東部で発生している女性への組織だった暴力は秘密でも何でもなく、二〇〇一年にはすでにおおやけに報告されていた。だが、国際人権NGO〈ヒューマン・ライツ・ウォッチ〉が作成した当時の調査書が世論の怒りをかき立てることはほとんどなかった。さらに、ほかの人権問題とは裏腹に、私の生まれ故郷であるコンゴ東部の状況に世界のメディアが注目することもまれだった。世界の目は当時、スーダン西部ダルフール地方の紛争とインド洋沿岸を襲った大津波に釘づけだった。だがその一方で、誰からも顧みられない中、コンゴ東部は恐怖に包まれ、すでに多くの女性がパンジ病院に押し寄せていた。

もちろん、性暴力は大規模な自然災害や武力紛争ほど人目を引かず、むしろ人目を避けておこなわれる傾向がある。人里離れた奥地で、闇にまぎれてなされることが多いのだ。そのため目撃者はほとんどおらず、いたとしても姿を消すか、口をつぐむ。手がかりは身体についた跡だけで、当然と言えば当然だが、真実が明るみになるのは病院でだ。病院は性暴力にまつわる数字と証言が集まる場所であり、医師たちはすべてを承知していた。

私はあらゆる手段に訴えて、国際社会の関心をこの問題に向けようとした。大それたことに、国際世論が目覚め、世界のほかの地域に対してなされたように大国の指導者たちが行動を起こすことを期待していたのだ。

だが反応は鈍く、国連の内部でもコンゴの惨状に対するアクションがないことに戸惑う声があがっていた。私が国連総会でスピーチをすることで流れが変わるかもしれない——少なくとも国連の上層部はそう期待していた。

私が国連総会の演壇に立ったのは、みずからそう希望したからでも、それが念願だったからでもない。ただ義務を果たすためだ。キャリアに箔《はく》をつけようとしたわけではないし、自分のためでもない。コンゴ東部に暮らす女性たち——病院に収容された女性たち、手当てを受けようと病院へ向かっている女性たち、さらにはこの先ずっと病院で手当てを受けることもできず、その苦しみがタブーとされてしまうあまりに多くの女性たちすべてのためだ。

それまで誰一人、彼女たちの声を代弁してこなかった。だから、誰かが彼女たちに代わって声をあげなければならないのだ。

ブカヴにあるパンジ病院で最初の外科手術がおこなわれたのは一九九九年九月のことで、それが私たちの活動の始まりとなった。治療環境はけっして望ましいとは言えず、器具の殺菌消毒は庭に置かれた圧力鍋でおこなわれ、シーツはスウェーデンから送られてきた使い捨てのものだった。

患者は年配の女性で、銃弾を受けて重傷を負っていた。自宅にいるとき、兵士に家の外からドア越しに発砲されたとのことだった。左腿を撃たれ、大腿骨が四カ所折れていた。複雑なひどい傷で、私と同僚の医師たちは脚を切断せざるをえないのかと危ぶんだ。

その女性と話しているうちに、私は事の真相を知ることになった。ためらいがちに口にする彼女の言葉は混乱していて、語りたがっていないのは一目瞭然だった。その話によると、女性は兵士六人にレイプされ、そのあと彼らの一人に撃たれたらしい。産婦人科医になって一〇年が経っていたが、私は彼女の話を聞いて愕然とした。そのようなケースに――つまり強姦されるだけでなく、そのあとさらに重傷を負わされるケースに遭遇するのは初めてだったからだ。

この気の毒な女性の話に衝撃を受けた私はその夜、一睡もできなかった。ベッドの上で何度も寝返りを打ち、妻のマドレーヌにどうしたのかと尋ねられたほどだ。女性の話が頭から離れなかった。あんな残虐な行為にどう説明をつければいいのだろう。兵士たちは冷静な頭で決めたのだ。なんの罪もない、しかも無防備な女性の人生をめちゃくちゃにしてやろうと。

手術は成功した。女性は脚を失わずにすみ、傷は完全に回復した。だが当時は、これから似たようなケースにいやと言うほど遭遇するようになるとは思いもしなかった。徹底的に痛めつけることを意図した性暴力が疫病のように広がり、猛威を振るうようになるとは予想もしなかった。だが、コンゴ東部はまぎれもなく暗黒の道にはまり込んだ。

パンジ病院での初めての手術からそれほど時を置かずして、女性患者が四方八方から押し寄せてくるようになった。はじめは何が起こっているのか理解できなかった。女性たちの容態にはあきらかに共通した特徴があった。みな例外なく性器に損傷を受け、そのうち多くが深刻な傷で、大量に出血していたのだ。医師たちのうち誰もそのような外傷を目にした経験はなかった。そうした前代未聞の暴力がいったいどこから生まれたのか理解しようとしたが、さっぱりわからなかった。

私は、独学で外科処置を学んだ同僚医師に補佐されながら手術に当たった。朝から晩までメスを振るう日もあった。女性たちの傷があまりにも特殊なので教科書はまったく役に立たず、独自のやり方を見出さなければならなかった。身体の内部をずたずたに引き裂かれ、心をぼろぼろに壊された女性たちを〝修理する〟方法を編み出す必要があった。私は女性たちの言葉に耳を傾けることも自分の義務だと考えた。だが、彼女たちの語る話が残酷すぎて、にわかには信じられないこともあった。正直、私は激しく動揺し、しばらくするとこう認めざるをえなくなった――このままでは仕事に支障をきたしてしまう……。

手術台の前に立っているときには作業に集中しなければならない。だが、手を動かしているあいだも、患者たちが受けた身の毛もよだつ残虐な行為が頭をかすめ、さらには彼女たちの将来にかかわる問いの数々がぐるぐる頭の中をまわっていた。婚約者や夫はどんな反応を示すだろう？　この女性は捨てられてしまうのか？　親やほかの家族や親族は彼女になんと言うだろう？　家を追い出されてしまうのか？　自宅に戻ってもまた襲われて、すぐにここに戻ってくるのではないか？

外科医がメスを振るいながら手術以外のことに気を取られるなど、もってのほかだ。そこで私は患者の話はもう聴かないと決め、その仕事はほかの人に任せることにした。私には私の仕事がある。それは女性の身体を可能なかぎりもとに戻すことだ。そのときから私は患者たちの話は耳に入れないようにし、傷を治す医療行為に専念することにした。それでも、性器を激しく傷つけられた三歳の女の子が病院に運び込まれてきたときは、さすがに冷静ではいられなかった。私を取り巻く世界が崩れ落ち、涙が止まらなかった。気力のすべてをかき集め、私は手術室に入った……。

患者たちの経験にはもう耳を傾けないという私の決意は、医師の仕事を続ける上で少しは役立った。だが、その効果はごくささやかだった。損傷した膣のそれぞれが、むごたらしい暴力をみずから雄弁に語っていたからだ。

二〇〇六年春、ノルウェー人のヤン・エグランドがパンジ病院を訪れた。当時ヤンは人道問題担当の国連事務次官を務めていた。初めて会ったとき、私は彼を相手の気持ちに寄り添える温かくてしかも非常に精力的な人物だと思った。ヤンが来たとき、病院には性暴力被害患者が一、一〇〇人ほどいた。私はヤンを女性たちが入院している病棟へと案内した。

そしてヤンに、「彼女たちのために簡単なスピーチをしていただけませんか。心の支えになると思うんです」と頼んだ。

「スピーチの準備はしてこなかったんだが」ヤンは少しためらった。

「心に浮かんだ思いをそのまま話していただければじゅうぶんです」

彼はうなずいて一歩前に出た。だが、患者たちと向き合ったまましばらく沈黙してしまった。そのときのことをのちに彼は私に、「一、〇〇〇人以上の女性たちを前にして心が揺さぶられ、言葉が出てこなかったのだ」と説明した。「さまざまな年齢の女性たちがいた。色鮮やかな美しい巻きスカートをはき、真剣な表情を浮かべた彼女たちはとても毅然としていた。一人ひとりがそれぞれの歴史を持っていることがわかった。そしてその歴史を、恐ろしい重荷として背負っていることも。一、〇〇〇人もの女性を目にして、この地でおこなわれている残虐行為の規模がどれほどのものかわかったよ。ああ、本当によくわかった」

ヤンは励ましのメッセージを述べると女性たちのそばに座った。その中に手足が麻痺した女性がいた。彼女は二六歳のとき民兵のグループに捕まった。両手両脚を広げた格好で木にくくりつけられ、日に何度も犯された。地獄の日々は三週間続き、三〇人から成るグループの男たちのほとんどが彼女をレイプした。手首と足首をきつく縛られていたため、縄が肉に食い込んで血流が滞り、そのせいで神経が断ち切られて手足が麻痺してしまった。

病棟を案内したあと、私はヤンを連れて自分の執務室へ向かった。ヤンはソファに、私はソファの向かいに置いてある肘掛け椅子に座ったのだが、彼はあきらかに動揺していて、瞳にはショックの色が浮かんでいた。手足が不自由になったあの女性の話が胸に突き刺さったに違いない。

「彼女は森に焚き木を探しに行ったんだそうだ」ヤンは言った。「家族の夕食をつくるために。家族は家で彼女を待っていた。でも、二度と戻ってこなかった」

ここ数年のあいだ同じようなシナリオが繰り返されていた。外出した女性が帰ってこなかったというシナリオだ。あるいは、家にいる女性が夫や子どもたち、さらには家族全員の前でレイプされるというシナリオだ。どんな展開にせよ、被害にあった女性たちは姿を消すことになる。一家の要として日々の生活を切り盛りしていた女性たちが突然、恥辱にまみれ、のけ者になる。家族や親族に追い出されるだけではない。女性たちはみずからの意思で身を引く。被害者なのに罪の意識を抱えてしまうのだ。

執務室は長い沈黙に包まれた。ヤンのこの訪問からほどなくして、私は国連で演説をするよう依頼された。

演説の数日前、私はわが国の国連大使に連絡を取ろうとした。なんであれ誤解を避けるため、スピーチ原稿を見せて意見を伺おうと思ったのだ。だが大使と何度も接触を試みたが、結局会えずじまいだった。大使の側近たちは、「演説当日にはニューヨークにいますよ」と繰り返した。そんなわけで、まさか欠席するとは思わなかった……。ところが当日、大使の席は空いたままで、空席が祖国の姿勢を雄弁に語っていた。落胆するのと同時に傷ついた私は、心の中で言い聞かせた。大使が欠席したからといって、この象徴的な場所に自分がいることの意味が損なわれるわけではないと。わが国の国連大使の見解がどのようなものであれ、現地の現実は変わらない。だがそれでも私は、事前に大使と意見を交換したかった……。

一方で大使のボイコットというこの奇妙な状況は、その同じ年にコンゴであったもう一つの出来事と関連しているとも思われた。国連で演説をおこなった二〇〇六年の六月、コンゴ民主共和国で選挙が実施されたのだ。なんと四六年ぶりとなる民主的な選挙が！　普通選挙で選ばれた政府がちょうど政権の座に就こうとしていた。アフリカでも、いや、おそらく世界中を眺めてみても、コンゴ民主共和国ほど評判の悪い国はそうそうないだろう。三二年の長きにわたってこの国の大統領を務め、その間、国庫を私物化して疲弊させたモブツのことは誰もが覚えている。その個人資産は四〇兆ドル超と言われていた。

だがいま、新しい秩序がもたらされることが期待されていた。国民を第一に考える政治家による、汚職とも権力濫用《らんよう》とも無縁の秩序が。だが私はここ、国連本部の議場でたった一つ空いている席を見つめていた。空席が私を見つめ返してきた。大使のボイコットはけっしてよいしるしではない。つまり新政権にも期待はもてないということか。私はここで演説できる機会を得た嬉しさと、祖国に背を向けられた悲しさという矛盾する二つの感情にとらわれた。

なんという皮肉だろう。世界各国の代表者に囲まれ、注目を一身に浴びながら、こんなにも孤独を感じるとは……。

演説のあと私は世界中のメディアから取材を受けた。それまでも病院の執務室に記者を何人も迎え入れた経験があり、インタビューされるのは初めてではなかったが、世界の大手メディアの記者たちをいちどきにこれほどたくさん相手にしたことはなかった。私は少々怖気《おじけ》づき、ろくな話しかできないのではという心細さに襲われた。しょせん自分は、一介の医者にすぎない……。だが、ヤン・エグランドがすぐに助けに飛んできた。それに記者たちの質問もよく訊《き》かれるものばかりだった。この大規模で残酷な性暴力をどう説明したらいいのでしょう？　いったい誰がこんな暴力を働いているのです？　コンゴの天然資源はこの問題にどうかかわっているのでしょう？　責任の一端はコンゴ政府にあるのでしょうか？

ニューヨーク滞在中、いろいろな人に会う予定も組まれていた。その一環として私は劇作家のイヴ・エンスラーと知り合った。彼女が書いた戯曲『ヴァギナ・モノローグ』はすでに一四〇カ国で上演されていた。彼女は女性に対する暴力や不正義と闘う運動〈V－day〉の提唱者でもあり、世界規模で市民運動を繰り広げていた。彼女の取り組みはおそらく、自身の子ども時代に経験したもろもろのつらい出来事をきっかけにしていると思われた。

国連の発案でイヴ・エンスラーと私の公開対談が開催され、私たちはすぐに意気投合した。V－dayを通じて彼女は多くの国のレイプ被害者と出会ったが、まだコンゴには足を運んだことがないと言うので、私は彼女をブカヴのパンジ病院に招待した。

「うちの病院に来て、私たちを助けてください」

さらりと私にそう提案されて、彼女は驚いたような顔をした。それは私たちの立ち位置が大きく異なるからだろうと推察された。私は確かに医師だが牧師でもあり、私が責任者を務めるパンジ病院は福音教会の強い影響下にある組織が所有している。一方イヴは、ニューヨークの知識階級の顔であり、バリバリのフェミニストであり、成功を収めた劇作家だ。さまざまな問題について私たちのあいだには大きな見解の相違があることは容易に予想がついた。

それでも取りあえず彼女は招待を受け入れてくれた。だが、私は疑ってかかっていた。パンジ病院の活動を知って「感動した」と述べ、コーヒーを飲みながらあれこれ約束し……、結局そのあと音信不通になってしまった人がそれまで大勢いたからだ。何度も失望させられたせいで、私はすっかり懐疑的になっていた。


だが、イヴは違っていた。対談からまもなく彼女はブカヴにやってきて私を喜ばせた。患者たちにあれほど愛情深く接した訪問者は初めてだった。イヴは女性たちのそばに座り、手を握り、涙を拭いてやった。私は即座に、彼女は本物の味方だ、私に新たな活力を与えてくれる人物だと思った。パンジ病院の廊下を歩く私の足取りがぐんと軽くなった。

ごく自然にそれが私とイヴのパートナーシップの始まりとなり、パンジ病院で手当てを受けた女性たちのために職業訓練施設をつくるアイディアがすぐに生まれた。

イヴとのニューヨークでの出会いは決定的だった。彼女の協力を得られたことを私はとても誇りに思っている。それは私たち人間が、たとえ考え方や立場が違っていても、共通の思いさえあれば手を結べることの証だろう。それぞれの抱える背景が大きく異なっていたとしても、人は手を組むことができるのだ。

2

国連で演説をしてから数日後、私はブカヴに戻った。ニューヨークとは天と地ほども違うブカヴに。病院に着くなり、診察を待つ患者たちの恐ろしく長い行列に驚かされた。そのほとんどは女性だった。病院の庭から私の執務室までは五〇メートルほどの距離で、通常は三〇秒で行き着ける。だがその日は通路に人があふれ返っていて、人混みをかき分けて執務室までたどり着くのに二〇分、いや下手をすると三〇分はかかりそうだった。

私が国を出ているあいだに問題は山積する一方だった。だが、だからといって事を急《せ》いてはいけない。病院を訪れた女性たちは誰一人、私がどこに行っていたのか知らないはずだった。彼女たちにとってニューヨークはまったく未知の場所で、国連の存在は知っているにせよ、その知識はぼんやりとしたものにとどまっていた。彼女たちは治療を受けるために病院にやってきたが、全員が全員、性暴力の被害者というわけではなかった。というのもこの国には人々を苦しめるものがたくさんあり、とくに女性となればそのリストは長大になるからだ。

執務室へ向かっていた私は見知った患者と目が合い、声をかけた。「その後どうですか？」

「だいぶよくなりました」女性の瞳には希望の光がきらめいていた。そばまでやってきた別の女性にどこから来たのか尋ねると、ブカヴから一〇〇キロ離れた村の名前をあげた。三日歩いて病院まで来たという。

執務室への道のりの半分も行かないうちに女性がまた一人、人混みから抜け出して駆け寄ってきた。その人は私の両手を自分の胸に押しあてると、私の目をひたと見つめた。その無言のメッセージの意味はあきらかだった。私はとても苦しんでいます。先生たちにどうか助けてほしいんです……。

ようやく執務室に入ると、私はポケットから携帯電話を取り出して机に置き、白衣を着た。だが、仕事に取りかかろうと肘掛け椅子に腰を下ろしたとたん、ノックの音がした。ドアを開けると、スカーフを頭に巻き、両手に雌鳥《めんどり》を抱えた女性が戸口に立っていた。

「手術をしてくださったお礼です」女性は雌鳥を差し出した。「娘を授かることができました。すごく嬉しくて」

微妙な対応を要求されるこのような状況に直面するのはそれが初めてではない。私は患者から贈り物を一切受け取らないようにしている。それは自分に課した基本原則だ。噂が広まるのは速い。あっという間に、〝患者を利用して私服を肥やしている悪徳医者〟というイメージがついてしまう。

私は彼女の肩にやさしく手を置くと、「ご厚意は嬉しいけれど、受け取れません」と告げた。そして相手の悲しそうな顔を見て、「だって、最高にすばらしい贈り物をすでにもらったんですからね」とつけ加えた。「無事に出産できたことですよ。それを知っただけでじゅうぶんです。それこそ最高の贈り物だ。ほかにはなんにも要りませんよ」

彼女はがっかりした様子だったが、口もとには笑みが浮かんでいた。そして、ドアをそっと閉めると去っていった。私は心が痛んだが、いったん決めた原則を曲げるわけにはいかない。例外があってはならないのだ。

女性が立ち去ったあとすぐに、今度は携帯電話が鳴った。知らない番号からだったが電話に出た。一五秒ほどの短い通話のあいだに私は国連での演説を批判され、「おとなしくしていろ」と警告を受けた。「祖国の名誉に泥を塗るのはやめろ」とも。告げられたのはそれだけだったが、声の調子は友好的とは言いがたかった。

電話が切れた直後、執務室のドアが開いた。私はまだ携帯電話を手にしていた。やってきたのは手術室で働く同僚医師で、緑の手術帽をかぶったまま顎の下までマスクを引き下げている。私はその日、六件の手術を担当することになっていて、最初の手術までまだ三〇分あった。だが同僚はすぐに来てくれと言う。複雑な傷を負った女性の手術をしていたのだが、私の助けが必要になったらしい。私は同僚とともに部屋を出て病院の建物を突っ切り、手術室へと向かった。だが、頭の中はさっきかかってきた電話のことでいっぱいだった。私は少々当惑、いや、むしろ悲しみとでも呼ぶべき感情にとらわれていた。電話の主はおそらく傷ついた膣を目にしたこともなければ、胸を引き裂く女性たちの悲痛な叫びを耳にしたこともないのだろう。たとえば、六人の子を持つ元気いっぱいだった母親の、女性としての身体を失ったことを嘆き悲しむ声を。手術室まで移動するあいだ、散歩中の患者数人とすれ違った。彼女たちの姿を見て、私は先ごろ視察に来たある軍人のことを思い出した。彼は軍事法廷の検事で、女性への暴力に関するセミナーに参加するため一時的にブカヴに滞在していた。女性たちに何が起きているのか理解したいと率直に願っていて、パンジ病院で手当てを受けている被害者たちとの面談を希望した。

その軍人はがっちりと筋肉質で驚くほど背が高く、二メートル近くあった。軍服には金色の大きな星がいくつも輝いていて、高位の軍人であることが見て取れた。私が彼を患者の一団のほうへ案内すると、一〇代のかぼそい少女が近づいてきた。一三歳か一四歳と思われるその子は――軍人の胸にやっと届くくらいの背丈だった――、軍服を着た男たちがこの国の女性たちにしていることを説明した。細かい点まで赤裸々に……。

少女が自分の体験を語り出すと、軍人に異変が起きた。それは〝変身〟とも呼べそうな激しいもので、その表情がみるみる変わり、大きな身体がぐらりと揺れた。そして涙をボロボロと流したかと思うと気を失った。珍しい失神の仕方で、容態があまりにも危険だったので病院のスタッフを呼んだほどだ。私たちは彼が起き上がるのに手を貸すと処置室へ運び、担架に寝かせた。鎮静剤のおかげで容態は回復した。少女の話に、文字通り気を失うほどのショックを受けたのだ。私たちは願った。少女の証言が、彼のこれからの検事の仕事になんらかの影響をおよぼせばいいと……。

手術室に着くと私は靴を履き替え、手術用のガウンと帽子とマスクを身に着けた。そして手と前腕を念入りに洗浄した。手術室に入るときのいつもの儀式だ。私は手術台に寝かされている女性のそばへ行き、手術用の手袋を着けて傷の具合を確かめた。女性は局所麻酔をかけられていて、両腕を大きく広げ、見開いた目で天井に落ち着きなく視線を走らせていた。私は彼女の傷をもう一度調べると、目の前に並んでいる器具類に視線を落とし、その中から一つを手に取った。同僚たちのほうをすばやく見るとうなずきが返ってきた。準備オーケー。私は傷口に屈み込んだ。それまでいくつもひどい傷を扱ってきたが、それでもこの女性の傷はとりわけ凄惨だった。どんな武器が使われたのか考えるまでもなかった。その点についてはすでに情報を得ていたが、その必要もなかった。経験上、傷を見ればどの民兵グループが何を使ってこの蛮行におよんだか、判断がつくようになっていたからだ。それぞれのグループにはそれぞれ〝流儀〟があり、それがいわば〝署名〟代わりになっている……。

私は心ならずもこうした傷、つまりある種の武器が引き起こした性器の外傷の専門家になっていた。レイプ後の暴力行為はグループによってさまざまだった。膣に銃剣を突き入れる。棒にビニールを被せ、熱で溶かしてから挿入する。下腹部に腐食性の酸を注ぐ。性器内に銃身を差し入れて、撃つ。目的は同じ、殺すのではなく徹底的に傷つけることだ……。

この凄まじい残虐行為がもたらす結果は悲惨きわまりない。まず、被害女性の多くが糞尿を垂れ流す状態となる。彼女たちは汚物にまみれて悪臭を放ち、日常の仕事をこなすのにも苦労する。性の営みを持つことなど問題外だ。多くの場合、性器が激しく損傷しており、子を産むことはできなくなる。夫からは穢《けが》れ者とみなされる。傷のせいではない。ほかの男と交わったからだ。無理やり犯された事実など関係ない。そして家を追い出される。そのあと彼女たちを待っているのは社会からの締め出しだ。運に恵まれれば、親戚や知り合いの誰かに連れられて、手当てを受けるために私たちの病院にやってくることもある。

そんな傷を私はいったいどれぐらい治療しただろう。三、〇〇〇？　いや、もっとだろう。四、〇〇〇？　パンジ病院の統計データの管理は私の仕事ではないので、正確な数字はわからない。

そしていま、私はまた新たに〝修理〟すべき性器を前に立っている。成功の見込みはどれほどあるのだろう。予測は難しい。ただベストを尽くすだけだ。二回目、三回目の手術が必要になるかもしれない。現時点では何もわからず、予後を予測するには傷の治り具合を見るしかない。これまでに同じ女性を八回手術したこともある……。

「完全にもとどおりにしてくださいとは言いません。でも、せめてもう一度女性に見えるようにしてください。私には大事なことなんです。先生、どうかお願いします！」——手術の前に何度そんなふうに懇願されたことか。

顔を傷口に近づけ、メスの薄い刃《やいば》で肉を切り開きながらも、私はつい、わが国の国連大使と先ほど電話をかけてきた謎の男のことを考えた。そしてこう思った——彼らがいまこの場にいればよかったのに。そうすればたぶん理解してくれただろう、彼らも。

3

私は一九五五年三月一日に生まれた。一家にとって三番目の子で、最初の男の子だった。母によれば、前述したように生まれてすぐに死にかけた。生後何日かのあいだ生死の境をさまよったのだが、原因は出産時の不手際だった。

母は自宅で私を産んだ。そのとき近所の助産師が手助けした。だが、その女性の知識と技術は素人に毛が生えた程度のものだった。

「彼女がおかしなことをしてるのは見えてたよ」とのちに母は私に語った。「でも、何しろこっちは寝たままだ、たいしたことはできなかったんだよ」

母の話では、不手際はへその緒を切るときに起こったようだ。助産師はそのとき、まったくとんちんかんなことをしでかした。へその緒を切るときは通常、まずへその緒の二カ所を、つまり新生児の身体から数センチ離れた場所と胎盤近くの場所を糸で縛る。これは双方向の血流を止めるためだ。そしてそのあと、糸の縛り目のあいだを切断する。

だが、助産師は最初にへその緒を切ってしまった。おそらくカミソリの刃で。しかも赤ん坊の身体のすぐ近くで切ってしまったため、そのあとへその緒を糸で縛ろうにも、残っている部分が短すぎてうまくいかなかった。要するに助産師は私の身体の玄関を開け、もろもろの菌が自由に入ってこられるようにしたのだ。

傷口は化膿し、出血が続いた。そしてそれにより深刻な全身感染が引き起こされた。一週間後、私の肌は黄色く変わり、高熱が出た。母はもちろん心配した。家にいるのはほかに五歳と七歳の娘ふたりで、どうすればいいのかまったくわからなかった。父はそのときコンゴ東部のどこかで研修に参加していて、手紙でしか連絡を取れない状態だった。

一刻も早い手当てが必要で、母もそのことを理解した。となれば、取りうる手はただ一つ。ブカヴにある二つの無料診療所のうちのどちらかへ行くことだ。だが、簡単に受け入れてはもらえないともわかっていた。というのも、両方の施設ともカトリックの修道女が運営しており、多くの場合、カトリック信者でない人の受け入れを認めていないからだ……。

母はブカヴで最初にプロテスタントの牧師となった人と結婚したプロテスタント信者だった。だから、カトリックの修道女が自分たちを快く迎え入れてはくれないだろうと覚悟した。だが、赤ん坊が危険な状態にあるのは一目瞭然だ。その証拠に、肌は黄色く変色し、頬は燃えるように熱い。修道女たちはどんな反応を示すだろう？　苦しんでいる幼子の手当てさえも拒むのか？

私たち家族は当時、カデュテュ地区に住んでいた。同地区はベルギー統治下時代にブカヴ市内に設けられた黒人居住区で、南の丘陵地帯にあり、市の中心部から少し離れていた。当時は四キロ先にある町の中心部で黒人の世界は行き止まりになり、そこから先には白人の世界が広がっていた。

ベルギー人はブカヴの町を、五つの半島を擁するキヴ湖の岸辺に建つ城塞としてつくり変えた。その結果、何もなかったかつての漁村は小ヨーロッパへと変貌を遂げた。壮大な行政施設、豪奢な家々、フランス様式や地中海様式で建てられた別荘《ヴィラ》、店、レストラン、ホテル……。

ベルギー人総督コステルマンの名を取ってコステルマンヴィルと呼ばれていたこの町は、一九五四年に〝ブカヴ〟と名称を変えた。当時ブカヴには観光客がちらほら訪れはじめていて、ヨーロッパから来た裕福な旅人たちは、アフリカ大陸のど真ん中にあるこの町に南仏コート・ダジュールの香りをかすかに見出していた。

太陽、ビーチ、美しい船が行き交う湖。黄昏《たそがれ》どき、バカンス客たちはブーゲンビリアの木の下にグラスを片手に、あるいは葉巻をくわえて集まり、丸木舟で魚を獲る地元の漁師たちをのんびり眺め、彼らが魚をおびき寄せるために口ずさむ唄に耳を傾けた。

すると、まもなく幻想的な光景があらわれ出た。夕陽が完全に沈む前に、湖の水面《みなも》がターコイズブルーやスミレ色に変わるのだ。それは巨大な一幅の絵、壮大なショーを見ているようで、遠方から来た旅人はその風景にすっかり心を奪われた。地球上にこんな美しい場所があるとは思いもしなかった、というような表情で。

ベルギー人は町を建設するに当たりどんな細かな点もおろそかにせず、すべてが完璧に整うよう心を配った。通りにはちゃんとアスファルト舗装を施し、道端にはローズウッドやユリノキを植えた。町を飾る植え込みは見事なもので、まるでヨーロッパの宮殿の庭園から移植したかのようだった。つまりコステルマンヴィルは幻を見ているような、あるいは天国を思わせるような夢の町であり、町を見守っているのは神というよりも聖母マリアだと納得するような優美さを湛えていた。

宗主国ベルギーはカトリックの国なので、当然ブカヴではカトリックの勢力が圧倒的に強かった。政治家のほとんどもカトリック教会の影響を受けていた。そのカトリック教会の威力を、父は一九四〇年、スウェーデン人宣教師オスカル・ラゲトストレームとともにブカヴに最初のプロテスタントの教会を立ち上げたときに痛感させられることになる。

カトリック側はすばやく反応した。プロテスタントの教会を設立した父たちは非難され、そこにはときに憎悪のニュアンスも感じられた。野外や仮の教会として使用していた木造の納屋で父たちが礼拝をしていると、喧嘩《けんか》を売るような罵声《ばせい》が投げつけられ、石が飛んでくることもあった。

父はプロテスタント教会から救済の教えを説く資格を得ていたが、プロテスタント信者用の無料診療所を設けることはできなかった。一方、カトリック教会は町に診療施設を二つつくっていた。だが、〝ほかの人たち〟を受け入れるケースはほとんどなかった。

そんな状況の中、母はその日、私を腰布でくるんで腕に抱き、町の中心部へと丘を歩き下った。こんな小さな子が苦しんでいるのを見れば、修道女もさすがに情けをかけてくれるのではないかという一縷《いちる》の望みを胸に。

だが、カトリックの無料診療所の扉はかたく閉ざされたままだった。ベルギー人修道女たちにとっては私たち親子を迎え入れることなどもってのほかだった。母は赤ん坊を高く掲げ、「どうか中に入れてください」と必死に懇願した。涙がひとりでにこぼれ落ちた。だが、修道女たちはそっけない口調で「お引き取りください」と繰り返すばかりだった。母は家に引き返すしかなかった……。

自宅のあるカデュテュ地区へと通じる坂道をのぼる母の足取りはかつてないほど重かった。ようやく家にたどり着くと、母は無力感でぐったりしたりした。最後の希望も潰《つい》えてしまった。思い切って助けを求めたけれども拒まれ、八方塞《はっぽうふさ》がりだった。抱きかかえている私に覆いかぶさるようにして、母はぽろぽろと失意の涙をこぼした。火のように熱い私の身体を自分の胸にひしと押しあてて、のちに母が語ったところによると、「この子はもう助からない」と覚悟した。この夜を持ちこたえることはできないだろうと。

だが、この苦境を知った同じ地区に住む誰かが私たちを救おうとした。その人物が誰かは結局わからなかったが（どうやら見張り番の一人と思われた）、その人は紙切れに手紙を書いた。そこにはこう記されていた。〈ムクウェゲ牧師の生まれたばかりの赤ん坊がひどい病気にかかっている。奥さんが町の無料診療所に連れていったが、診てはもらえなかった。奥さんは絶望し、このままでは赤ん坊が死んでしまうと嘆き悲しんでいる〉

手紙はスウェーデン人の女性教師、マイケン・バーリマン宛だった。彼女はペンテコステ派宣教団がカデュテュ地区で運営している女学校で教えていて、この地区で暮らしていた。

彼女の話では、誰かが夜の三時に玄関のドアを叩き、その手紙を置いていったらしい。彼女はそれを読み、わが家にやってきた。

私の容態はさらに悪化していた。高熱を出し、肌が黄色く変わっているだけでなく、呼吸もままならなくなっていて、空気を取り込もうと必死にあえいでいた。バーリマン先生は一刻の猶予もないことをすぐに察知し、修道女たちに追い返されたという話を母から聞くと、「大丈夫、私がなんとかします」と請け合った。

彼女は朝日がのぼりはじめるとすぐに、町にあるもう一つの無料診療所へと走った。そしてカトリックの修道女たちに赤ん坊の容態を詳しく説明し、「さあ、どうします？」と判断を迫った。つまり、私の生死を修道女たちの手に委《ゆだ》ねたのだ。「あなた方が治療を拒むのなら、あの子はもう長くはありませんよ」と告げて……。

すると、母がもう一つの無料診療所で経験したのとはまったく逆の反応が返ってきた。修道女たちが診察に必要な書類をいそいそと準備しはじめたのだ。バーリマン先生が母のもとに持ち帰ることになったその赤い色の書類はいわば〝通行証〟で、私はなんと〝優先受け入れ〟の患者になった。

この朗報を携えてバーリマン先生は私の家に飛んで帰り、修道女たちが私を受け入れてくれるだけでなく、その到着を待っていることを母に説明した。それから宣教団が雇っている運転手を起こしに行き、彼が私たち親子を朝の七時から八時のあいだに無料診療所の前まで送り届けてくれることになった。私を抱いた母はあの赤い通行証を振りかざし、患者の長い列をすり抜けて直接受付まで行った。

修道女たちは赤ん坊を見るなりバーリマン先生の話が大袈裟《おおげさ》ではなかったことを理解し、すぐに診察を始めた。容態はきわめて深刻で、いつ心臓が止まってもおかしくなかった。赤ん坊は呼吸をしようと必死だった。修道女たちは注射と経口薬を使って抗生剤を投与した。

それから母に、赤ん坊を連れていったん自宅に戻り、投薬のため六時間後にまた来るよう言い渡した。その六時間は母にとって永遠とも思われる長い時間となった。相変わらず苦しそうに息をあえがせている赤ん坊を見て、手遅れだったのかと不安に苛《さいな》まれた。そして、薬の効果があらわれはじめたことを示すどんな小さなしるしも見逃すまいと、赤ん坊の身体に目を凝らしつづけた。

だが、回復のきざしは見られず、その日の午後にふたたび無料診療所を訪れたときも朝と容態は変わっていなかった。母の瞳に不安を読み取った修道女たちは、「かならず回復しますからもう少しの辛抱ですよ」と励ました。三度目のペニシリン投与後ほどなくして、ようやく回復の徴候が見えはじめた。呼吸が落ち着いてきて、苦しそうだった表情がやわらいだのだ。薬の効果がはっきり感じられるようになり、峠は越したと母は安堵した。


それから三週間、私は日に三回、抗生剤を投与された。その結果、へその緒の傷もようやく治り、熱が下がった。その間ずっと、バーリマン先生は母を手助けした。学校での仕事が終わるとすぐにわが家にやってきて私の世話をしてくれたので、母は上の二人の子の面倒を見ることができた。

バーリマン先生の恩を母はけっして忘れなかった。そして長年私に、「おまえがこうして生きているのはバーリマン先生のおかげだよ」と口癖のように繰り返した。二〇〇九年に私がオロフ・パルメ賞［人権活動を讃える賞。反戦・反核運動を主導したスウェーデンの政治家オロフ・パルメに因む］を受賞してストックホルムに招かれたとき、バーリマン先生も授賞式に出席した。先生はすでに高齢で、しかもスウェーデンの地方在住だったのだが、授賞式とそのあと開催される晩餐会に先生も招待してほしいと母は強く主張した。

私が生まれた一九五五年当時、カデュテュ地区に住む白人はほとんどいなかった。だがバーリマン先生は、強い決意を持ってカデュテュ地区に暮らしていた。地元の人々とともに、自分が教える生徒たちの近くで暮らしたい――そうみずから望んだのだ。あの日の早朝、カトリックの無料診療所を訪れたとき、先生には勝算があった。確かに彼女は母や私と同じようにプロテスタントだった。だが、自分の白い肌がものを言うことを、先生はちゃんと承知していたのだ。

「バーリマン先生は命を救ってくれただけじゃない」と母はよく口にする。先生の行為が私の人生の方向性に大きな影響を与えたと考えているのだ。母はカトリックの無料診療所に迎え入れられたとき、神が私の心にメッセージを刻んだと思っている。「ほかの人に助けられたのだから、これからは人生をかけてほかの人を助けなさい」というメッセージを。

思えば私が病人を助ける人、つまり〈ムガンガ〉になろうと決めたのは八歳のときだった。病人を助けるには医師か看護師になるのがいちばんなのだろうが、当時はまったくその意識はなく、そもそも医師と看護師の違いもよくわからなかった。ただ、〝白衣を着て薬を配る人〟になりたいと思っていた。

もう一つここで断っておきたいのは、私が医学全般の勉強を終えたときに方向転換をしたことだ。私は長いあいだ小児科医になろうと思っていたが、結局、別の道に進むことにした。研修中、想像を絶する劣悪な環境で出産する女性たちを何人も見たのがきっかけだった。分娩中に命を落とす母子もいたし、死んだ胎児を産道に詰まらせたまま病院にやってくる女性たちもいた。それがここ、南キヴ州の女性が直面するもろもろの問題を具体的に目にする最初の経験となった。そしてそのときから私は、いわば当然のように産婦人科医を目指すようになったのだ。

私は南キヴ州の女性たちが病院か診療所で出産できるよう二五年以上奔走してきた。ここでは妊娠が悲劇に終わるケースがあまりにも多い。出産の大半はまだ、僻地にある村の民家の土間でおこなわれており、難産やトラブルがあったとき助産師では対応できない。そもそも私自身が自宅出産のリスクを示す好例で、事実、私がかかったのと同じような感染症でこの国の新生児の多くがいまなお命を落としつづけている。

そんなわけで私は、私が医師になったのは神の御心によるものだと信じて疑わない母になかなか異を唱えることができない。母は私が知るかぎり、もっとも良識ある人間の一人だ。だから、母の言うことはきっと正しいのだと思う。

4

幼少期のおそらくいちばん古い記憶は、私たち家族が暮らしていたカデュテュ地区の通りにまつわるものだろう。脳裏に浮かんでくるのは家畜たちだ。延々と続く家畜の群れ。地区全体が動物であふれているようで、私は目を疑った。実際、一帯は牛だらけだった。牛は大挙してやってきて、栗色の滔々《とうとう》とした流れとなって前へ前へと進んでいった。

幼い私はその壮観な眺めを食い入るように見つめ、驚きに胸を打たれた。牛の角は林のようにそそり立ち、連なるその茶色い肌は果てしなく延びる絨毯《じゅうたん》のようだった。容易に消えない強い動物のにおいが鼻腔を満たしたのを覚えている。

あれほどたくさんの家畜がなぜいきなりあらわれ出たのか、私にはさっぱりわからなかった。誰かに説明してもらっても、おそらく理解できなかっただろう。私はまだほんの子どもで、目の前に広がる光景を脳裏に焼きつけるのが精いっぱいだった。

あのとき私は人道上の悲劇を特等席から眺めていたのだが、当時そんなことは知るよしもなかった。ずっとあと、隣国ルワンダで発生した民族紛争のことを耳にしたとき、ようやく合点がいった。当時ルワンダを支配していたツチ系住民に対し、抑圧されていたフツ系住民が蜂起し、流血の事態となったのだ。フツとツチのあいだに起きたその初めての大規模な衝突で大勢のツチが難民となり、国境を越えてコンゴになだれ込んできた。

伝統的にツチはルワンダの支配階級、さらには貴族階級に属していて、土地と家畜を所有していた。彼らはどこへ向かうにも家畜を引き連れて移動した。そういうわけでツチが所有する動物たちも、ルワンダとの国境に位置するブカヴの町に大挙してやってくることになったのだ。そしてブカヴで暮らしていた私が、その大移動の光景にすっかり心を奪われた……。

一九五九年のことで、私は四歳だった。その年の出来事としてもう一つ、私の記憶に刻まれている光景がある。私は両親と一緒に群衆の中にいた。群衆はある人物の演説を聴くために広場に集まっていた。その人の顔は思い出せないが、名前は忘れようもない。パトリス・ルムンバ。その少しあと、独立後の新生コンゴの初代首相に任命された人物だ。

一九六〇年六月三〇日、私の祖国は七五年にわたるベルギー統治時代を経て独立を勝ち取った(植民地化当初の二〇年あまりは、なんとベルギー国王レオポルド二世の私領だった)。ベルギー政府は、同国の繁栄に多大な貢献を果たしているこの稼ぎのよい植民地を失うことには消極的だった。とはいえベルギー人も、数十年かけて少しずつ権力を移譲する計画であればおそらくそれに乗っただろう。だが、若いルムンバにそんな悠長さはなく、独立に向けて性急なスケジュールを要求した。そして、ほとんど即時に権力を譲り渡すことをベルギーに受け入れさせることに成功した。

コンゴの歴史の転換点となった独立の日に繰り広げられたパレードやダンスのことはよく覚えて

いる。国中が歌と音楽に包まれ、国旗がそこら中に掲げられ、国民は自由を獲得したことを喜び、祝い合った。幼すぎて私には〝独立〟という言葉の意味はわからなかったが、周囲の人がみな幸せそうに見えたので、きっとよいことに違いないと思った。

ブカヴの町全体が騒然としたことも覚えている。民家から人が消え、引っ越しのトラックがひっきりなしに行き交う中、空にはたくさんの飛行機が飛んでいて、その轟音がまだ耳の中で響いているように思えるほどだ。なぜあんなにたくさんの人が町から出ていくんだろう？ 理由はわからなかったが、大人たちが独立の話ばかりしていたので、この引っ越し騒動も〝独立〟と関係があるはずだと思っていた。

暴力的な行為を初めて間近にしたときの記憶も鮮明に残っている。一九六一年初頭のことで、私はじきに六歳になるところだった。いま思えばあの出来事は、その半年前に国が独立したこととおそらく関係があったのだろう。

ある日曜日の午前中、私たち家族は父が牧師として礼拝を執りおこなっている教会にいた。私は母と二人の姉と一緒にいつもの席、つまり最前列のベンチに座っていた。

教会の建物が完成したばかりだったので、ペンキのにおいがうっすらと漂っていたのを覚えている。ふんだんに設けられた窓から差し込む光に照らされて、壁が明るく輝いていた。広々とした堂内で信者たちは男女別に座り——女性は左側、男性は右側——、前方に置かれた講壇を一心に見つめていた。講壇の上にはこげ茶色の素朴な木の十字架が掲げられていて、この場所に宗教的な、さらに言えば神秘的な雰囲気を与えていた。

父は私の斜め向かいに座っていた。牧師になるとすぐに父はこの教区の責任者に任命された。そして礼拝のあいだ講壇の中央に座っていた。礼拝ではまず二つの合唱隊が歌を唱和し、そのあと信者が起立して祈りを捧げ、全員で賛美歌を歌った。

教会はいつものようにほぼ満席で、信者の多くは目をつぶり、両手を頭上に掲げて歌った。喜びにあふれた素朴な歌で、もとはスウェーデン語だった歌詞を宣教師がスワヒリ語に訳していた。私は子どもらしいか細い声を天に届けとばかりに張り上げ、耳に心地よい賛美歌のコーラスに参加した。

そのとき、おぞましいことが起こった。軍服を着てヘルメットをかぶり、ものものしく武装した男たちが教会の扉を押し破り、中央の通路を通って講壇のほうに突き進んできたのだ。講壇には父とほかの牧師が何人か座っていて、さらに一人、この教会に配属されたスウェーデン人宣教師もいた。空気が一瞬にして張り詰め、楽しげな雰囲気が底知れない不安に取って代わった。

私はわけがわからず、頭の中に疑問符が浮かんだ。兵隊が教会にいったいなんの用だろう？

講壇をぐるりと囲んだ兵士たちはどうやら宣教師に話があるようだった。彼らは高圧的な口調で宣教師に立ち上がるよう命じると、壇から降りさせた。軍靴が教会の床を踏む音が、私の心臓の鼓動と同じくらい大きく鳴り響いた。

兵士たちの荒々しい態度に私はすっかり縮み上がった。そして相変わらずわけがわからないまま身体をこわばらせ、口を大きく開けたまま彼らの一挙手一投足を見つめた。不安だった。あの人たちはなぜ宣教師を連れていこうとしてるんだろう？　宣教師が何をしたと言うんだろう？

当時、宣教師に手荒な真似をすることは、私の世界のすべてを揺るがすことを意味した。わが家には牧師や宣教師がちょくちょく訪れており、その存在は私の日常生活の一部だった。彼らは教会の円滑な運営を支える大切な柱で、そのことは幼い私でも気づいていた。その柱の一本を取り去ることで兵士たちは私の穏やかな日常をおびやかし、私の足もとをぐらつかせた。

疑問の数々が頭の中に渦巻いた。生まれたときからずっとヨーロッパ人を身近にしてきたので、それまで私は黒人と白人を区別したことはなかった。肌の色は私にとって区別の基準ではなかった。区別について唯一意識していたのは、プロテスタントの牧師とカトリックの神父の違いだった。どちらも信者に教えを説く人なのに、牧師は一般の人と同じ服を着て、神父のほうは特別な服、つまり祭服《スータン》を着ている。それが私の目には奇妙に映っていた……。

兵士たちが私のそばを――軍服に触れられそうなぐらい近くを通りかかった。私はベンチの上で身を縮めながら、兵士たちに取り囲まれている宣教師をちらりと盗み見た。一団は教会の戸口へと歩いていった。はじめは振り返る勇気がなかったが、やがてそっと首をひねり、脇の様子をうかがった。信者たちはじっと固まって座っていた。顔をこわばらせ、うつろなまなざしをした彼らはいつもとは別人のように見えた。やがて教会の外から車を出す音が響いてきた。町の中心部へ向かうため丘を下りはじめたのだろう、すぐにエンジン音が遠ざかっていった。

父が立ち上がるのが見えた。連れ去られた宣教師のために祈りを捧げるよう信者に呼びかけようとしたのだと思う。だが緊張の糸が切れてしまった私は、父が講壇まで来る前にわっと泣き出した。静まり返っていた教会に大きな泣き声が響きわたった。うなじに母の手のぬくもりを感じた直後、ぎゅっと抱きしめられた。あれは私の幼い人生に災いの影が差した出来事で、その後、人生がもとの色合いを取り戻すことはなかった。

この悲しい出来事を引き起こした黒幕はアニセ・カシャムラだ。彼は短命に終わったパトリス・ルムンバ政権の情報大臣を務めた人物で、この一件のあと初代大統領、ジョセフ・カサブブを自宅に軟禁し、コンゴ東部の実権を握った。カシャムラは大の白人嫌いで、植民地時代の痕跡を一つ残らず消し去ることにこだわった。そしてそれをみずからの政策綱領のトップに掲げた。彼は白人を追い出すためには手段を選ばず、教会を急襲するのもそのやり口の一つだった。

彼の標的には黒人も――少なくともヨーロッパ人と親しくしていた黒人たちも含まれており、その多くが逮捕された。そのようなわけで教会での事件の数日後、父を逮捕するため警察がわが家にやってきた。あの出来事は昨日のことのようによく覚えている。警官たちは父を家の外に連れ出すと、車に乗るよう命じた。数日前に宣教師に対して取ったような手荒な態度ではなく、事は穏やかに進んだ。だから家族や親戚もそれほど深刻にはとらえていなかった。

だが、時間が経ってもなんの連絡もないので、母は次第に不安になった。知らせを聞きつけた親戚や友人がわが家に続々と集まってきた。一同が気を揉《も》み、家の中が重苦しい空気に包まれていると、ようやく父が帰ってきた。そのときの母の喜びようは言葉にできないほどで、いまも鮮明に記憶に刻まれている。

父はどのようにして警察署まで連行され、監房に入れられたかを語った。収監されたあとすぐに警察署長が乗り込んできて、鼻先に銃を振りかざしたことも。一気に緊張が高まり、父は「ひょっとして生きては帰れないのだろうか」と思いはじめた……。独立から半年後、ベルギー人がこの地を去って以降、自分たちはいまや自由で何をしても許されると勘違いしている輩《やから》が大勢いた。たとえ理にかなわないことでも、初めて手にした自由を存分に行使してやろうと考える人がたくさんいたのだ（人を殺してもどうせ罪には問われない、ならば、なぜためらう？）。社会が混乱し、国が崩壊へと向かっていた。なにしろルムンバ首相にしてからが、行方不明になっていたのだから……。父は自分が軍ではなく警察に拘束されたことに驚いた。警官たちから敵意を向けられるのは想定外だった。だが、日を追うごとに社会のいたるところに無秩序がはびこり出したのはあきらかで、警察も例外ではなかった。この国ではいまや全員が――慎ましくて控えめなペンテコステ派の牧師まで もが――身の危険を感じるようになっていた。

警察署長はピストルを持ち上げると、父の頭に銃口を突きつけて引き金に指をかけた。そして指に力を込めようとした瞬間、見知らぬ男がやってきて署長の腕をつかんだ。

「やめろ！」

署長はびっくりした面持ちで、悪事を止めた男の顔をまじまじと見た。それから銃をゆっくりと下ろすと、急に用事を思い出したかのようにくるりと回れ右をして監房を出ていった。

父は死をぎりぎりで免れた。命を救ってくれた人が名乗ろうとしなかったため、彼がいったい何者だったのかはわからない。父はブカヴでは知られた存在で、穏やかでやさしい人だと評判だった。毎週日曜日の早朝にはプロテスタントの信者のために兵舎や警察署で礼拝をおこなっていた。父の命が助かったのはそのおかげだろうか？　真相はわからないが、おそらくそうだろうと私は踏んでいる。

5

子ども時代に目にした暴力は軍による直接的なものばかりではなく、別種のものもあった……。プロテスタント信者に対するカトリック信者の敵意だ。その激しさはときに非常に不快なものとなった。父が一九四〇年代末にブカヴに移り住んだ直後からすでにカトリックの敵意は感じられたようだが、私の幼少期を通じて状況はほとんど改善しなかった。

コンゴ東部にはキリスト教徒のコミュニティが数多くあり、そのほとんどが父の受け持つコミュニティよりも規模が大きかった。だが、父のコミュニティは年々拡大し、一九六〇年七月に完成した新しい教会は一、五〇〇人を収容できるほどのものだった。建物は教会というよりも倉庫、いや、巨大な車庫のようで、カトリック信者を刺激して無用な争いを引き起こさないように、外壁や屋根に十字架は一切取りつけられていなかった。

もちろんカトリック信者のすべてが敵対的であったわけではない。だが、執拗《しつよう》にいやがらせをする者もいた。彼らはプロテスタント信者がブカヴに住むのを好まず、礼拝の最中に石を投げるなど、あの手この手で不満をあらわにした。投石されて恐怖に身体がこわばったことを覚えている。まず教会の窓のあたりでコツコツと石が当たる音がしたあと、次に屋根から鈍い音が響いてきた。そしてその直後、過激なカトリック信者が扉を開け、教会内に石を投げはじめた。中にいた人々は頭を守るために前屈みになり、私はベンチの上で身をすくめた。誰もいない教会にカトリック信者が入り込み、内部をめちゃめちゃに荒らしたこともある。

だが、もっと困った問題もあった……。私たちは日々の生活の中でほぼ毎日のように大小さまざまないやがらせを受けていた。私は初等教育の三年目から福音宣教団がカデュテュ地区で運営している学校に通っていたのだが、誰が決めたのか、その学校の制服がスウェーデン国旗の色に合わせられたのだ。なんと黄色と水色に！　カトリックの学校の制服は全身白だったから、まるでプロテスタントの目印を身にまとっているようなスウェーデンカラーの制服が採用されて以来、私たちはカトリック信者にとって俄然目につく存在となった。遠くからでもひと目でプロテスタントとわかるようになってしまった私たちは、学校の敷地を出たとたん、罵詈雑言《ばりぞうごん》を浴びせられることになった。カトリックの子どもたちにしょっちゅう通せんぼをされるため、プロテスタントの子どもにとっては井戸に水を汲みに行くのもひと苦労で、大人に付き添ってもらわなければならなかった……。

いまでは幸い、そうしたことはなくなった。とはいえ、一部に根強い対立は残っていて、時々それが表面化することもある。たとえば、カトリックの青年が私の娘シルヴィーと結婚したいとやってきたときなどだ。とてもよい青年で、反対する理由が見当たらなかったので、私は結婚を許した。だが周囲は驚き、憤《いきどお》った。この結婚を「厄災以外の何ものでもない」とまで主張する人もいた。

私たちの家族は南キヴ州に定住したバシ族に属している。そして南キヴ州では住民のほとんどがカトリックだ。だがうちの家系のルーツはカジバにあり、そこは同じ州内でも一〇〇年ほど前からノルウェーの宣教団が布教活動をおこなってきた場所で、そのためプロテスタントが根づいていた。つまりカジバで何世代も前から暮らしてきた人々はほかのバシ族とは異なっていて、バシ族内の小集団を形成していた。その小集団のメンバーは俗に〈バジバジバ〉と呼ばれている。バジバジバのコミュニティは強い絆で結ばれていて、団結力が強い。そのため結婚はほとんどコミュニティ内でおこなわれ、家族にカトリック信者を迎え入れることはめったになかった。

カトリック信者が私の未来の娘婿となるこの結婚には反対意見が続出した。ブカヴのプロテスタント教会の偉大な指導者の一人を祖父に持つ娘が、カトリックと結婚するなど、とんでもない！それに父親であるドクター・ムクウェゲも、あんな結婚を許すとは頭がおかしくなったのか？大切な家族の価値を守るのが父親の務めだろうに！

いや、私にとってはあの青年を家族に迎えることになんの支障もなかった。自分たちの世界に閉じこもって生きることはけっしてよいことではないし、それになんと言っても、私にとって大事なのはわが子の意思だからだ。子どもたちはそれぞれ自分で人生の舵取りをして、みずからの未来を決めなければならない。子どもたちが自分の選択に満足しているのなら、私ができるのは彼らを支えることだけだ。父親にとってはそうするのが至極当然ではないか。

それに、愛し合う娘と青年の仲を裂くことなどできるはずがない。私自身の結婚も、そもそも私の両親の結婚も、伝統を揺るがし、規範をいくつか外れるものだった。だから自分の子どもの結婚に横槍を入れるなど論外だ。

私は役所でおこなわれた娘の結婚式には参列したが、ブカヴのカトリック教会で挙げられた式は遠慮した。私はその間自宅にいて、代わりに私の兄弟の一人が新婦を祭壇まで導く役を引き受けてくれた。

私が教会での結婚式に出席しなかったのは、むやみに火に油を注ぎたくなかったからだ。私が受け持つプロテスタントのコミュニティはこの結婚にこぞって反対していた。だから、おそらく容易には解決できないこの問題に人々の関心が過度に向かないよう気をつけたのだ。娘は私が決めたことに理解を示してくれた。それに結婚式に出なくても、私が娘を全面的に応援しているのはわかっていた。

とにかく、カトリックとプロテスタントのあいだにある溝がなくなればいいとつくづく思う。宗派の垣根を越えた結婚が当たり前になるべきなのだ。人を救うのは、その人と神とのかかわりであって、宗教そのものではない。神との関係性こそが大切で、ほかはすべて些事《さじ》にすぎない。だが、宗教や宗派にこだわる考え方が深く根づいているので、意識が変わるにはまだまだ時間が必要だ……。

カトリックとプロテスタントが合同で何かをおこなうこともかなり珍しい。だが例外もある。たとえば私は、カトリックのコミュニティが毎年開催しているセレモニーに招待されたことがある。それはクリストフ・ムンジヒルワ大司教を偲ぶ記念行事だった。大司教は一九九六年一〇月二九日に暗殺された。公正な人柄と率直な発言で知られており、当時ブカヴを占領した武装勢力にとって目障りな存在になっていた。

暗殺の当日、武装勢力の兵士たちは道を封鎖して大司教が乗っていた車をとめ、彼を車から降ろした。大司教は左手に十字架を握っていた。兵士たちはどうやら具体的な指示のないままこの暴挙に出たようで、大司教を捕まえてから無線で上司にどうすればよいのか伺いを立てた。すると、こう命じられた――「撃て」。ムンジヒルワ大司教は数メートル離れた場所まで連れていかれ、そこで兵士の一人がこの卑劣な命令を実行した。

当時――つまり一九九六年後半――、ブカヴに住むすべての人の人生が一変していた。私はムンジヒルワ大司教と面識はなかったが、大司教が殺された日――その日のことはよく覚えている――、私自身も裏切り者とみなされ追われていて、車のトランクルームに隠れて町を脱出しなければならなかった。

私は毎日、ムンジヒルワ大司教が殺された場所を通って通勤している。道の両側には大司教を偲ぶ絵が飾られていて、それらの絵は年に一度の記念行事のときに新しいものに交換されている。私が招かれたのはその記念行事だ。それは社会改革に積極的に取り組んだこの偉大な人物を讃える機会であるだけでなく、この地域を襲っている暴力を告発する機会ともなっている。

日々ラジオから流れてくるニュース、病院で目にする現実、私に対する脅しなどを考えると、そうした行事を開催することには大きな意義がある。どれだけたくさん開催しても、多すぎることはないだろう……。

ここコンゴにもいわゆる〝市民社会〟が存在する。地域に根づき、影響力のある市民団体があらゆる分野で住民に――とくにさまざまな宗教や宗派の信者たちに――暴力に立ち向かうよう、権力の濫用《らんよう》や汚職などを告発するよう呼びかけているのだ。住民を困らせたり憤慨させたりする問題すべてがそうした市民団体の活動の対象となる。そして市民団体はいろいろな機会を利用して〈死の町の日〉を実施する。これは特定の一日にすべての活動を停止させるストライキで、工場、工房、店、学校などさまざまな施設や建物が抗議のしるしに閉鎖される。二〇一二年一〇月に私が自宅で襲撃されたときにも、ブカヴでは〈死の町の日〉が実施された。住民にとってもそれは暴力に抗議し、連帯の意を表明するための方法で、実施日にはカトリックもプロテスタントも、さらにはほかの宗教の信者も含めた町のすべての人が一つにまとまる。皮肉なことに、コンゴ東部を蝕《むしば》む悪が住民を一致団結させているのだ。さらに、ここでは教会の力は絶大であり、その教会を通じても人々は意見を表明することができる。

二〇一二年八月の初め、ブカヴの街路がデモの人波で黒く染まった。コンゴのバルカン化［バルカン半島の紛争の歴史から生まれた用語。ある地域や国が分裂して敵対することを指す］に反対する意思をあらわすために、膨大な数の群衆が集まったのだ。当地には南キヴ州と北キヴ州の分離独立を企てる破壊勢力が存在する。だがこのデモのメッセージはあきらかで、「コンゴはこのまま統一を維持するべきだ、私たちは平和のために戦う」というものだった。私たちの声、つまり国民とさまざまな教会の声が一つになり、それが大きく高まって悪に打ち勝つ日がきっと来るはずだ。おそらくそのとき、私たちはようやく前に進めるようになるのだろう……。

私が九歳のとき、家族は大きな試練に見舞われた。当時は政府と対立する勢力がコンゴ東部の南部地域を占領し、多くの住民が虐殺され、民家が焼き払われたり略奪されたりしていた。

反政府勢力に逆らったり、彼らを批判したりした者の名はブラックリストに載った。そうなると死刑を宣告されたも同然だった。ブラックリストに載って処刑された人の中には父の親友の息子、イサクがいる。イサクが無残に殺された知らせを聞き、私たち家族は大きな悲しみに包まれた。ブカヴの教会で執りおこなわれた葬儀をつかさどったのは父だった。

イサクの父イブライムはレメラ山地内にある一地区の指導者だった。一九二〇年代にスウェーデン人たちが設けた宣教拠点からさほど離れていないところにある地区だ。イサクは父親の目の前で殺され、父も同じ運命をたどるはずだった。だが、兵士は父親を殺し損ねた。重傷を負ったイブライムが生き延びたのは奇跡以外の何ものでもない。だが、このままですまされないと彼にはわかっていた。

イブライムが地元にとどまるわけにはいかなかったので、父は彼を自宅にかくまうことにした。そのためには反政府勢力の兵士たちに気づかれずに一〇〇キロほどの道のりを移動しなければならなかったが、彼は無事にわが家までたどり着いた。コンゴ東部では数カ月前から反政府勢力がゲリラ戦を展開しており、彼らがブカヴを攻略しようとするたびに政府軍がそれを押し返すという状況が繰り返されていた。反政府勢力の指導者は、かつてルムンバ内閣で教育大臣を務めていたピエール・ムレレという若手の政治家だった。ムレレは反政府勢力の部隊を鼓舞するため、迷信や魔術を利用した。兵士たちは一人残らず入隊儀式《イニシエーション》を経験し、聖水を振りかけられたり、さまざまな薬草を使った煎じ薬を飲まされたりした。そして、「この〝魔法の水薬〟を飲めば敵の弾は威力を失い、たとえ身体に当たっても雨粒のように地面に落ちる」と信じ込まされた。

兵士のほとんどは辺鄙《へんぴ》な村をうろついていた若者たちだった。彼らは白い陶土と赤い粘土を顔に塗りたくり、上半身裸で、バナナの葉でつくった帽子をかぶっていた。そして麻薬をたっぷり摂取し、〝ムレレの水〟を意味する「マイ・ヤ・ムレレ！」と叫びながら攻撃に身を投じた。自分たちの不死身を信じて。一方、政府の正規軍は小銃の筒に草木の葉を巻きつけて危険にそなえた。葉の覆いがムレレの魔術からパワーを取り除くと信じられていたからだ。むろん、実際に魔力があればの話だが。

ムレレの部隊はついにブカヴを攻略した。そしてそのときから私たちも危険にさらされることになった。わが家には山間部から逃げてきた人がたくさん身を隠していたからだ。ブラックリストに名前が載っているそうした人々は——その中にはイブライムもいた——わが家にたどり着き、「これでもう大丈夫だ」と安心していた。だがブカヴが反政府勢力の手に落ちた結果、じっと身を潜めているわけにはいかなくなった。そこで全員で逃げる準備を始めた。だがその直後、教会の庭のほうから銃声が聞こえてきた。反政府勢力の兵士たちが攻撃しはじめたのだ。

警官や一般の市民が撃たれてバタバタと倒れ込むのが見えた。私たちは急いで逃げた。その間兵士たちは教会に押し入った。彼らはイブライムなどブラックリストに載っている者を追っていた。イブライムたちが教会やその近辺に身を潜めていることを反政府勢力に伝えた密告者がいたのはあきらかだった。

教会が無人だとわかると、兵士たちはそのすぐ隣にあるわが家へと向かった。だが、そこも同じくもぬけの殻だった。ほんの数分違いで私たちは難を逃れたのだ……。

私たちは頻繁に後ろを確認しながら全速力で町を突っ切った。追われている恐怖を感じるのと同時に、前方から敵がいつ飛び出してくるかと気が気でなかった。数キロ走ったところで知人の家で休憩を取った。だが、長居はせずに出発し、暗くなる前に安全だと思われる村までなんとか行き着いた。ムレレの部隊はブカヴを三日間占領したが、政府軍に反撃されて撤退を余儀なくされた。私たちは避難先で一週間過ごしたあと自宅に戻った。だが、私の人生はまたもや以前とは違ってしまった。なにしろ人が殺されるのを目の当たりにしたのだ。無差別にわけもなく、しかも教会の入り口の前で……。忘れようのない光景だった。

私たちは危ういところで命拾いした。数分遅かったら、イブライムたちは確実に殺されていただろう。私たち家族もどうなっていたことか。幸い全員が無事だった。その後イブライムは、反政府勢力の兵士の手に落ちることなく命を長らえた。

そのときのことが深く心に刻まれていたせいだろう、三年後の一九六七年に白人の傭兵部隊がブカヴ近郊まで迫ってきたとき、私は過剰とも言える反応を示した。町がまた叛徒《はんと》に占領されるのかと不安でたまらなかったのだ。ジョゼフ・デジレ・モブツが大統領に就任してから二年が経っていた。モブツはこの白人の傭兵部隊を利用して、キヴ州からムレレの勢力を一掃した。

だが、傭兵部隊への賃金が未払いだった。傭兵たちは約束されていた報酬をみずから稼ぐため、ブカヴを攻略しようとした。ブカヴの周辺にはたくさんの鉱山があり、それらを手中に収めようと考えたのだ。傭兵部隊を指揮していたのがベルギー人傭兵のジャン・シュラムだ。シュラムは部下たちとともに、ブカヴからほんの数キロしか離れていない隣国ルワンダの領内から攻撃の機会をうかがっていた。

私はシュラムをまるで幽霊か何かのように恐れた。その名前を耳にしただけで、背中に悪寒が走った。当時の私は精神的に不安定で夜はよく眠れず、眠れたとしても恐ろしい夢にうなされた。

私は両親に町を離れたいと訴え、自分の計画を説明した。私が練った計画は、「歩いて一日の距離にあるカジバ村の親戚の家に住まわせてもらう。ちょうど親戚の人がわが家に泊まりに来ているので、彼らが帰るときに一緒に連れていってもらうことにする。そして状況が落ち着くまでカジバ村にとどまる」というものだった。

だが両親はまるで取り合ってくれず、私の計画は却下された。そのせいで私は不安に苛《さいな》まれつづけることになった。当時はよく一睡もできずに日がのぼるまでじっとベッドに横たわっていたものだ。やがて親戚がカジバ村に帰る日がやってきた。まだ朝の五時前に彼らが帰り支度をする音が聞こえてきた。

一行が家を出ていくと、私はベッドから起き出してすぐに服を着た。そして忍び足で玄関まで行き、そっとドアを開けて庭に出た。まだ夜明け前で寒かった。ブカヴは標高一、五〇〇メートルほどの高地の、しかも大きな湖のそばにあるため冷え込みが厳しい。少しのあいだ私は庭にたたずみ、家の中の物音をうかがった。大丈夫、中はしんと静まり返っている。家族は私が家を抜け出したことに気づかずにまだ寝ているようだった。私はほっと胸をなで下ろした。

庭を出て道を歩き出した。だが五〇メートルほど進んだところで足を止め、心に問いかけた。自分は本当にこのまま最後まで計画どおりに突き進むつもりなのかと。それまで両親に背いたことはほとんどない。いや、正直なところ一度だってない。だが、今度ばかりはどうしようもないと感じていた。ブカヴの町にはいたくない。このままでは恐怖で頭がおかしくなりそうだ。親の反応はどうでもいい、親のことを気にするのはあとまわしだ……。

乾季で空が澄み、星々が道を照らしていた。カジバ村の親戚はほんの数分前に出発したばかりだから、すぐに追いつくはずだった。だが、私は注意深く一定の距離を置くことにした。私があとをつけてきたことに彼らが気づけば、きっとその場で追い返すだろう。それだけは避けたい。ふたたび歩き出すと、ほどなくして遠くに親戚の姿が見えた。星明かりがそのシルエットをくっきり浮かび上がらせている。道はのぼり坂で、私たちは南へ向かっていた。日の出とともに沿道では人々が忙しそうに働き出し、一日の暮らしがまた始まった。

私たちはパンジ地区を通過した。私がいま働いている病院があるこの地区は当時、ほとんど人が住んでおらず、森と農園が広がっていた。もっとも農園のほうはベルギー人があわててこの国を去って以来、放置されたままになっていた。

二時間弱歩いたところで、私はもう追い返されることもないだろうと大胆になった。親戚たちは誰かがあとをつけてくることに気がついて驚いた。しかもそれが私だとわかったときには、驚いたどころの騒ぎではなかった。

「なんてことだ！　いったいここで何をしている？」

「カジバ村へ行こうと思って」

「お父さんとお母さんに黙って出てきたのか？」

私は地面を見ながらうなずいた。土の中に隠れてしまいたかった。

目の端で親戚の人たちの様子をうかがうと、顔を見合わせているのが見えた。みなが無言になったあと、親戚の一人がようやくこう口にした。

「誰かが家まで送り届けてあげよう」

私の目から涙がこぼれた。

「いやだ！　あそこにいると怖いもん」私は顔をゆがませて激しくかぶりを振った。

一行の中にザシャリという人がいた。彼はカジバ村の上方にある山に住み、そこで一族の牛の世話をしていた。

「うちに来ればいい。家畜の面倒を見る手伝いをしてもらおう」

私は小さなころから大自然に憧れていて、この地方の鬱蒼《うっそう》とした森を歩いたり、壮大な風景を眺めたりするのが好きだった。自然の中にいると絶えず力が湧いてきた。

ザシャリの家は雄大な自然に囲まれていて、家畜たちを従えての長時間の山歩きを私は存分に楽しみ、穏やかな気持ちになった。その結果、傭兵ジャン・シュラムの影はぐんと遠のいた……。

だが、穏やかさは長続きしなかった。自然に囲まれたのどかな暮らしが始まってからほんの一週間後、ブカヴが反乱部隊の手に落ちたという知らせが届いたのだ。傭兵たちが町を占拠し、私がもっとも恐れていたことが現実となったのだ。しかも、それだけではまだ足りないとでも言うように、カデュテュ地区にある私の家に爆弾が落とされた。私はショックで言葉もなかった。

一二歳の、しかも家族から離れて暮らす子どもにそんな悲報がもたらされたら、大きな衝撃を受けるのは当然だ。私の頭の中にはさまざまな問いが渦巻いた。家に爆弾が落ちれば中にいる人はどうなる？　父さんや母さんは無事なのか？　きょうだいたちは？　ぼくはみなしごになってしまったのか？

私はザシャリの家を出てカジバ村に移った。村にはノルウェーの大きな宣教拠点があり、病院と学校も併設されていた。父がその学校の責任者と懇意にしていたので、私はその人の家に住まわせてもらうことになった。

ふたたび暴力が横行するようになったブカヴから住民が続々と避難しはじめた。私は道端に立ち、延々と続く避難民の列を眺めた。そして道行く人々に父の消息を尋ね、家族に何があったのか情報を集めようとした。その結果、私の家は一部が壊れただけだと何人かから知らされた。だが、それ以上のことはわからず、「怪我人や、ひょっとして死者が出たんですか?」と尋ねても、答えはまったく得られなかった。

一日か二日、何もわからない状態が続いたあと、ある男性が私に、うちの庭に死体が二つ横たえられているのを見たと教えてくれた。だが遠目で見たので誰の死体かはわからなかったらしい。

「たぶん、男性と女性だろう。いや、二人の若者かも……」

私は不安でいてもたってもいられなくなった。だがほどなくして、カジバ村に私の家族がやってきた。幸い全員が無事で、怪我もしていなかった。爆撃されたとき、家には父と姉のエリザベトがいて、母とほかのきょうだいは前日にブカヴの町を出ていたのだそうだ。

では、庭に横たえられていたのはいったい誰だったのか?

「レアとジョブだよ」父は悲しそうに言った。

私は愕然とした。二人とも私の遊び仲間だった。レアは十三歳で、ジョブは二〇歳。

「レアとジョブだって?!」驚きと悲しみのあまり声がうわずった。

だが、そのあと言葉に詰まり、沈黙が流れた。ようやくこう尋ねた。

「うちに爆弾が落ちたとき、なぜ二人が家にいたの？」

「戦闘に巻き込まれないように逃げてきていたんだ」

町の一部では傭兵と政府軍の小競り合いが続いていたが、誰もがカデュテュ地区は大丈夫だと考えていた。実際、そこで戦闘が繰り広げられることはなく、わが家が爆撃されたのはただの悲劇的な手違いだった。苦戦を強《し》いられていた政府軍が爆撃機を投入することにしたのだが、パイロットには漠然とした情報しか伝わらず、標的を間違えてしまったらしいのだ。爆弾は敵の部隊から離れた場所に投下され、そのうちの一つがわが家に落ちた。

私の家はこげ茶色のレンガを雑に積んだ造りで、細長い長方形をしていた。部屋は四つあり、私はいつも真ん中の部屋に寝ていたのだが、爆撃されたときレアとジョブはまさにその部屋にいた。屋根が崩れ、粉々になったレンガの下敷きになって二人は死んだ。

爆発の威力はすさまじく、衝撃波で家が揺れ、両隣の部屋にいた人たちも大怪我を負った。

「あの子たちは家の玄関先に埋葬してきたよ」父はぽつりとそう言った。

政府軍がジャン・シュラムの部隊を駆逐するのに二カ月弱かかった。家族がブカヴに戻ることになったとき、私はこのままカジバ村にいたいと頼んだ。当時は認めたくなかったが、私は相変わらず恐怖に取りつかれていて動揺も激しく、とても家に戻れる状態ではなかった。心の準備がまだ整っていなかったのだ。

結局、カジバ村に残り、学校にも通えるよう手配してもらった。だが、勉強を続けることははじめに思っていたよりも厄介だった。というのも、反乱部隊の兵士たちがまだ周辺部に潜んでいてゲリラ戦を続けており、一部の地域へ向かう道がちょくちょく通行止めになったからだ。そのせいで私は最初の学期、学校を転々とすることになった。

結局、私がブカヴを離れて暮らした期間は丸一年におよんだ。カデュテュ地区にある自宅に戻ったとき、私の視線はどうしても玄関先の地面の一画に吸い寄せられた。レアとジョブが眠っている場所に。

時が経つにつれ、そこに二人が埋葬されているという事実にはなんとか慣れていったが、埋葬されている若者が私の部屋で死んだという事実はいつまでも私の心の中でくすぶりつづけた。自分が両親に逆らって家を出ることさえしなければ、レアとジョブではなく自分が死んでいたはずだという思いはいつまで経っても消えなかった。

私は生き延びた。だが、生きるのもけっして容易ではなかった……。

6

ベッドに横たえられたその小さな少年は痙攣《けいれん》し、激しく汗をかいていた。少年の家に呼ばれた父はその枕元に立つと、聖油の入った小さなびんを取り出し、ふたを開け、中身を手のひらに数滴垂らした。そして少年に屈み込み、祈りの言葉を唱えながらその額に塗油した。私は父のそばに立ち、こうべを垂れ、目をつぶった。父から額に手を当てられて、少年が苦しそうにうめくのではないかと心配だった。父がそっとやさしく少年に触れているのはわかっていたけれど……。

その子はひどい病気にかかっていて、私もそばで見ていてつらかった。だが、はたして祈るだけで病気は治るのだろうか？　その点が気になってたまらなかった。なぜ父さんはこの子に薬を与えようとしないのだ？　ぼくが病気になったとき父さんは、ぼくのために祈るだけじゃなく、薬ものませてくれたじゃないか？　この子に薬を与えないのはなぜだ？　父が祈りを捧げているあいだずっと、この疑問が頭から離れず、少年の家を出たら父さんに訊《き》いてみようと思った。

それは日曜日の午後のことで、私は病人を訪ねる父に同行していた。聖日である日曜日は父と行動をともにするのが慣わしだった。父のスケジュールはびっしり詰まっていて、私たちは夜が明けるずいぶん前に起床し、まず五キロの道を歩いて町の反対側まで行き、軍の兵舎でプロテスタントの兵士のために朝の四時半から礼拝をおこなった。そんなに早い時間に予定が組まれていたのは、六時から始まるカトリックのミサの前までに礼拝を終わらせなければならなかったからだ。その条件をのまなければ、兵舎での礼拝は認められなかった。

もう一つ、今度は警察署の官舎で礼拝を取りしきったあと、父はようやく自分の教会へ向かった。教会での礼拝は数時間続いた。そしてそのあと一四時ごろから無料診療所や家々をまわり、病人を訪ねた。

私は父の外出に同行するのが好きだった。私はつねづね困難をものともせず何事にも全力で取り組む父の姿勢に感嘆していたが、父がとくに秀でていたのは病人への接し方だった。彼らが活力を取り戻せるよう気を配り、その祈りには心からあふれ出すまっすぐな思いがこもっていた。

そんな父の行いの中で唯一、私の心に引っかかっていたのは薬のことだった。だから病気の少年の家を出たとたん、すぐに父に尋ねた。「どうしてぼくには薬をくれたのに、ほかの人には渡さないの？」病人の多くがひどいありさまで、私が病気にかかったときとは比べものにならないほど苦しんでいた。私は汗をかいて痙攣《けいれん》していた少年のことが気になってしかたなかった……。

父は道の真ん中で立ち止まり、なんとか私に説明しようとした。

「私は自分にできること、自分にやれることをするだけだ。つまり祈ることだよ。薬を渡すのはほかの人の仕事だ。彼らはそのための訓練を受けている。それが仕事なんだよ」

そんな人たちを私は無料診療所で目にしていた。身に着けた白衣でそれとわかる彼らは、小さな容器に入った薬を配っていて、〈ムガンガ〉と呼ばれていた。前に私が病気になったとき、おそらくムガンガの一人が父に錠剤を渡し、父がそれを私にのませたように記憶していた。

「じゃあ、ぼくは大きくなったら、ムガンガになる」

「そうか、わかった」と父は言った。「だとすると、私たちはおたがいを補う関係になるな。おまえは薬を配る。私は祈りを捧げる」

会話はそこで終わった。だが、それは私の人生の中でもっとも決定的な瞬間の一つだった。自分は将来、薬を配る人になる——それは真剣そのものの決意であり、そう決めた瞬間から、その思いはすでに私の心に深く根を張っていた。以来、私は一度もほかの仕事に就こうと考えたことはない。大きくなったら教師でもパイロットでもなく、白衣を着た人になる。そう決めたのは一九六三年のことで、私は八歳だった。思い返せば、私に医師になる道を指し示してくれたのは父だったのだ。


私と父は年月を重ねてもずっと親しい関係だった。父は二〇一〇年一〇月に亡くなった。そのとき私は父を亡くしただけでなく、友人をも失った。父は私の手本であり助言者であり、揺るぎない支援者だった。私たちはいつも毎週土曜日に会って紅茶を飲み、ともに祈った。一心同体のような関係だったので、父の死後、私は自分自身の一部を失ってしまったかのような喪失感に襲われた。

父の死は突然の出来事で、誰もが驚いた。とても元気そうに見えたし、倒れる直前まで精力的に動きまわっていた。だが、本人は虫の知らせのようなものを感じていたようだ。亡くなる二週間前のやりとりに私は驚き、戸惑った。

もうすぐここを発つ――父は唐突にそう言ったのだ。

一瞬わけがわからず、訊《き》き返した。

「どういう意味です？　発つって、どこへ？」

「神の御許《みもと》へだよ。その時が来たんだ。私は自分の人生を生きた。じゅうぶんに」

「やめてくださいよ。そんなこと言わないで」私は文句を言った。「そういうことは口にするものじゃないですよ。お父さんはまだまだ長生きします」

父はいつものように控え目に笑って言い添えた。

「もうじゅうぶんだ。やりたかったことはすべてやったから思い残すことはない。あとは天で神にお会いするだけだ」

その言葉を聞いてなぜかわからないが、私は少し腹が立った。だが、腹など立てるべきではなかったのだ。父の考え方や言葉はまさに聖職者のもので、聖職者であればそう考えるのが当然だ。彼らにとって人生の究極の目的は、天にまします神の御許に召されることなのだから。

父はその時が来たことを息子に告げたわけだが、私はそんな言葉を聞きたくなかった。父が死ぬと考えただけで、心が恐慌をきたしそうになった。

「お父さんとはどんな話でもできるけど、この話だけはご免ですよ。よしてください」

私はそのあと長い出張に出た。そして私が留守をしているあいだに父は重篤《じゅうとく》な脳卒中に見舞われた。私が戻ったとき、父はパンジ病院に入院していて昏睡状態にあった。そしてその少しあと、一〇月七日に亡くなった。この日付はただの偶然だろうか？ というのも、一〇月七日は私たち家族にとって特別な意味を持つ日付だったからだ。一〇年前に父はこの日を、家族全員が——どこにいようとも——年に一度集まってともに祈る日と決めていた。

「毎年一〇月七日に集まることにしよう」父はそう家族に言い渡した。

なぜその日なのか、家族の誰にもわからなかった。意味もなく偶然に選んだ日付に思われた。それでも一〇月七日に集まることが家族の伝統となり、父が死んだとき、私たちは父を亡くした悲しみに打ちひしがれるだけでなく、父がまさにその日に亡くなった事実に驚いた。まるでその日が自分の命日になることを父があらかじめ知っていたかのようではないか。だが父の死によって、年に一度この日に家族が集うという伝統が保たれることになった。家族の絆は、その一員を亡くしたときにこそ深まるものだ。

父の死後、私は父が脳卒中の発作を起こす一週間前に周囲の人々に、「私はもうじき〝発つ〟」と伝えていたことを知った。そう言われた人は困惑し、私と同じ質問を投げかけた。「発つって、どこへ？」父の言葉はみなを不思議がらせた。だが父の論理に立てば、不思議でもなんでもなかった。父は自分が人生の終焉《しゅうえん》にたどり着いた、人生最後の門をくぐる時が来たという確信のもとに生きていたのだ。だが誰もそれを理解できずにいるうちに、父は私たちのもとを去っていった……。

父の死にざまは、その生きざまをよくあらわしていた。父は物静かな人だった。ここキヴ州では、父が子を殴ることがよくある。それがしつけの方法なのだ。父親は子どもを脅し、殴打の雨を降らせる。恐怖が子どもを服従へ導くとでも言うように。そうした父親は自分がよいことをしていると思っている。だが、少なくとも自分が子どもに苦しみを与えていることを意識しているのだろうか？　子どもたちはおびえと不安の中で育つことになる。キヴ州の若者の多くが精神障害を抱えているが、これはけっして偶然ではない。

私は自分が愛情深い両親のもとに育ったと断言できることを誇りに思っている。父が私やほかの誰かに手を上げるようなことは一度もなかった。父は諍《いさか》いをなるべく避けようとし、声をけっして荒らげず、どんなたぐいのものであれ言い争いを許さなかった。きょうだい喧嘩《げんか》が始まり、声が大きくなると、父はすぐに飛んできて、「ほかの部屋へ行きなさい」、「喧嘩をするなら外でやりなさい」などと命じた。父はもめ事を極度に嫌っていた。

三〇年以上牧師を務めた父は地元の教会の運営を任されていた。そして引退したあともそれまで同様、病院や刑務所に通いつづけた。いつも人々のそばに寄り添い、人々を慰め、人生を導くこと――父はそれが何よりも好きだった。そんな父はブカヴの多方面の人々から広く尊敬を集める存在となった。もちろん、声高に賛美されることはなかったし、そうするべきものでもなかったが、それでも人々が父について語るとき、その名を口にしただけでその口調には父に対する深い尊敬の念があらわれていた。

牧師を辞めたあと、父は教会の雰囲気が変わったことに気がついた。厳格でぴりぴりとした雰囲気に……。父が長年かけて説いてきた和睦と協調の精神は、何事にも手厳しく対処する頑迷な指導部によって損なわれた。父はそのことを深く嘆き、心を痛めていた。

一方、母は父とかなり性格が違い、二人の教育方針は控えめに言っても正反対だった。母はすばやく行動するタイプで、私がいたずらをしようものならすぐに叱り、尻をぶったり、頬を軽く叩いたり――つまりビンタをしたりした。だが、そうした体罰はその場でさっと与えられ、それで仕置きは終了し、くどくど説教はしなかった。叩いたあとにもっと罰したり、棒などの道具を使うこともなかった。つまり、叩いて叱ったらそれでおしまいという方針だった。

だが、私にとっては父ではなく母に叱られるほうが気が楽だった。父の場合は言葉で罰せられ――言葉は父の武器だった――、母の平手打ちよりも時にずっとこたえた。あの抑制された穏やかな口調で、父は心に突き刺さる言葉を発した。そしてそれはずっと心の中にとどまり、私は長いあいだその痛みを抱えつづけることになった。父は深遠な人だった。

＊

父は牧師としてのささやかな給料で増えつづける家族を養わなければならず（最終的に子どもは九人まで増えた）、家計のやりくりはいつも大変だった。私の学費の支払いにも支障をきたすことがあったほどだ。一学期、さらには一年分の学業をあきらめることは私にとって世界の終わりにも匹敵した。学校は私にはとても大切な存在だった。五歳になるとすぐに私は学校に通いたいと両親に訴え、それができないとわかると大泣きした。あとになってようやく学校に通えるようになったとき、嬉しくてたまらず、「絶対に遅刻しないぞ」と心に誓った。

私は足取りも軽くカデュテュ地区の坂道を下り、バスに乗って町中にある旧ベルギー人学校に通った。独立前は少数の例外をのぞいて白人の子どもしか通えなかったベルギー人学校も、独立後は肌の色に関係なくすべての子どもを受け入れるようになっていた。細長い数棟の建物から成るこの学校は湖のほとりにあり、当時は一、〇〇〇人ほどの生徒が通っていた。なぜあれほど学校に行きたかったのか、自分でもよくわからない。おそらく好奇心が強かったのだろう。あるいは、ただ学ぶことが好きだったのかもしれない。母が言うには、私は人の話に注意深く耳を傾ける子どもだったらしい。わが家には泊まりに来た牧師のほか、親戚や友人などいつも人が集まり、夜遅くまであれこれおしゃべりに花を咲かせ、議論を交わしていた。私は部屋の床にぺたりと尻をつけて座り、じゃまをしないように静かにしながら大人たちのやり取りをじっと聴いていた。私の知りたがり屋の気質に母は気づいていた。知りたい、わかりたいという気持ちが人一倍強い私にふさわしい場所は学校だった。

学校に通いはじめて二年目に私は転校した。教育に問題があったわけではなく――授業は大好きだった――、宣教団が運営する学校が再開されたからだ。独立によって引き起こされた混乱が少し落ち着くと、国外に逃れていた宣教師たちが戻ってきた。

子どもの多くは就学して何年かすると学校に行く喜びを失ってしまう。だが、私は違った。嬉しい気持ちはいつまでも変わらず、私はよい成績を収めようと精いっぱい努力した。だが、初等教育が終わり中等教育での新年度の授業が始まる時期に、私は父から新しい学校の授業料の支払いに苦労していると聞かされた。そのとき私は、生意気な口調できつい言葉を投げつけた。

「なんで牧師なんかしてるの？　あんなに安い給料しかもらえなくて、子どもを学校にやるにもひと苦労じゃないか！　商売するとか、もっと稼げる仕事に就くとかすればいいのに！」

父は少しのあいだ無言で私をじっと見つめると、こう諭した。

「これまでおまえは一年も欠かさず学校に通うことができた。毎日ちゃんと食べて、服だって持っている」

父の少し悲しげな目を見て、私はうなずくしかなかった。

「私の牧師仲間が何人も、もっと実入りのいい仕事に就こうと教会の仕事を辞めた。だがいま、彼らの子どもたちは路上で暮らしている。人生で大切なのはお金だけじゃない。ほかにもっと大切なものがあることをおまえは学ぶべきだ」

心の奥底から発せられた父の言葉は私の胸を打った。自分の境遇を嘆くあまり、私には周囲が見えなくなっていた。もちろん、父が正しい。あんなことを言うなんて、自分はまったくどうかしていた。だが、その日はプライドが邪魔をして、父に謝ることができなかった。それでも一週間後、やましい気持ちを抱え込んでいた私は父に謝罪することにした。

「父さん、ごめんなさい。あんなこと、言うべきじゃなかった。ぼくは自分のことばかり考えていたよ。悪かったって反省した。父さんはぼくたち家族が食べていけるように一生懸命働いていて、そのことはぼくもちゃんとわかってる」

白状すれば、私は他人と自分を比べていたのだ。ティーンエージャーによくあるように……。たぶん、裕福な家に生まれた友だちがうらやましかったのだと思う。人間らしい話ではある。中等教育の一年目、私は学校まで片道八キロの通学をしなければならなかった。たいていバスを利用したが、月末になるとバス代が払えなくなり、行きも帰りも歩くことになった。学校には寄宿舎があり、そこに入るのが夢だった。長い道のりを歩くのでは時間がかかり、勉強時間が減ってしまう。それでまた私は泣き言を口にした……。すると今度は父もぴしゃりと言った。

「すべては神の御心から出ているのに、おまえはなぜそう文句ばかり言う?」

きつい調子で言い返されて、一〇代だった私は急に恐ろしくなった。八キロ歩くのが大変だ、宿題をする時間がもっと欲しい——そう思って私は父になんとかならないかと掛け合った。ほかに何か特別なことを望んだわけではない。だが、こんな強烈な言葉が返ってきて、私はぐうの音も出なかった。当然、その後も歩いて学校に通いつづけた……。

とはいえ、父はいつもちゃんと私のことを考えてくれた。授業料をすべて支払い終えたあと、学校の最後の二年間の寄宿舎代を負担してくれたのだ。私にはどうしても寄宿舎に入る必要があった。生徒同士の競争が激しくて、試験もとても厳しかったからだ。

学校は町のはずれ、丘陵地帯のてっぺんにあり、そこから湖が見下ろせた。花咲く木々、美しい庭。周辺の環境は最高で、まるで天国への入り口のようだった……。しかも授業はさまざまな面でとても充実していた。

スウェーデンのペンテコステ派宣教団とノルウェー人修道女が共同で運営していたこの学校は、おもにエリートの養成を目的にしていた。そのためその学校には宣教団がキヴ州に設けたそれぞれの初等学校の成績優秀者上位二名しか入学できなかった。私がこの学校に入ったことを口《くち》さがない人たちは、「牧師の息子だから特別扱いされたのだ」などと噂したが、成績がよかったからにほかならない。

私は生物学と化学を専攻する理系コースに登録した。当時からすでに将来の職業に直結する道を選んだのだ。職業としてはじめに考えたのは看護師だった。だがある人に、「さらに上を目指して医学を学んだらどうか」と勧められた。「きみならできる」と言われて。当時、キヴ州で働く医師の大半はヨーロッパ人で、地元の医師はまだ少なく、しかもレメラ山地にある宣教拠点に新たに病院をつくる決定が下されたばかりだった。だから医師の職を得るのはそれほど難しくないと思われた。もちろん、家計に大きな負担を強《し》いるはずの学費が気がかりだったが……。

父が寄宿舎代を出すと言ったとき、私は天にものぼる気持ちだった。かつて父と見舞ったあの病気の少年のことがすぐに頭に浮かんだ。あの子の家に足を運んだ日に私は〈ムガンガ〉になろうと決めたのだ。

夢が現実になりそうだった。痙攣《けいれん》している男の子の姿がいつも頭にあったから、自分は小児科医を目指すのだろうという確信めいた思いを抱いていた。小児科の医師になって、病気の子どもたちを治すのだと。

当時一七歳だった私は、待ち受ける試練や、医者になるという決断の重みをまだはっきりとは意識していなかった。とにかく一歩一歩前に進むしかなかった。当面の目標は、中等教育を優秀な成績で修了することだった。そしてそのあと、首都キンシャサにある大学の医学部に入学する。

私はすでにお手本となる人物に出会っていた。オスヴァルド・オーリエンというノルウェー人医師で、カジバの宣教拠点にある病院に勤務していた。働いている彼を見て、私は病人に寄り添おうとするその姿勢にとても感動した。医師としてのプロ意識、人間としての温かさ、そして共感力。彼の病人に対する接し方にはその三つの要素が溶け合っていた。彼はどんな治療が必要か見きわめるのと同時に、どんな手助けが必要かも見きわめた。患者は往々にしてもろく傷つきやすい存在だ。そういう人たちの肩にやさしく手を置き、励ましの言葉をかけたり、温かな目で包み込むように見つめたりする……。病人はそうした配慮を受けることによっても回復していく。もちろん薬は必要だ。そう、私はまぎれもなくこのノルウェー人医師のようになりたいと思った。彼のようになれれば、私のもとを訪れる子どもたちは安心できるはずだ。

自分は人々を死の淵から救う医師になるのだ――そう思っていた私は、医師になることでまさか、自分の人生が危険にさらされるようになるとは思いもしなかった。医師は悪から守られている存在だと思っていた。天命と呼ぶべきか使命と呼ぶべきか、そう、私にとって医師の仕事はほとんど神聖なものだった。私は何かを成し遂げるのだ――人類全体を救うことはできないまでも、少なくとも人間一人の命を救うために。医師を攻撃しようとする人がいるというのは私にとってまったく想定外で、病院は守られた場所、侵してはならない聖域だった。私はそんな甘い認識のもと、医師の仕事を始めた。

医師になるまでの道のりは障害だらけだった。当時は独裁政権下で、体制が強大な権力を握っていた。すべてがその上層部で管理され、決定が下されていた。そのせいで私は一九歳のとき、キンシャサの大学で医学ではなく工学を学ぶことになった。体制がそう望んだからだ。だが、私はこの決定に懸命にあらがい、エンジニアにならずにすんだ。救済策は国境の向こう側、隣国ブルンジにあった。私はブルンジで念願だった医学の勉強を始めた……。

二〇年後、つまり一九九六年に〈第一次コンゴ戦争〉と呼ばれる紛争が勃発したとき、世の中には侵されることのない聖域も、悪から完全に守られている場所もないことを不意に私は理解した。攻撃を免れうるものなど、この世には存在しないのだと。

そう理解したのは、病院内の執務室に吊しておいた私の白衣が、銃弾を受けて穴だらけになっていたのを目にしたときだ。私はまったくの偶然から少しのあいだ病院を留守にしなければならなかった。実際、私は本当にしかたなく病院を出た。それに先立ち、私と病院のスタッフは何カ月かのあいだ、周囲に広がる山の中で戦闘の準備が進められている様子を病院からひそかに眺めていた。そして不安に駆られながらも、何があっても患者を置き去りにはしないと心に誓っていた。だが予期せぬ出来事が起こり、私は病院を離れなければならなくなった。ほんの短いあいだだけだ、と私は自分に言い聞かせた。実際、すぐに戻ってくるはずだった。だが状況は思わぬほうへ転がり、私は病院に戻れなくなった。そしてある日の朝、五時一五分ころ、病院が襲われ、患者三〇名と看護師三名が殺された。襲撃者たちが残したメッセージはきわめて明快だった。彼らは私の執務室に侵入し、吊してあった白衣と私の写真に向けて銃を連射した。

それは人生の転換点となる出来事だった。あの襲撃の前と後に、人生は分かたれた。それまで私はどんな軍の兵士だろうと、彼らが病院に入り込み、ベッドに横たわる病人を——手術を受けたばかりで包帯を巻かれ、自分では身を守ることのできない人たちを手にかけるはずなどないと信じていた。だが、とんだお門違いだった。勝手にそう思い込んでいたせいで、その反対の事実を認めるのは余計につらかった。

その時から——そしてそれはいまも実際に続いているのだが——私の医師としての人生に、そして私の日常に暴力が組み込まれてしまった。それは私が暴力を容認しているという意味ではない。ただ、病院を武力で守るという選択肢も頭に浮かぶようになったということだ。だが、そんなことをすれば患者はどう思うだろう？　銃口に絶えず視線が引き寄せられてしまうような状態で、私のところにやってくる女性たちにはたして回復は見込めるのだろうか？　患者は「病院に行けば物騒な武器を目にしなくてすむ、暴力から身を守れる」と考えているはずなのに……。

暴力はいたるところにはびこっている。だがそれに屈することなどあってはならない。悪に対して毅然とした態度を取ることもまた、長い目で見れば立派な武器なのではないか。この自伝の執筆中、私はやむをえず譲歩した。つまり、武装警備隊を病院に配置することを受け入れたのだが、私はそれを残念に思っている。とにかく、私の基本姿勢、すなわち病院の敷地内にはいかなる武装組織も入れるべきではないというスタンスは少しも変わっていない。一方で病院の武装警備を女性警官が担うことも多く、それならまだいく分かは許されるのかなと思っている……。


「そうか、わかった。だとすると、私たちはおたがいを補う関係になるな。おまえは薬を配る。私は祈りを捧げる」——父は病気の少年の家を訪問したある日曜日の午後、そう私に告げた。

パンジ病院の一日は祈りから始まる。祈りは患者と病院スタッフの心をつなぐ大切なひとときだ。私とスタッフは病院の未来について大きな夢を抱いている。できるかぎり最良の医療を提供するという夢だ。しかも私たちは、〝アフリカ水準〟での〝最良〟を実現するだけでなく、国際的な〝許容レベル〟に達することをも目指している。そのためには日々厳しい挑戦に取り組まなければならないことは覚悟している。実際、人口過密の町で——ブカヴの都市機能は数千人程度の人口を想定したものなのに、住民はいまや一〇〇万人を超えている——、どうしたら質の高い医療を提供できるだろう。なにしろ停電や断水はしょっちゅうだ。この状況に私たちはいつも頭を抱えてきた。

だが、そんな厳しい状況にあるからこそ、まさに信仰と医療を組み合わせることで奇跡が生まれるのだ。私の家からパンジ病院までは車で三〇分ほどだ。たった八キロの距離なのにそんなに時間がかかるのは、道路が適切に維持されておらず、道の状態がひどいからだ。だがここで強調したいのはその話ではない。この八キロの道のりに教会がなんと四〇も建っているということだ。大袈裟《おおげさ》に言っているのではない。本当に四〇もの教会があるのだ！　もちろんその中には、きちんと運営されているのか怪しい組織もあるだろう。だが、少なくとも一つだけ断言できることがある。それは、ここの住民が信仰心に篤《あつ》い人たちだということだ。

イエス・キリストは自分の唾と土を混ぜて粘土状のペーストをつくった。そしてそれを薬のように、目の見えない人のまぶたに塗った。私たちがパンジ病院でおこなっているのはそれと同じことだ。少なくとも象徴的な意味において。私と病院のスタッフは、信仰や祈りと結びついて効果を発揮するペーストをつくっている。パンジ病院を視察した外国人は、たいていそうした話題を避けたがる。だがそれこそが私たちの仕事、つまり患者への治療の核を成すものだ。私はまだあの少年の家からの帰り道を、父と一緒に歩いている気がしてならない。そしてあのときの約束は私と父のあいだで交わされただけではなく、科学と信仰のあいだでも交わされたものだと思っている。

パンジ病院の精神を形づくっているのは、この科学と信仰の結びつきだ。そこから生まれる活力が絶望に立ち向かうことを可能にし、患者に生きる勇気を与えているのだ。

7

父の人格はどのように形成されたのだろう？　ほかの親は子どもに体罰を与えていたのに、父はわが子の尻をぶつこともなかったのはなぜなのか？　そうした問いに答えるのは簡単ではない。だが、答えの取っかかりはおそらく、父の子ども時代に見つかるのではないか。
父の幼少期について私はほとんど知らない。父がそれについて話そうとしなかったからだ。だが母の話を聞くと、さまざまな面で苦労の多い子ども時代だったようだ。

*

父は自分の母親を知らない――父を産んだときに亡くなったのだ。しかも父親のほうもその数年後に亡くなった。一人っ子だった父は親戚に引き取られた。だが家族の一員として迎えられたわけではなかったようだ。その証拠に、父はつねに疎外感を味わっていた。
父はカジバにあるノルウェーの宣教団が運営する学校に通い、そこで信仰と出会った。父の将来の展望はけっして明るくはなかった。この地では息子が土地を受け継ぐのが伝統だ。そして父親は、息子が結婚するときに新婦の実家に結納品として渡す牛の数をじゅうぶんにそろえられるように腐心しなければならない。家族がいないということは、空手で未来に歩み出すことであり、妻を娶《めと》るのにも大変な苦労を強《し》いられることは容易に予想できた。

それでも希望がまったくないわけではなかった。同じ境遇の娘と出会えればいいわけで、父の人生に起きたのはまさにそれだった。

カジバの宣教拠点には、学校に通いながら教師の家で子守兼なんでも屋のメイドとして働いている女の子がいた。兄と姉がいる五人きょうだいの末っ子だった彼女は、四歳のときに母親を亡くした。そしてそのあと父親が再婚し、それによって子どもたちの人生は一変した。

父親の再婚相手の態度は最初からはっきりしていた。「自分が産んだ子たちじゃないので、一切かかわりたくありません」というものだ。父は新妻の言いなりになり、子どもたちはかわいそうなことに、親がいないも同然になった。どこに行けばよいのかわからず、夜は食料を保管している小屋で眠った。もちろん、保管している食料に手をつけることは許されず、食べ物は自分たちで見つけなければならなかった。年長の子たちは日中、なんとか生き延びていける分だけの食料を手に入れるために奔走した。

そんな惨状では、学校に通うという考えそのものが子どもたちの頭に浮かばなかった。とはいえ、きょうだいのうち誰か一人は学校に行かないと、当局に罰金として財産や家屋が差し押さえられる危険があった。

そこできょうだいは、末っ子を家族の〝代表〟として学校に送り込むことにした。

宣教師が運営する学校での新年度の初日、その子は教室に入り椅子に腰かけた。彼女は教師が点呼を始めて自分の名前が呼ばれると、一瞬ほかの子の陰に隠れて小さくなったが、すぐに手を挙げ、大きな声で「はい！」と返事した。末っ子が入学を認められたおかげで、家族は警察の捜査をぎりぎりで免れた。

入学後ほどなくして、教師の一人が彼女に「私の年下のきょうだいの子守をしてくれないか」と持ちかけた。彼女はありがたくその仕事を引き受けた。子守のほかに家事も少々こなさなければならなかったが、代わりに夕食の残りをもらえることもあった。そんなときだけは、いつもの空きっ腹から解放された……。

少女は少しずつ成長し、ついにある日、両親を亡くして親戚の家に身を寄せている青年と出会った。柔らかな声で話すその青年と少女はたちまち恋に落ち、結婚を考えるようになった。だが、少女の父親は二人の関係を好ましく思わず、結婚を許さなかった。青年が貧しく、財産もなかったからだ。どう見てもこの結婚は得にはならない、と判断したのだ。

すると少女は徹底抗戦に出た。自分の子どもたちをあれだけほったらかしにしてきた父親に結納品を手にする資格はない――そう考えた彼女は、父親の意思と伝統に背いて青年と結婚することにした。

当時二人はまだ一〇代で、結婚生活には大きな苦労が予想された。そして実際、二人は飢えと貧困に苦しめられた。

両親の生い立ちを通じて、私は自分の子ども時代に対する理解を深めている。もっとも、それは多くの人も同じなのかもしれない。思うに若き日の父は、結婚して子どもを持つなど夢のまた夢だとあきらめていたのではないか。孤独の思いに包まれ、おそらくずっとこのまま独りきりだと覚悟していたのではないかと思うのだ。

だが、父の人生が母の人生と交わり、そうして重なった二本の道を二人で歩んでいくことになった。共通の未来へと続く道を。子ども時代の苦労で鍛えられていたとはいえ、父と母は支えてくれる親も親族もない状態で、しかも困窮をきわめる中、二人だけで新しい生活を築き上げていかなければならなかった。

いま振り返ると、自分の子どもたちに対する父の態度には遠慮と感謝がまじっていたように思えてならない。家族を持てたことが嬉しくて、その家族に暴力を振るうなど考えられないことだったのではないか。そんなことをしたら、思いがけず自分がつかんだ幸せを傷つけてしまう。父の振る舞いの根底にあったものを、私はそんなふうに理解している。

一方、存命中の母には闘士の側面が感じられてならない。母は確固とした考えを持つとても聡明な女性だ。父親に逆らって結婚を決めたことには、母の個性である意志の強さがあらわれている。勉強を続けることさえできたなら、きっとかなり上のレベルまで行けただろう。いまの母はなんとか文字が読める程度だ。学校にはとぎれとぎれにしか通えず、じゅうぶんな教育を受けられなかったせいだ。残念ながらこの国の女性や女子の多くが、まだ同じ問題に直面している。

*

母は精神力は強かったが、身体のほうは弱かった。私が子どものころ、いったい何度体調を崩しただろう。学校から戻ってくると、母はよく家の中のどこかでぐったり動けなくなっていた。ひどい遺伝性の喘息《ぜんそく》に悩まされていて、私たちを心配させた。注射をしないと起き上がれないこともよくあった。そんなとき母はぜいぜいと苦しそうにあえぎ、ひどいと呼吸困難に陥った。家族の中に注射器を扱える人がいなかったので、私が総合病院までひと走りし、必要な処置をしてくれる人を呼びに行かなければならなかった。

独立直後のことで、町中の病院や無料診療所にかかるのは以前よりも容易になっていた。誰でも病院で名乗り、治療を求めることができたのだ。

病院までは走って二〇分ほどだった。初めての日、私は息を切らして玄関ホールに駆け込むと、病院のスタッフを呼ぶために大声を出した。手当てを断られた場合にどうするかは、あえて考えないようにしながら。

「母さんが呼吸できなくて苦しんでるんです。誰か助けてください！」

廊下に人影はなく、はたして私の声がスタッフに聞こえただろうかと心配になった。だが、やさしい声がした。

「お母さんはどこにいるんだい?」

振り向くと、看護師の男の人が近づいてきた。

「自宅にいます。動けなくて」

「家はどこ?」

「カデュテュ地区です」

看護師はそばまで来ると親しみのこもった目で私を見た。

「ぼくはダニエル。ダニエル・カガラビだ。きみの家まで案内してくれ。お母さんは注射をすればよくなると思うよ」

そう声をかけられて、不安がたちまち安堵に変わった。

このダニエルが何度母を救ってくれたか、正確な数はわからない。とにかく彼は頻繁に家に来てくれた。母が発作を起こすたび、私は病院にダニエルを呼びに行った。夜中だと彼の自宅へ行き、寝ているところを起こした。彼は二四時間いつでも来てくれた。

ダニエルと知り合ったのは、私が〈ムガンガ〉になると決めてから二、三年後のことだ。というわけでダニエルは、カジバの病院で働くノルウェー人医師と同様、私の将来の理想の手本となった。

私の家族にとって彼は本当に心強い存在だった。ダニエルがいてくれるかぎり「母さんは大丈夫、危ないことはない」とどんと構えていられた。

彼は私より一〇歳年上だったが、年齢差に関係なく私たちは親しい友人になった。何年ものあいだ連絡を取り合い、ただおしゃべりをするためにちょくちょく会ったものだ。

私がある日、おそらく母の人生でいちばん大変だったであろうこの時期の思い出話をすると、母は言った――「ああ、もちろんダニエルのことは覚えているよ」

子沢山だった母は大家族を忙しく切り盛りしなければならなかった。もちろん、二人の姉は母を手伝った。だがそれでも虚弱な身体を強靭《きょうじん》な精神力で補っているような状態で、相当つらかったに違いない……。

そんな母が自分の父親を許すまでには時間がかかった。幼少時にあれほどひどい扱いを受けたのだから無理もない。だが少しずつ母は父親に対する態度をやわらげた。母の父、つまり私の祖父の最初の子どもは結婚した翌年に生まれた。当時、祖父たち夫婦はとても貧しかった。歳月が流れ、自分も子を持つ身になって初めて母は、親になれば誰でも多大な責任を背負わなければならないことを知ったのではないか。さらに、父親のわが子に対するあの非情な振る舞いにはそれなりの事情があったのだと思えるようになったのだろう。妻に先立たれて再婚した父は新しい家庭を築くことに必死で、最初の妻とのあいだにできた子どもたちを顧みる余裕がなかったのだと。

あるいは単に父親を赦《ゆる》すことにしたのかもしれない。親を憎み、口も利かないような関係が続くことに嫌気が差して。そんな状況が心の重荷になったのだろう……。

8

ある日曜日の夕方、私は教会のベンチに座っていた。カジバでの〝亡命の一年〟を終えて戻ってきたばかりで、自宅の玄関先にジョブとレアの二人が埋葬されているという事実になんとか慣れようとしていたころの話だ。

礼拝の儀式が終盤に差しかかり、私は両手を組み、目を閉じた。自分が人生の大切な時期を迎えていることは自覚していた。それまで宗教について疑いを覚えたことはなかった。私は信仰がごく当たり前のものとして感じられる環境で育った。そして子どもの多くがそうであるように、両親が信じている宗教を深く考えることなく信じていた。

だが一三歳になり、大人としての人生の扉が目の前で開きかけていた。私の子ども時代は危険と隣り合わせだった。人が殺されるのを目の当たりにし、反乱部隊の兵士から逃げ、自宅が爆撃された。おそらくそのせいだろう、成長するにつれて、誰かに守られているという安心感を求める気持ちがどんどん強くなった。その一方で、物事を自分の頭で考えられるようにもなっていた。というか、自分ではそう感じていた。そして私は自分の人生を、神と呼ばれる天上の力にみずから委《ゆだ》ねたいと願うようになっていた。

教会のベンチに座る私の祈りはいつしか熱を帯び、祈りの中で私は心の内をさらけ出した。それまで何人かに神との出会いについて聞かされていたが、それがどんなものかはよくわからなかった。無理もない。神との出会いはとても個人的なものだから。それは信者がそれぞれ経験する特別な瞬間で、それゆえに語られる話もそれぞれ違っていた。

一心不乱に祈っていると、突然、神霊が私の心をとらえた。そのとき私はぬくもりのようなものに包まれ、自分は独りではないという安心を得た。その経験はとても特別で、これからの人生はこれまでとは違うのだとはっきりわかった。何が起ころうと私は守られている、この世での生が終わりを迎えたとき、新たな人生が始まるのだとはっきり意識した。そうしたことをすでに大勢の説教師から教わってきたが、彼らの教えがもはや言葉だけの概念ではなく、絶対的な確信へと変わった。もう迷いは微塵もなかった。この経験によってすべてが自明となった。私は自分の歩むべき道がすでに示されているのを感じた。

この先どんな選択に直面しようとも、私には自分が進むべき方向が見えているはずだ……。

私はよく、「〝神〟というものは宣教師たちによってアフリカにもたらされ、私たちアフリカ人に押しつけられた」という主張を耳にする。私はそのような歴史の解釈には反対で、むしろこう主張したい――「宣教師たちが福音と〝全能の神〟という基本概念を携えてアフリカ大陸にやってきたとき、アフリカにはそれを受け入れる土壌があったのだ」と。というのも、宣教師たちが伝えたメッセージはアフリカの人々にとってなじみのあるものだったからだ。〝人々を守り、来世の人生を約束する父なる神〟という概念はアフリカ大陸に太古から存在していた。部族や民族集団のほとんどで、たとえ呼び名や姿形は違っても、〝神〟が信じられていた。それぞれの集団の中で民間信仰はしっかり確立していて、私の属するバシ族も例外ではない。バシ族の伝統的な神は〈ナムジンダ〉と呼ばれ、〝最後の者〟を意味する。つまり世界が消滅しても、この神だけは存在するのだ。

ナムジンダを崇め、この神に奉仕するための祭儀もきちんと定められている。私の肉屋の伯父の例を紹介しよう。伯父は供物を置くためにささやかな小屋を自宅の庭に構えていた。毎朝仕事に出る前、伯父はそこに肉片、穀物、野菜、果物、ハチミツなどさまざまな食べ物を置いた。ナムジンダの心を鎮めなければならない。そして商売がうまく行くようにその恩寵《おんちょう》を賜るのだ。ナムジンダが満足すれば貧困と飢えが遠ざけられ、商売繁盛がもたらされる――そんな確信と願いから、伯父は毎日供物を捧げた。

夕方、伯父は店から戻ると小屋が空になっているかどうか確かめた。そしてハチミツも肉片もすべて跡形もなく消えているのを見て喜んだ。供物に不満があれば、神はそれに手をつけず、そのままにしたはずだから。だが、きれいさっぱりなくなっていたので、伯父は満足だった。神が捧げ物を喜び、じゅうぶんに味わったのであれば、未来の安寧が約束されたことになる。となれば、これからも気前よく食べ物を捧げつづけるまでだ。というわけで、夜になると伯父はもう、「明日のお供え物は何にしようか」とあれこれ思案した。

だが、捧げ物の件でいちばん喜んだのは近所の子どもたちだった。食べ物が小屋に置かれるのを茂みの陰からそっと見ていた子どもたちは、伯父が働きに出るのを待って小屋に近づいた。いちばんの人気はハチミツで、次は果物。ほかは山分けし、母親のために持ち帰った。伯父はその事実を知っていた節がある。だが、それは問題ではなかったのかもしれない。この話の肝は別のところにある。伯父は毎日捧げ物をすることで、自分の信じる神のイメージを鮮明に保ち、小屋に置いた供物がなくなっているかぎり安心していられた。逆に子どもたちがなんらかの理由で来られなかった日には、伯父はかすかに不安に駆られたのではないか。ナムジンダはご立腹なのか、これから試練の時が訪れるのかと。

人間を超越する力を信じ、その力と特別な関係を結ぶことは何もアフリカ人だけに限った現象ではなく、長いあいだ西洋世界にも存在した。かつては西洋の多くの国が現在のアフリカの一部の国と同じぐらい貧困にあえぎ、社会も混乱していた。そして人々は困窮の中で神を信じ、その加護を願った。

だが時代が変わり、いまでは西洋人の多くが神の話が出ると怒り出しそうになる。「神とは誰のことだ？　なぜそんな話をする？」全能の神はあきらかに〝システム〟に置き換えられ、ガラクタ置き場にしまい込まれてしまった。

神の代わりに登場したのが国家や保険システムだ。人生でぶつかる問題がなんであれ、いまや守ってくれるものがある。病人には医者が、法律上の問題を抱えた人には弁護士がいて、職を失った人には社会保障の安全ネットをそなえた国家がある。だが、ここコンゴにはそのようなものはない。国はあるが存在しないも同然で、当てにはできない。国民には頼り先がなく、だからごく自然に、自分よりも大きい存在、強い存在に心を向け、すがるようになる。

もちろん私たちも、整備された道路や頼りになる医療システム、貧困層に対する社会支援制度などをそなえた機能的な社会で暮らしたいと望んでいる。だが私たちが日々どんなに願っても、それはかなわぬ夢でありつづけている。そのために使われるべき資金が、途中でどこかに消えているからだ……。

だがいかにシステムが充実しても、守られたいという人間の本質的な欲求に絶対的に応えてくれる安全システムは存在しない。私たちはそのことを二〇〇一年九月一一日、ニューヨークのツインタワーが崩壊したとき理解した。アメリカ合衆国の政府は自国民に、自分たちは守られていて安全なのだとずっと信じさせようとしてきた。だが、この想像を絶する事態が起こったとき、それは犠牲者や国全体にとって悲劇となったばかりでなく、システム全体を崩壊させた。

政治家たちは安心安全を強調する演説をぶった。だが〝防御の盾〟に対する人々の信頼は粉々に打ち砕かれた。アメリカ国民は大きな衝撃を受け、自問自答した――わが国は安全だと言われてきたのに、なぜあんなことが起こったのだ？　世界一の超大国は無防備だった。人間は不測の事態から、悪から身を守ろうと心を砕いてきた。だが守れなかった、今度もまた……。

アメリカで起こったこの出来事を私たちコンゴ人はアフリカ大陸の真ん中で、鏡に映った自分たちの姿を見ているような気分で眺めていた。私たちは当時、八つの国がかかわる戦争［第二次コンゴ戦争］の泥沼にはまり込んでいて、アメリカの様子を報じたテレビ映像が伝える〝絶望〟という言葉は、私たちにとってとてもなじみのあるものだった。

だが一つ、顕著な違いがあった。九・一一に匹敵する悲劇を私たちコンゴ人は日々経験していたということだ。コンゴ国内の犠牲者の数は天文学的な規模にのぼっており、その原因はおもに病気と飢えだった。それでも国民の広範な層が信仰を通じて絶望の淵に沈むのを免れていた。

一方、西洋では社会が豊かになり、物質面で満たされるにつれて神を信じる重要性が失われていった。だがそこに大規模な自然災害やテロリストの攻撃など、人間に自分たちの脆《もろ》さを意識させる出来事が起きたとき初めて、わが身を守るために万策を講じたと思っていてもじゅうぶんではなかったことに気づくのだ……。

この種の出来事が頻発していることは、私たちのもとに大量にもたらされる日々の国際ニュースを見てもあきらかだ。なのに、いつも茫然自失が繰り返される。

伯父は毎日ナムジンダに供物を捧げていたが、それは未来を守ってもらうおうとしたからだ。伯父にとっては捧げ物をする行為がわが身を守る〝防具〟をつくり出す手段だった。私は思春期の入り口で聖書が語る神のもとへと行き着いた。それも同じ理由、つまり〝防具〟をつくり出したかったからだ。そして私はたとえキリスト教にゆかりの深い環境で育たなかったとしても、同じ確信に至ったただろう。私にはいつも自分を見守ってくれる存在が必要だという確信に。

私が暮らすこの地の人々のほとんどが、いつも自分を見守ってくれる存在を必要としている。もしこの国で西洋の国々の一部でなされているのと同じように神がその存在を否定されたなら、私たちは最後の心の拠りどころを失うことになるのだろう。

9

私が中等教育機関で学びはじめたころ、コンゴはかなりの繁栄を経験した。いわゆる〝黄金期〟とでも呼べるような繁栄を。国に平和が訪れた。コンゴが誇る鉱山資源の中でもっとも埋蔵量の多い銅の価格がこれ以上ない高値に達する一方で、国民はまだモブツの――あの当代きっての搾取者の真の姿を知らなかった。

それでも裏では着々と悪事が企てられており、それは火を見るよりもあきらかだった。当時モブツは毛沢東を訪れ、中国から自分のため、国のために使えそうな新しい思想を持ち帰った。そしてコンゴに〝真正さ〟、つまりコンゴらしさを取り戻させようとし、植民地時代に築かれた制度と西洋の影響全般を一掃することに決めた。そしてあらゆる分野での再アフリカ化へと乗り出した……。国名も〈ザイール〉と改められた。だがこれはポルトガル語に由来するため［ポルトガル人がコンゴ川をザイール川と呼んだことに由来］、あまり真正な名前とは言えない。

モブツはザイール化政策を推し進めた。その結果、地名は変えられ、さらに西洋風の名を持つ市民は改名を迫られた。〈デニ〉という私の名前は使えなくなった。私は当時、未成年だったため、母が新しい名前を決めることになり、〝忘れられない人〟という意味を持つ〈ムケンゲレ〉と名付けられた。

大統領みずからもジョゼフ＝デジレ・モブツ改め、モブツ・セセ・セコ・クク・ンベンドゥ・ワ・ザ・バンガと名乗るようになった。これは〝忍耐力と鋼《はがね》の意志のおかげで、誰にも止められない連戦連勝を収めた全能の戦士〟を意味する。

モブツは国家元首として、中国から直輸入した徹底的な個人崇拝を確立した。彼が国民に期待、強要したこの崇拝はとどまるところを知らなかった。学校や職場は毎朝、大統領に対する敬意をあらわすことから一日が始まった。まずはモブツと彼の偉大さと、彼が自分たちにとってどれほど大切な存在であるかを黙考したあと、両手を打ち鳴らして歌い踊るのだ……。

もちろんばかげたことだった。だが、モブツは自分の命令がきちんと守られているかを監視する優秀な治安部隊を抱えていたので、素直に従わないと大変な目にあった。

モブツの名を初めて耳にしたときのことは鮮明に覚えている。一九六一年初頭のことで、当時アニセ・カシャムラ――父の教会に兵士を差し向けた張本人――がコンゴ東部を恐怖に陥れていた。カシャムラは結局、中央政府から望ましからざる人物としてにらまれ、未来の大統領となるモブツ――当時は軍の参謀総長だった――が彼の部隊を立ち退《の》かせるため当地にやってきた。

私の記憶にあるのはそのニュースを知ったときの父の反応だ。父はこう言った。「モブツがこっちに向かっている。ということは、今日は家から出てはいけない。危険すぎる」

モブツがクーデターを企てて権力を掌握した日のことも覚えている。一九六五年一一月のことだった。その後、彼は前首相〔エヴァリスト・キンバ〕と三人の大臣をキンシャサの広場で絞首刑に処した。国民は大きな衝撃を受けたが、モブツはすべて計算ずくだった。恐怖政治を敷くことで国民に、彼に歯向かおうとする動きはなんであれ即座に容赦なく潰されるのだということを理解させようとしたのである。

モブツが恐怖政治を確立するまでアフリカの新興独立国の指導者たちは、自由を勝ち取るために支配者である宗主国に立ち向かった闘士たちだった。だが人々はモブツの手法に新たなモデルの誕生をみとめた。〝アフリカ式独裁〟のモデルの誕生だ。それ以降、アフリカの指導者の多くがモブツを手本にし、そのモデルを採用するようになる。

かくして独立の英雄の多くが変身を遂げた。彼らは自分たちがかつて打倒しようとした宗主国の圧政と植民地支配を彷彿させるほど横暴になり、たがいに支援した。たとえば、仲のよさを強調していたモブツとウガンダのイディ・アミン大統領のように。

とはいえ、〈真正への回帰〉が始まったのはモブツの統治がもっとも成功を収めていた時期に相当する。彼は一党制を敷き、一九七〇年の大統領選挙を圧倒的多数で勝利した。モブツの人気はけっして見せかけではなく、国民の幅広い層が彼を心から信頼していた。各種の経済指数が良好な水準を保っていたときはとくに人気が高かった。当時のザイール（コンゴ）は驚くべきことに、南アフリカと同等レベルの堅調な経済活動を維持していた。

私はあのころ、かなり特殊な環境で暮らしていた。キリスト教色の強い中等教育学校に通う一方で、モブツに対する個人崇拝が最高潮に達していたからだ。おそらくモブツは国民のあいだにどのように宗教が浸透しているか研究し、それをヒントにみずからの個人崇拝を推し進めたのではないか。その証拠に、当時の国民の信仰の対象は、キリストでも聖母マリアでもムハンマドでもなく、モブツだった。

私が当時通っていた学校は〈ブウィンディ校〉と言い、スウェーデンとノルウェーのペンテコステ派宣教団により運営されていた。名門校で、私がそこで学んだ四年間はおそらく私の人生でもっとも刺激に満ちていた。各教科の授業は質が高く、その数年前に出会った信仰を深める機会にも恵まれた。教師は生徒に聖書のテキストを教え、生徒はその深い意味や日々の実践について議論した。だが、学校の環境には私をいら立たせる要素、つまり一種の狭量さも感じられた。中でも罪のとらえ方に違和感を覚えた。幼少より私は、信仰というものは自分の心の問題であり、外からどう見えるかは問題ではない、問題があるとしてもごくわずかだとわかっていた。それは父がつねに私に諭してきたことだった。だが、スウェーデンの宣教団は本国で教えられているとおりに罪を定義しており、その教えに私はなじめなかった。

気分を変えようと私はよく、寄宿舎をこっそり抜け出して町中の映画館へ行った。そこではフランス映画やアメリカ映画が上映されていた。私は暗がりに身を沈め、何も考えずに映画のストーリーに没頭するのが好きだった。ある日、いつものように映画を観て寄宿舎に戻ると、当直の教師に見つかり無断外出をとがめられた。私が〝町に下りたこと〟は教師たちの怒りを買ったが、とくにその行き先が彼らを激怒させた。映画館に行くのは不適切な行為であり、彼らにとっては重大な罪ですらあったのだ。

言いたい人には言わせておけばいい――私はそう考えていたので、教師たちの叱責は私の頭上を素通りした。映画を観に行くことは信仰の問題とはまったく無関係だと私は思っていた。

だが、もっと厄介な問題があった。信仰の問題よりもずっと深刻な一種の〝脅しのシステム〟に学校が支配されていたことだ。当局の青年部のメンバーが生徒を監視していたのだ。〝スパイ〟として学校内に配置された彼らは、学業に加え、モブツに逆らう抵抗勢力や反乱分子をあぶり出す任務も負っていた。生徒にモブツが真の救済者であることを納得させる役割も。

私は黙っていることのできない性質《たち》で、この青年部のリーダーと頻繁に議論を闘わせた。そして自分の意見をおおっぴらに口にし、青年部のメンバーたちに、私が彼らの意見に与《くみ》することはけっしてないとわからせた。

そんなふうに体制側の人々を挑発することに危険がともなわないわけではなかった。青年部のメンバーたちには自分が見聞きしたことを当局に報告する義務があり、私の率直な物言いが私自身のみならず、私の家族にまで累《るい》をおよぼす恐れがあったのだ。

しかし私は、彼らの過激な主張が表面的なものにすぎないのに気づいていた。彼らが口にする言葉はすべて頭で覚えたもので、頭と心のあいだに齟齬《そご》があるのが見て取れた。相手の主張を論破するのは簡単だった。そもそも彼らの多くが、学校を卒業するころにはモブツに対する見方を変えていた。彼らもまた信仰を見出したのだ。

だがモブツは明確で具体的なプランを用意していた。彼は細部に至るまで若者に対する支配を行き渡らせようとした。そして一九七四年一一月、学校での宗教教育をすべて禁止して道徳の授業に置き換えた。学校を運営する教会と宣教団は礼拝を続けることは許されたが、宗教色を排した授業をおこなうことが条件だった。そうした措置は社会に多大な影響をもたらし、コンゴ版〈迷える世代〉が生み出された。心に指針がなければ、未来は闇に包まれてしまうものなのだ。

宗教教育の禁止は私が中等教育を終えた数カ月後に発令された。私は首都キンシャサに出て学業を続けていた。キンシャサに着いたとき、市内はお祭りムードに包まれていた。モブツが当時もっとも注目を集めていたスポーツイベントをザイールの首都で開催させることに成功したからだ。ジョージ・フォアマンとモハメド・アリが対戦した、あの伝説のボクシング世界ヘビー級タイトルマッチだ。

〈ジャングルの決闘〉や〈世紀の闘い〉といった呼び名でよく知られるこのビッグマッチはモブツの政治的勝利であり、彼は当時まさにその栄光の頂点にいた。その試合の開催には巨額な費用が必要だったが――モブツにはそれを支払うだけの余裕があった――、彼の〈真正化〉プログラムにぴったり適《かな》っていた。タイトルマッチは〝北米のアフリカ回帰〟と位置づけられ、それを演出するため、アフリカ系アメリカ人の大物アーティストたちがキンシャサでコンサートをおこなった。

試合は当初、九月に予定されていたが、フォアマンがトレーニング中に負傷したため延期された。モブツはその期間を利用して、全世界のさらに多くの放送局に放映権を売り込んだ。

一〇月三〇日、巨大なキンシャサスタジアムでついに試合が開催された。このスポーツイベントは大成功を収め、いまでもボクシング史上もっとも有名なマッチの一つに数えられている。試合はフォアマン有利という大方の予想を覆して、モハメド・アリがいっぷう変わった戦術を使って第八ラウンドで勝利を収めた。

だが結局のところ、真の勝者はモブツ大統領ではなかったか？

ヒョウ柄の縁無し帽がトレードマークのこのスポーツ好きの大統領が全世界を驚かせているあいだ、国内では人々が華やかな舞台の裏側にあるもの、つまり国家崩壊へと向かうサインに気づきはじめていた。私の友人であり指導者であり、当時スウェーデン宣教団が運営するレメラ病院で医師兼病院長を務めていたスヴェイン・ハウスヴェッツは国家崩壊の始まりを象徴する出来事を目にしており、のちに私にそれについて語ってくれた。

「キンシャサの国の備蓄庫から医薬品を運んでくるトラックの積荷が少しずつ減ってきたんだよ。一部のダンボール箱の中身が小石にすり替わりはじめて、ついにはダンボール箱のすべてに石が詰まっているありさまだった。なんのためにトラックがここまで来るんだか、これじゃまったくの無駄骨だ。小石をもらったって、なんの役にも立たないからね。モブツ体制は汚職と盗みと公金横領の上に成り立っていた。国民もすぐに彼のやり口を真似た。しかもモブツの手下たちが国中に散らばっていたから、もう誰のことも信用できなかった……」

それはまた、私の生まれ故郷の町、ブカヴが悪の坂を転がりはじめた時期にも相当する。そうして悲しいことに、あの町は荒廃と崩壊への第一歩を歩み出したのだ。

私の子ども時代のブカヴは、確かに権力に飢えた人々に占拠されたり、神も法も恐れぬ傭兵たちに攻撃されたりはしたが、草木が植えられ、花々が咲き誇り、手入れの行き届いた牧歌的な町だった。通りのアスファルトは滑らかで、ローラースケートが楽しめた。

ローラースケートこそ当時八歳か九歳の私が夢中になっていた遊びで、ブカヴのほかの子どもたちにも人気があった。私はスケート靴を、クリスマスプレゼントとして両親からもらったお小遣いで買った。自慢するわけではないが、ローラースケートの腕前はかなりのものだった。私は遊び仲間と一緒にカデュテュ地区の坂道を猛スピードで滑り降りた。さらにスピードが出るように、道に大きなダンボールを敷いたこともある。するとローラーと滑走面のあいだに摩擦がなくなり、息もつけないようなとてつもないスピードが出たものだ。

現在、道路に開いた穴を避けようと車をジグザグに走らせているとよく、この命知らずのダウンヒルを思い出す。道はすっかり凸凹になってしまい、坂道をローラースケートで滑り降りることはいまや自殺行為だ。ブカヴの荒廃は社会全体に汚職や腐敗が広がった時期、つまりボクシングのあの世紀のビッグマッチが開催されたころに始まったと私は確信している。

確かにブカヴは一貫して発展のチャンスに恵まれなかったが、一九九〇年代の半ば以降は戦争と暴力にも蹂躙《じゅうりん》された。町はみずからの重みに耐え切れずにきしんで悲鳴をあげている巨人のようだった。周辺の村々で暴力の猛威がやまず、安全が確保できなくなってしまったため、多くの住民が村を離れ、少しでもましな暮らしを求めてブカヴに逃れて住み着くことになった。その結果、町の人口は増えつづけ、美しい緑地も消えた。

もちろん、村を捨てて避難せざるをえなかった状況はじゅうぶん理解できる。村はつねに死の危険にさらされており、それがもたらす具体的な悲劇を私は毎日病院で目にしている。それでも私は、子どものころのブカヴが恋しくてならない。町はいまでは混乱と無秩序に支配され、増えつづける避難民に押し潰されそうになっている。通りの一部ではいまだに植民地時代のコンクリート舗装の残骸が目につく。もう六〇年近く経つというのに……。あとは推して知るべし、この町の道路がどれほど悲惨な状態か、説明するまでもないだろう。町のそばに広がるキヴ湖は、アフリカでもっとも標高の高い湖で、おそらくもっとも美しく、夕暮れどきの幻想的な光で知られていた。だが水は汚染され、湖畔はごみ溜めとなり、その魅力を大いに失ってしまった。

町が現在抱えるそうした問題の数々は、遠くない過去に激化した。だが、もとをたどればモブツがブカヴなど国内の多くの町や村の荒廃を招いたのだ。すべてはモブツの怠慢のせいだ。彼は国にさまざまな問題を解決できるだけの資力がまだあったあの時期、なんの手も打たずに問題を放置した。モブツの統治は三〇年以上続き、その間彼は社会に深い爪痕を残した。そのため、国民の集合的無意識の中で彼はまだ生きつづけている。その証拠に、モブツがもうこの世にいない事実を忘れ、現在起きている問題まで彼のせいにする国民がいるほどだ。

モブツ時代の政府の要人のほとんどが、国のあちこちに壮麗な家や宮殿を所有していた。だがそこに滞在する機会は数えるほどしかなく、ほぼゼロというケースもあった。ブカヴにはモブツのバカンス用の別荘があり、彼はたまにそこを訪れていた。一九七一年にモブツが来たときのことは人々の記憶に刻まれている。彼は一緒にやってきたブルンジの大統領とともに町のサッカースタジアムに姿をあらわすことになっていた。二人が到着する前、すでに群衆がスタジアムの入り口に押しかけていたが、儀礼上モブツが先にスタジアム入りする予定になっていたため、中に入ることは許されなかった。だが群衆は待ち切れずに興奮し、入り口付近で押し合いへし合いしていた。そのためゲートが開いてしまい、近くにいた人々が前方に押し倒された。そのときの混乱と騒ぎで二〇人以上が圧死、または窒息死した。

モブツ時代には国家警察が全方位的に監視の目を光らせていた。一九八三年の経験は忘れられない。当時レメラ病院で働いていた私は誰かに密告された。国民の義務とされていた大統領を称賛する日々の儀式に参加しなかったのが原因で、私は国家警察の職員に捕まって尋問された。

病院のスタッフを率いる私は公職にあり、ある意味、国の代理人、あるいは国で認められた唯一の政党である革命人民運動党（ＭＰＲ）の代理人だった。だがもちろん、私は自分の信条に反してモブツを礼賛するような真似はしたくなかった。

国家警察の職員は凍りつくような静寂の中、じっと私をねめつけてから言った。

「なぜ命令に従わない？」

「従いたくないからです。信じていないものを賛美することはできません。例の儀式についても同じです。茶番を演じるよりも自分の原則に従いたいんです。単純な話ですよ」

私は状況を甘く見ていたわけではなく、危険は重々承知していた。自分の言動は国家反逆罪に問われる可能性があることを理解していたのだ。

似たような状況で命令に従わなかったほかの人々は投獄、拷問され、場合によっては処刑された。私のいとこは同じ〝罪〟で有罪となった。朝、両手を打ち鳴らして踊るのを拒んだのだ。彼は軍人だったので状況はさらに厄介だった。結局いとこは投獄され、モブツに対する謀議を企てたとして告訴された。これは独裁体制がどう機能するかをあらわす好例だろう。つまり、命令に背くものはみな一様に〝煽動者《せんどうしゃ》〟とみなされるのだ。さらにそれが軍人だった場合は軍事クーデターを画策していたことになる。だが、当局もさすがに全員を処刑することはできないので、いとこは最終的には釈放された。

一方、私は自分が強力な切り札を持っていることを知っていた。私は当時、レメラ病院で働くただ一人の医師だった。だから私を拘束したり、処刑したりすれば病院はおそらく閉鎖を余儀なくされる。しかもその病院は地域で最大であるばかりでなく、さまざまな面で不可欠だった。さしもの国家警察も、そこで働くたった一人の医師を連行するような愚挙には出ないだろう……。

当然、警告は受けた。そして国家警察は私を監視しつづけることにした――だがそれは容易ではなかった。というのも、その後ほどなくして私は産婦人科の専門知識を学ぶため、フランスへ旅立つことになったからだ。

私の留学期間は五年におよんだ。その間、国の崩壊は続いた。貧困が広がり、町も村も荒廃し、道路は雑草に覆われた……。だがその一方で政府高官たちは、国庫の資金を海外の個人口座へせっせと移した。そうしてわが国の特権階級は、欧米の大富豪にも想像できないような贅沢三昧《ぜいたくざんまい》を謳歌《おうか》した。


私はモブツを二度、実際に見たことがある。一度目はブカヴの北にあるカヴムの飛行場でのことで、彼は軍の部隊を閲兵したあと外国へ飛び立った。

ほかの多くの独裁者と同じように、モブツもカリスマ性にあふれていた。背が高く存在感があり、国家元首としての物腰を身に着けていた。国民は彼を尊敬のまなざしで見た。彼がかなりいかがわしい方法で公金を扱っていることが判明したあとも、そのまなざしは変わらなかった。確かにモブツにはある種の魅力があったのは認めよう。その口調は丁寧でエレガントとも言えたが、と同時に、恐怖を感じさせた。彼はつましい家の出で、母親はホテルの客室係、父親は料理人で無学だった。とにかくモブツは頭のよい人だった。それは誰もが認めるところだ。そして国民を抑圧して支配するやり方を心得ていた。

二度目に彼を目にしたのはキンシャサの大学で学んでいたときだ。彼はその日、現金がぎっしり詰まった旅行カバンをいくつか持参して、学生たちに札束をばらまいた。子どもに飴玉をやるように。モブツが大学を去ったあとは、学生組織の会長を務めていた私に残りの現金を配る役がまわってきた。私はモブツよりも秩序正しくそれを分配した。

近代化をやみくもに追い求めた彼は、スケールの大きな数十ものプロジェクトに着手して、「ザイールは急速な発展を遂げ、遠からず貧困から脱することになる」という幻想を国民に振りまいた。だが実情はまったく異なり、彼は国庫を私物化して空にし、公費を賄《まかな》うために紙幣を大量に発行した。

モブツはカネには困らなかった。資金は莫大な富を生み出すこの国の鉱山や森林や大規模農園《プランテーション》からもたらされたが、その一方でアメリカをはじめとする西側の先進国も資金源となった。アメリカ政府はモブツを冷戦の同盟者とし、この同盟関係には資金供与や軍事協力も含まれていた。ソ連は当時アフリカのいくつもの国を盟友としていたが、ザイールについてはどうしても自陣営に取り込むことができなかった。ザイールにはアメリカの強力な後ろ盾があったからだ。

だが、モブツはその強欲と誇大妄想から最終的には失墜した。ついには国も立ち行かなくなり、彼は次々に支援者を失った。当然の成り行きだった。

一九九七年五月、モブツは失脚した。コンゴ東部から広がった反乱が彼の転落を決定づけ、士気が上がらず物資にも事欠く国軍には大統領を救う力もなければ意欲もなかった。モブツは健康面でもぼろぼろで、余命はそれほど残されてはいなかった。彼はモロッコに亡命し、その後まもなく亡くなった。

モブツ体制を崩壊させることとなる戦争は一九九六年一〇月に始まった［第一次コンゴ戦争］。私は当時、南キヴ州にあるレメラ病院の医師兼病院長を務めていた。レメラ病院はスウェーデンのペンテコステ派の宣教拠点にあり、一九七一年に開業した。私はその病院でフランス留学を挟んで合計九年働き、最後の五年は病院の実質的な責任者となっていた。私と病院スタッフは、直近の幹線道路から二四キロ離れた山深い場所にあるこの病院の発展と改善に大きな努力を払った。病院は三〇〇床をそなえ、この地域では間違いなく最大規模の施設で、設備もいちばん整っていた。

一九九六年九月二五日の朝、私は、静脈炎を発症して足が腫れ上がったスウェーデン人エンジニアに付き添うため、病院を一時的に離れなければならなかった。二四時間以内に帰ってくるはずだったが、道路が爆撃されて通行止めとなり、病院に戻ることができなくなった。

一〇日後、病院が襲われ、患者とスタッフが惨殺された。炎症を起こした一本の足に私は命を救われたのだ。静脈炎を発症したスウェーデン人エンジニアの移送に付き添わなければ、襲撃されたとき私は現場にいて、間違いなく殺されていただろう。

私がまだ生きながらえているのはまさに奇跡だ。私にはそうとしか解釈できない。

10

一見したところ取るに足らないと思われた異変からすべては始まった。レメラ在住のスウェーデン人エンジニア、ダヴィッド・エリクソンはある夜、むず痒《がゆ》いような足の痛みを覚えた。痛みは靴を履いているときに感じられた。原因はわからなかったが、とにかく足裏の指の付け根近くが痛んだ。顔を近づけてよく見てみると、赤い小さな点のような傷があった。鉄粉かトゲでも刺さったのだろう、いずれにせよたいしたことはない、と彼は考えた。よくあることだと。

翌朝、足は真っ赤に変色していた。それでもエリクソンはまだ心配しなかった。工事現場で働いていた彼はその日も仕事に出るつもりだった。ちょっとした怪我など日常茶飯事だ。これだってどうってことはない、すぐに治るさ……。

だがその日の午前中、足がどんどん腫れてきた。ここまで来るとさすがの彼も、これは普通じゃないと悟った。何かひどい感染症にかかってしまったに違いない。そこでレメラ病院を訪れ、私の同僚でフィンランド人外科医のヴェイッコ・レニニカイネンに診てもらった。ヴェイッコは驚いてエリクソンに抗生剤を処方し、足を高くして寝ているよう指示した。

翌日になっても回復のきざしは見られなかった。そして数日後、症状はさらに悪化し、足はありえないほど腫れ上がった。色もまだらに変わり、濃淡さまざまな緑、青、赤が入り乱れるさまは、絵の具をとりどりに載せたパレットのようだった。私たちはできるだけの手は打ったが、病状は急を要してきた。炎症の広がりを早期に止めなければ足の切断という最悪の事態を招きかねない。ヴェイッコが国外移送を提案し、それに異を唱える人はいなかった。結局、適切な治療と療養が望める本国スウェーデンに戻るのがいちばんだと私たちは考えた。

だがそのためには乗り越えなければならない大きな障害があった。というのも私たちは事実上、病院から身動きできない状態にあったのだ。スウェーデンに戻るにはまずブカヴへ向かうしかない。だが、そこへ通じる道路が反政府勢力の攻撃にさらされていて、ザイール国軍が通行止めの措置を講じていた。

問題の道路は数カ所でルジジ川沿いを走っていた。ルジジ川はルワンダとの国境となっている川で、川向こうのルワンダ領内から道路が銃撃されていた。

病院から動けない私たちは、状況が打開されて通行止めが解除されるのを待つしかなかった。だが見通しは暗かった……。いったいどうなるのかと気が気でなかった。

その二カ月前、地元の住民が耳を疑うような話を教えてくれた。反政府勢力の兵士たちが夜になると山の中を大挙して移動しているというのだ。山中で空き缶や置き忘れた弾薬などが見つかったこともあるらしい。つまり兵士たちは夜間に山を行軍しながら野営しているらしいのだ。ということは、ひょっとして、まさか……。

にわかには信じがたい話だった。なにしろ病院からほんの数キロ先にザイール国軍の兵舎があるのだ。もし住民の話が本当で、山中に反政府勢力の兵士たちが入り込んでいるのなら、国軍がなんらかの行動を起こしているはずではないか。なぜ国軍は何もしないのだろう。私はもう一つの可能性も考えた。山中に侵入しているのは反政府勢力の兵士ではなく、この地域で発生している部族抗争の戦闘員なのではないか。

この地域を支配しているのは、おもに農業で生計を立てているバフリル族だ。だが、おもに牧畜を生業にしているツチ系住民も暮らしていた。俗に〈バニャムレンゲ〉と呼ばれている彼らは、数百年前にルワンダからレメラ山地に移り住んだ人々だった。

部族や民族間の緊張は確かに高まっており、ルワンダで一九九四年に発生した大虐殺《ジェノサイド》およびその後の混乱でコンゴ東部にフツ系難民が大量に流入したため状況はさらに悪化した。だが、それがまさか戦争に発展するとは思わなかった。

おそらく私は世情に疎《うと》いお人好しなのだろう。それは否定しない。だが当時、私はすべての情報を手にしておらず、状況を正しく判断できなかった。戦争が始まるリスクはいくつかあったが、それらを理解できなかった。病院に軍の指揮官がやってきて、地元の住民の不安を裏づけたその日までは。

「ああ、本当だ」とその指揮官はうなずいた。「このあたりの山中にルワンダの兵士が大量に入り込んでいる。ルジジ川を渡ってやってくるのだ」

彼は状況を簡単に説明すると、病院の前にバリケードを築き、病院を訪れる人たちを検問したいと言い出した。

「ツチを病院に入れるわけにはいかないんでね。叛徒《はんと》である可能性が高いから」

私は首を横に振った。

「それは差別です。そんなことはできません。そちらの主張は理解しかねますよ。あなた方は叛徒がここにまぎれ込むのを阻止しようとして病院前にバリケードを築きたがっている。ですが、叛徒が入り込むのを国境で阻止し、ここまで来ないようにするのがあなた方の務めでしょう。自分たちの責任をこっちに押し付けないでください。いいですか、私は医者ですよ。おかしいじゃないですか！」

私は少々強く言い過ぎたのかもしれない。とにかく、相手は怒り出して態度を硬化させた。実を言えば、この指揮官は絶望的な状況に置かれていた。彼の部隊は数で敵に劣り、装備もお粗末だった。そんな状態でどうしたら敵の流入を防ぐことができるだろう。

彼はなんとか私の理解を得ようと最後の手段、つまり私の愛国心に訴えて説得にかかった。だが私はきっぱり拒んだ。

「私にとってこれは倫理上の問題です。医者として私は治療をしなければなりません。手当てを必要としている人が黒人でも白人でも、ツチでもフツでも、富める者でも貧しい者でも、さらには人殺しであっても関係ありません。私にとっては人間であり患者であり、それ以外ではありません。

この基本原則に背くのは重大な過ちを犯すことを意味します」

　指揮官はかぶりを振りながら私を長々と見つめた。

「ここからあなた方を立ち退《の》かせて、病院を閉鎖することもできるんですがね」

「そうなれば少なくとも医者としての基本原則は容易に守れますね。ですがその場合、誰も治療を受けられなくなり、みなが等しく苦境に立たされます。病人や怪我人にとってそれは生死にかかわる問題になるでしょう」

　病院の閉鎖はありえないと私は踏んでいた。指揮官が何がなんでも病院を閉鎖するというのなら、困るのは彼と部下の兵士たちだ。というのも、国軍との協定を通じてレメラ病院は当地域に駐屯する部隊の提携施設となっており、民間人だけでなく軍人の検診や治療も引き受けていたからだ。軍人、民間人の別を問わず万人に治療を施すことは病院の使命ではないか。

　だがもう一つ、病院を閉鎖するなどありえないと私が考える理由があった。それは私が病院の持つ象徴的な価値を一貫して信じてきたことだ。私にとって病院とは平和の象徴だ。ここに来る患者はさまざまな民族集団に属しているが、その出自にかかわらず、痛みや苦しみの前ではみな平等だ。そしてそれを患者自身が感じ取っていることに私は気づいていた。普段はたがいが相手を異民族——さらには敵——とみなしているのに、病院にやってくると急に連帯感が生まれる。その変化はすぐに目につく。私と病院スタッフはこんなふうに思っていた——おそらく病院でのこの経験が、人々に熟慮を促すきっかけとなり、民族間の相互理解を深め、彼らをつなぐ架け橋になるのではないか……。

それは私の密かな願いでもあった。

「それでどうするつもりですか？」私は軍の指揮官に問いかけた。

すでに白熱した議論が長時間交わされていた。結局、私の主張が通り、病院の前にバリケードと検問所は設けないことになった。

その一方で状況はどんどん悪化した。宣教拠点の周辺住民は、山道を堂々と歩いている反政府勢力の兵士たちに出くわしたという話を教えてくれた。彼らが身につけている上着は雑多で統一されていなかったが、それでもよく訓練された様子で、一人用のスリーピングマット、新型の通信機器、発電装置などを持っていたらしい。

病院の近辺では暴力事件が激化していて、住民は棒などさまざまな道具で武装した。武力衝突のほか、私刑《リンチ》も発生しはじめた。ザイール国軍が反乱部隊の兵士たちを急襲し、身柄を拘束することもあった。銃撃戦があると病院には負傷者が押し寄せた。レメラ病院ではとくに、ルワンダとの国境沿いに設けられた難民キャンプから来た患者を大勢受け入れた。難民の患者を連れてきたのは赤十字だったが、患者たちは往々にして意に反して病院に送り込まれていた。というのもルワンダでの大虐殺《ジェノサイド》のあとにザイール国内に設けられたフツの難民キャンプでは、病院に行けばひどい目にあわせるぞと脅して来院を妨害する動きがあったからだ。私はそうした動きに同調することを拒み、特定の民族を受け入れてはならないといった主張には耳を貸さなかった。すでに述べたように、民族に応じて扱いを変えるという考え方は私の中には存在しない。患者がどの民族に属しているかなど、医師にはまったく関係ないのだ。

地域に漂うきな臭さは病院にも影響をおよぼした。恐怖に駆られ、退院を望む人が出てきた。かつて病院は人であふれ、ベッドはすべて埋まり、庭に設けたテントに収容される患者もいたほどだったのに、緊張が高まるにつれ、四〇〇人以上いた入院患者が一〇〇人程度にまで減少した。

病院からさほど遠くない谷にカトリックの拠点があった。状況が悪化する一方だったので、私はカトリックの司祭たちと話し合うためその拠点に赴いた。司祭たちとは顔なじみで、彼らが地元のツチと深いつながりがあるのは知っていた。反政府勢力の主体はまさにその地域に住むツチだった。彼らはルワンダに行って軍事訓練を受け、そのあと武器を携えて当地に戻ってきていた。

私は司祭たちに、戦争はなんの解決にもならないこと、それよりも交渉のテーブルにつき、話し合いで問題の解決を図らなければならないことをツチに理解させてほしいと頼んだ。

「私の人生はずっと暴力と隣り合わせでした。ですが、暴力で何かを解決できたためしはありません。どんな諍《いさか》いであれ、話し合いはできるはずです」

すると司祭の一人が、「ちょっとしたたとえ話をお聞かせしましょう」と前置きして話しはじめた――昔あるところに雌鳥《めんどり》を怖がる男がいました。雌鳥が近寄るたびに、男は悲鳴をあげながら走って逃げました。彼を治療することになった精神科医が男に、「どうして鶏が怖いのか？」と尋ねましたが、男は答えられません。男は長期の治療を受けたあと自分は完治したと思い、精神科医に「雌鳥はもう怖くありません」と言いました。「一羽捕まえてきたらわかりますよ。悲鳴はあげませんし、逃げるなんてありえません」そこで精神科医は言われたとおり雌鳥《めんどり》を男の前に連れてきました。男は平気な顔をしていましたが、それでも言いました。「一つお願いがあります。雌鳥に私を食べるなと言ってください」精神科医はすぐに治療は失敗だったと悟りました。男はまだ病んでいて、相変わらず自分をトウモロコシの粒だと思い込んでいたのですから……。

私は軽く笑った。だがそのたとえ話には非常に深い意味が込められていた。男の病気が治るのは、雌鳥も治療を受けて以前とは違うと確信できたときだけだ。その条件が満たされないかぎり、男は雌鳥を信用できないし、病気が治ることもない。

「和平についても同じです」と司祭は言い足した。「戦いをやめるよう一方から命令することはできません。双方がそれぞれ理解を示さなければならないのです。そのとき初めて、顔を合わせて話ができるようになるのです」

和平など望むべくもないと司祭は考えていたのだろう。実情をよく把握しており、双方がたがいに理解を示すような状況からはほど遠いとわかっていたのだ。司祭はこの対話から数週間後に殺害され、コンゴ・ザイール解放民主勢力連合（ＡＦＤＬ）［一九九六年にモブツ政権を倒す反政府勢力］の攻撃による最初の犠牲者の一人となった。そしてその直後、ＡＦＤＬの攻撃の矛先がレメラ病院に向けられるのである。

スウェーデン人エンジニア、ダヴィッドの足に話を戻そう。彼の足はその後も腫れつづけ、切断のリスクがいよいよ高まってきた。だが、私たちは病院から動けずお手上げ状態で、袋小路から抜け出す見通しは立たなかった。

だが、状況が一変した。州政府がラジオでルワンダとの停戦協定を発表したのだ。それにより道路の通行止めが解除され、ダヴィッドを移送できるようになった。だが、停戦協定が発表されたのが日没の数時間前だったためその日は出発できず、翌日に発つことになった。

私はほっとしたのと同時に頭を悩ませた。ダヴィッドに付き添って病院を留守にしなければならないような風向きになってきたからだ。私は何があっても病院を離れないで患者のそばにいようと心に決めていた。だが、当時の状況では私に選択肢はなく、宣教団の古参のメンバーの決定に従うしかなかった。彼らは私を指差しながら、一瞬の迷いもなく言った。「どうしても付き添ってもらわないと困ります。こんな状況の中、私たちだけで移動するのは無謀ですからね」

車を運転するのはフィンランド人外科医のヴェイッコなので、すでに医師が一人付き添うことになる。したがって私が同行を求められたのは、医師としてではなく通訳としてだった。移動中出くわすはずの兵士たちと意思疎通を図れるように。ルート上にはザイール国軍が設けた検問所がいくつかあり、兵士の大多数は国の公用語の一つであるリンガラ語を話していた。コンゴ東部ではあまり使われていないリンガラ語を話せるのは私しかいない。私がいれば、道中さまざまな障害も乗り越えられるだろう、そう彼らは考えた。だが依然として緊張が高まっているため、無事に目的地までたどり着ける保証はどこにもなかった……。

翌朝九時に私は愛用の聖書と身分証、それに身の回りのものをいくつかビニール袋に突っ込んだ。すぐに戻る予定だったので、荷物はそれだけでじゅうぶんだった。用事がすんだらぐずぐずせずに、つまり翌日には戻るつもりでいたのだから。

私はちょっとした仕事を片付けると白衣を脱ぎ、いつもの場所に吊した。そして執務室を出て、ランドクルーザーに乗り込んだ。

ダヴィッドは後部座席に仰向けに寝かされていた。隣にダヴィッドの妻アストリッドが座っていて、炎症を起こした夫の足を自分の膝に載せ、なるべく高い位置に保っていた。私は助手席に座り、荷物の入ったビニール袋を足もとに置いた。運転席に座っているヴェイッコがハンドブレーキを解除した。まずブカヴへ行き、そこで一泊したあと翌朝ダヴィッドとアストリッドを飛行場まで連れていく予定だった。ダヴィッドたちはそこからケニアのナイロビに向かう飛行機に乗り、ナイロビの空港から直行便でスウェーデンに帰る。そして帰国後直ちに治療を受ける段取りになっていた。

ブカヴまでは一〇〇キロほどの道のりだ。私たちはまずルジジ平野に通じる曲がりくねった道を進み、その後、同平野に沿って西へ向かい、ンゴモ街道に出た。そしてカマンヨラの丘陵地帯をジグザグに延びるンゴモ街道をのぼった。〝ンゴモ〟とはスワヒリ語で打楽器〝タムタム〟を意味する言葉に由来する。かつてこの街道を車が通るとき、村人はタムタムを打ち鳴らした。当時は道幅が狭く一方通行しかできなかったため、車が見えたら村人は隣村にそのことを知らせるためすぐにタムタムを鳴らし、それを聞いた隣村の住民がそのまた隣の村へ同じようにメッセージを知らせた。

そうして一方通行区間の端までメッセージが伝わると、番人が街道に柵を置き、反対方向へ向かう車をそこで待たせた。向こうから来た車が通り過ぎ、待機していた車が進めるようになると、ふたたびタムタムの出番となり、今度は逆の方向に村から村へと指令が送られた。つまりタムタムは、一方通行のシステムを機能させる〝音の赤信号〟の役割を果たしていたのである。

ンゴモ街道を数キロ進んだところにザイール国軍の検問所があり、私たちは行く手を阻まれた。兵士たちははじめ、「命の保障はない」と言って私たちの通行を認めなかった。おそらく彼らは停戦協定が結ばれたことを知らなかったのか、あるいは協定など意味がないと思ったのかもしれない。私たちに道を引き返すよう命じざるをえない最新情報を握っているようにも見えた。そこで私は後部座席に座っているダヴィッドを指差して、「緊急事態なんです」と訴えた。兵士の一人が後部ドアに近づき、車内をのぞき込んだ。彼は大きく腫れ上がったダヴィッドの足を見た瞬間、直視に耐えなかったのか、口に手を当ててあわてて後ろに飛びのいた。

兵士たちはそれ以上何も言わずに通行を許可した。ダヴィッドの足をのぞき込んで驚いた兵士は、途中まで付き添うことさえ申し出てくれた。彼が私の隣に乗り込み、ヴェイッコがふたたび車を発進させた。

しばらく坂道をのぼると、もう一つ検問所があった。そこでも国軍の兵士たちは私たちの道行きに懸念をあらわした。兵士の一人が「あれを見ろ」と数百メートル離れた丘の斜面を指差した。示された方向に目をやると、坂をよじのぼっている反政府勢力の兵士たちの姿がはっきり見えた。武器やあれこれの装備をせっせと運んでいる。おそらくレメラ村の向こうに広がる山岳地帯を目指しているのだろう。ザイール国軍の兵士たちは、自分たちの持ち場から敵の兵士の不穏な動きをただ眺めているよりほかなかった。軍の上層部から、「敵を攻撃することも、攻撃に応戦することも絶対するな」という命令が出されていたからだ。小競り合いが大きな衝突へと発展する恐れがあり、弱体化が甚だしいザイール国軍はそうした事態をなんとしてでも避けたかったのだ。

斜面を指さした国軍の兵士は、この先待ち構える危険を私たちにわからせようとしたのだろう。丘の斜面をのぼっている反政府勢力の兵士たちは、ルワンダとの国境となっているルジジ川を渡ってやってきた。だが、敵の兵士はそれですべてではなくまだ川向こうにも控えていて、街道を通る車を攻撃しようと待ち受けているのだ。

とはいえ、国軍の兵士もそれ以上しつこく「行くな」とは言わなかった。車内をのぞき込み、私たちがドライブを楽しんでいるわけではないとわかったからだ。兵士は私たちに同行してくれた同僚の兵士と二言三言言葉を交わすと、「行ってもいいぞ」と手で合図し、車を通してくれた。

その先はくねくねと曲がった下り坂が続いた。進むごとに緊張が高まってゆく。ルワンダとの国境はすぐそこで、ルジジ川がところどころで顔をのぞかせた。九十九折《つづら》りのこの道の片側は垂直にそそり立つ岩山で、反対側は険しい谷間が広がっていた。

ルジジ川がはっきり見渡せる地点に差しかかると、同行してきた兵士が停車させ、車を降りた。兵士は別れ際、この先の道でルワンダ側から頻繁に銃撃がある箇所を詳しく説明した。それは川から二〇〇メートル上方に位置する一キロほどの区間だった。そこを通るあいだは敵の攻撃を覚悟しなければならないらしい……。「かならずとは断言できないが、撃ってくる可能性は高い」と兵士は警告した。「発砲されてもけっして引き返すな。とくに迷いは禁物で、車をとめてはいけないし、Uターンでもしようものなら間違いなく死ぬ。生き延びるには唯一、この危険な区間を猛スピードで突っ切るしかない。敵の兵士は離れたところに陣取っていて、しかも上方に向けて撃つことになる。道端のあちこちに砂利山や盛土があるからそれが弾除けになり、運がよければ無事に通過できるかもしれない。それにかなりのスピードで砂利道を走ると車が激しく揺れるから、そのぶん、敵も的《まと》を絞りにくい……」自分たちがいま、生死のかかる重大な局面にいることを私たちは自覚した。いまならまだ旅を取りやめて、病院に引き返すことができる。だがその場合、ダヴィッドはかなりの確率で足を失うことになるだろう。そして私たちは一生、「あのときの選択は正しかったのか?」という問いに苛《さいな》まれるはずだ。

私たちはもう一つのシナリオ、つまり「車を乗り捨てて山中を歩く」というシナリオについても話し合った。ほんの数キロ歩けば安全な場所にたどり着ける。だが、〝言うは易《やす》く行うは難《かた》し〟だ。歩くとなると、ダヴィッドを車内に置いていくか、背負って連れていくかの選択になるが、もちろんダヴィッドを置き去りにするのは論外だ。背負って歩くしかない。だが道は藪で覆われ、起伏も激しいため、かなりの困難と危険が予想される。というわけで、車を乗り捨てて歩くという案はすぐに却下された。

私たちは同行してくれた兵士を道端に残して車を発進させた。数百メートル走ると、とくに危険だと説明された区間に差しかかった。ヴェイッコがアクセルペダルを踏み込んだ。サンダル履きだったので、かなりシュールな光景だった……。普段ヴェイッコは〝慎重なドライバー〟で、派手な運転はせず、つねに冷静で落ち着いている。それが一瞬にして豹変《ひょうへん》した。ランドクルーザーはいきなりスピードを上げ、飛び跳ねながら疾走した。カーブを曲がるときには車体全体がブルブル揺れたほどだ。

前方に突然、道をふさいでとまっているトレーラートラックがあらわれた。だがすぐに、トラックの運転室の脇を通ればそのまま突っ走れることに気がついた。ヴェイッコはブレーキを踏んでスピードを落とすと、運転室をまわり込むようにして車を走らせた。通り過ぎたあと振り返ると、トラックの側面に大きな穴が空いているのが見えた。車体はねじ曲がり、エンジンはもう使い物にならなさそうだ。軍人たちが俗に言う〝パイナップル〟、つまり擲弾《てきだん》が命中したに違いない。そんな俗語をなぜ知っているのかというと、病院でたまに聴く軍のラジオの短波放送の中でよく、〝パイナップル〟や機関銃の弾を意味する〝えんどう豆〟といった言葉が飛び交っていたからだ。

トラックのそばを通り抜けた途端、まるでそこが生と死の境界線だったかのようにすぐさま激しい銃撃が始まった。周囲は機関銃の大きな発砲音に包まれた。狙撃手は少なくとも二人はいた。道に銃弾の跡がつき、車の下で弾が跳ね返った。小石や砂利が車体にぶつかる乾いた金属音が、自動機関銃の轟音と溶け合った。

ヴェイッコは前方の道をにらみながらできるだけ頭を低くして運転した。運転手が撃たれたら一巻の終わりだ。車は谷底に転落するか、崖に激突するだろう。いや、タイヤに弾が命中しただけでも同じ目にあう。どちらにせよ、そうなれば全員が間違いなく死ぬ。私にはもう神の加護を乞うことしかできなかった。

だが、恐れていた事態は免れた。ヴェイッコは飛んでくる弾のあいだを奇跡的にすり抜けた。彼はハンドルを万力のようにぎゅっとつかみ、長い背中を丸めて前屈みになったまま、ダッシュボードのほんの数センチ上から前方の道路をにらみつづけた。恐怖に固まっていたのだろうが、それでもありえないほど運転に集中していた。風を切って次々に飛んでくる弾の音が聞こえた。だが、もう少しだ、もう少しで地獄が終わる。頑張れ、ヴェイッコ！　ヴェイッコなら大丈夫、あの屈んだ背中が「俺に任せろ！」と言っている……。

不思議なことに弾は車になかなか当たらず、銃弾の雨は車を避けて降っているかのようだった。ふと私は道についているタイヤの跡に気づいたが、疑問に思う暇もなくただひたすら神に祈りつづけた。

どのくらいのあいだ銃弾にさらされていたのかわからない。だが私には永遠にも思われた。ようやく機関銃の攻撃がやんだとき、悪夢から解放されたと安堵するのと同時に自分たちがまだ生きていることに驚いた。銃弾が雨あられと飛んでくる中、何事もなく無事に通過するのはどう考えても不可能だ。ルジジ川の対岸に陣取っていた反政府勢力の兵士たちの目的は、ただ私たちを脅すことだったのだろうか？　それとも、銃の照準器が壊れていたのだろうか？　あるいは狙撃手の腕前がお粗末だったのか？　その可能性はじゅうぶんある。なにしろ弾倉が空になるまで撃ちまくったはずなのに、標的をかすめもしなかったのだから。

だが、危険地帯はこれで終わりなのだろうか？　もう安全だと言い切れるのか？　敵は弾倉を交換しているだけなのかもしれない。そして攻撃を再開する。そうだ、トラックに何が起きたか考えれば、相手が火器の扱いに不慣れだとは思えない。パ、イ、ナ、ッ、プ、ル、は見事に的《まと》に命中していたし、ザイール国軍の兵士たちの言葉——「川向こうのやつらは重火器も持ってるぞ」が正しいことも証明された。

後部座席を振り返ると、ダヴィッドの奥さんが夫の肩に頭を載せて気を失っていた。極度の恐怖に神経がやられてしまったらしい。彼女は夫の足を布でくるんでいたが、足から出た膿《うみ》で布が濡れて変色していた。当のダヴィッドは憔悴《しょうすい》し切ってぐったりしていた。すでにこの一週間、彼は高熱に苦しめられていた。その瞳から光が消えかけていた。これでは彼を救うはずのこの旅が、逆にその命を奪うことになりかねない。私は提案した。

「ちょっと車をとめよう。ひと息ついて祈りを捧げようじゃないか」

ヴェイッコは路端の砂利道をガタガタ走り、小さな丘の陰に車をとめた。こんもりと高さのある丘なので、銃弾を防いでくれるはずだ。私たちの上方に延びる道の先にザイール国軍の検問所があった。しばらくすると国軍の兵士の一人が車に近づいてきた。

「赤いプジョーを見なかったか？」

「赤いプジョー？」

「赤いプジョーとすれ違わなかったか？」

「いいえ。でもなぜ？」

「赤いプジョーを通したばかりだったからだ。すれ違ったはずなんだが」

「いいえ、見かけませんでした」

不意に合点がいった。道路についていたタイヤの跡。あれは問題の赤いプジョーのものに違いない。

「通したばかりって、どのくらい前のことです？」

「ほんの数分前だ」

「何人乗っていたんですか？」

「三人だ」

車はおそらく谷底に沈んだのだろう。私たちがトラックの脇を通り過ぎた直後に転落したのだ。私は道端の砂利にタイヤの痕跡をみとめたときの記憶を懸命に掘り返した。だが、車を実際に見たわけではないので、はっきりしたことは言えなかった。

のちになって、あれは確かにプジョーのタイヤの跡で、車に乗っていた三人全員が死亡したことを知らされた。危惧《きぐ》していた最悪の事態が起こっていたのだ。

国軍の兵士たちによると、危険地帯はこの先もまだ続くらしい。

「取りあえず、甘い飲み物でも飲もう」ヴェイッコかダヴィッドがそう提案した。

恐怖のせいで喉がカラカラに渇いていたし、死の危険をくぐり抜けてきたことでぐったり疲れ果ててもいた。

持参してきた炭酸飲料を取り出して喉を潤していると、ヒュッと空気を切る音とともに何かが私たちの前を横切っていった。その物体は空中に大きな弧を描くと、私たちがいる場所からほんの少し離れたところに落ちて爆発した。対岸の兵士たちが私たちの居場所を把握しているのは間違いない。そして私たちが丘の陰にいるため機関銃では用を足さないと判断し、擲弾《てきだん》を撃ち込むことにしたのだろう。ヴェイッコは即座にエンジンをかけ、猛烈な勢いでランドクルーザーを発進させた。道路が丘の背後に隠れているため、敵は〝下手な鉄砲も数撃ちゃ当たる〟の要領で、やみくもに擲弾を発射させた。私たちは、いつなんどき死が襲いかかってくるかわからない恐怖の通路を進んでいるようなものだった。だがここでも、擲弾は車をぎりぎりでかすめたり、あるいは離れた場所に落ちたりするだけで命中は免れた。

解《げ》せないのは、敵がなぜあれほど執拗《しつよう》に攻撃してきたかだ。ザイール国軍をおちょくりたかったのだろうか？　私たちの周囲にはたくさんの国軍兵士がいた。だが「応戦するな」という命令が出されていたので、彼らは民間人が攻撃されるのを手をこまねいて見ているよりほかなかった。もう一つ考えられるのは、この道路を完全に閉鎖させるためにここを危険きわまりない死の道にしたかったのではないかという可能性だ。この地域の戦略的重要性は説明するまでもない。ここはルワンダからの越境ポイントで、敵の兵士たちはここから周辺の山中へと入り込んでいた。

擲弾はそのあとも次々に飛んできた。時間にすると一分くらいだろうか。やがて道路が川筋を離れ、私たちはようやく弾が届かない地点にまで来た。一〇分ほど走ると、路上で動けなくなっていたあのトレーラートラックを所有する会社の車とすれ違った。トラックを修理するため現場へ向かうつもりなのだろう。すれ違いざま、一人が窓から手を出してVサインをつくった。私たちを見て、これから先の道路が安全だと勘違いしたのかもしれない。

一四時ちょうどに私たちはブカヴに着いた。ブカヴも反政府勢力に攻撃されていて、国境の向こう側からルワンダ軍が発射した擲弾が市内の二つの地区に落ちて被害が出ていた。

だが到着したとき町は静かで、私たちはようやく安堵した。

それでも私の心は沈んだままだった。敵から執拗に攻撃されたことだけが原因ではない。病院に戻れなくなったとわかったからだ。あの状態では予定どおり明日戻るのは無理だし、すぐに戻れるとも思えない。州知事が発表した停戦協定をルワンダ側が守っていないのは一目瞭然で、移動中に攻撃を受けたことがその証だ……。

ンゴモ街道に鳴り響いていたのはタムタムではなく、もっとずっと不吉な音だった。私はほんの一日病院を留守にするつもりでいた。だが実際は、永遠に病院を去ることになった。

11

レメラ病院が襲撃されたのは私が病院を留守にしてから一一日目のことだった。夜明け直前で、まだ月が煌々《こうこう》と輝いていた。

襲撃後の数日間、レメラ村は世界から完全に遮断されていて、人々がこの恐ろしいニュースを知るまで時間がかかった。最初の知らせは、山を越えてブカヴまで徒歩でやってきた病院スタッフ二人によってもたらされた。だが命からがら逃げてきたので、虐殺事件が起こったという事実だけは伝えられても、正確な犠牲者数まではわからなかった。

病院の運営を担当していた私の親しい同僚の一人、フランク・ルボタがブルンジ国境から延びる道路を使ってレメラ病院までなんとかたどり着いた。彼はそこで凄惨な光景と死の静寂に迎えられることになった。かつては来院者を温かく迎え、活気にあふれていた病院は、悪夢の舞台に変わり果てていた。患者のカルテが引き裂かれて床にばらまかれ、試験管や包帯が通路のあちこちに転がり、正面《ファサード》の壁の大半に小火《ぼや》の焼け跡がついていた……。

周辺住民のほとんどは襲撃のさなかによそへ逃げた。それでも何人かはとどまり、密かに身を隠していた。彼らはフランクの車を目にすると、勇を鼓して隠れ場所から出てきて、事の次第を語ってきかせた。

すべては病院からそう遠くない兵舎への襲撃から始まった。そしてそれとほとんど時を同じくして、兵舎にほど近いカトリックの施設で司祭二人が非情にも殺害された。最初の銃撃音が聞こえてきた瞬間から病院内は大混乱に陥った。パニックに駆られた大勢の患者が逃げ出し——腕に点滴の針とチューブを刺したままの人もいた——、坂道のそばに広がる茂みか、近所のバナナ園に隠れた。

だが包帯を巻かれ、点滴などの処置を受けていた外科病棟の患者たちは逃げることができず、ベッドの上で処刑された。心臓を撃たれたり、口の中に発砲されたりして。銃剣でとどめを刺された人もいた。フランクが病院に帰り着いたとき、遺体は殺された場所にそのまま放置されていた。事件からすでに六日が経っていた。牧師と住人数名とで、埋葬のためにできるかぎりの手を尽くした。だが、気の毒な犠牲者のそれぞれに棺を用意することはかなわず、泥地であるため軟らかい便所近くの地面に大きな穴を掘り、そこにまとめて埋葬することにした。

襲撃者たちは被害をなるべく大きくしようとしたのだろう、宣教拠点の隅々にまで侵入し、窓に向けて機関銃を乱射した。さらに、生き残りがいないかどうか一つひとつ住居を確認した。私が病院を出るときフックに吊した白衣は銃弾で穴だらけになっていた。私を写した写真も蜂の巣になった。メッセージは歴然としていた。あのとき病院にいたら、私は間違いなく殺されただろう……。

病院の庭の奥に細長い家があり、そこで三人の看護師が寝泊まりしていた。最初の銃声で目が覚めた三人はバリケードを築いたが無駄だった。襲撃者たちはドアを打ち破って乱入した。三人はまったく抵抗できず、そのうち二人は即座に惨殺された。残る一人の看護師は、病院の車を使って医薬品すべてを隣村まで運ぶ仕事をさせられたあとに殺された。

調度品や医療機器など、盗めるものは洗いざらい襲撃者たちに持ち去られた。荷物の運び出しを手伝わされた患者もいた。一方、それだけの体力がない者はその場で殺された。

数時間のうちに片がついた。朝になるとすぐにバニャムレンゲたちが近くの山から下りてきて、宣教拠点となっているこの村の家々の一軒一軒に自分たちの名前を記した。その家屋がこれからは自分たちのものだと主張するためだ。もとの持ち主はすでに家を逃げ出していた。

数日後、犠牲者の正確な数が判明した。結局その日、三三人が殺された。レメラ病院は地域でもっとも設備の整った施設で、およそ一五万人に医療を提供していた。その中には最貧困層の人たちもいた。だが、突然すべてが失われた。残っているのは煤《すす》で黒ずんだ空っぽの建物だけとなった。病院は墓場と化した……。

病院は攻撃対象にはならない守られた場所だ――私はずっとそう思っていた。その根拠となったのは、医療施設への攻撃を禁じる国際法や条約の存在だ。国際的な取り決めがあるのだから、いくら武装勢力でも無防備な病人を襲うわけがないと考えていたのだ。

だが、そのまさかが起きた……。私はお人好しで、現状認識が甘かった。後日見たビデオ映像には地獄絵図が映っていた。ベッドの上で殺されている自分の患者を目にするのは筆舌に尽くしがたい経験だった。犠牲者の中には私が手術した人もいた。たとえば、ブカヴにある私の小さな診療所を訪れ、その後私がわざわざレメラ病院へ移送した女性二人。私は彼女たちを車に乗せてレメラ村へ向かいながら、「手術が終わって回復したらブカヴに送ってあげますからね」と約束した。だが、そんな時間はなかった。あの腹立たしい通行止めのせいで私はブカヴに足止めされた。彼女たちは病院にとどまることになり、命を落とした……。

私はかつて、病院のあるレメラ村を世界でもっとも美しい場所の一つだと思っていた。自然を愛する人にとって、あそこの風景は夢のように感じられるはずだ。森に覆われたレメラの山々がまるで巨大な聖堂のように思えたものだ。毎週土曜日の午後には山にのぼり、眼下に広がるすばらしい眺望を楽しんだ。頂からはザイール、ブルンジ、ルワンダの三国が見えた。地平線に目を凝らしながら何時間でも過ごすことができた。そうやって私は活力を満たした。どこに行ってもレメラを忘れられず、病院がなくてもここに住みたいと思ったほどだ。あの村の美しく雄大な自然を私は愛し、それらを前にするとおのずと心が静まり、黙想に浸ることができた。だが、あの銃撃事件がレメラの美しいイメージを粉々にし、血で汚してしまった。

私は深い喪の悲しみに沈みながら、患者を見捨てたという自責の念にとらわれた。病院から離れないと心に決めたはずだった。戦争が始まっても病院に残る、彼らのそばにいると誓っていた。だがスウェーデン人エンジニアの足がすべてを狂わせ、どうしても彼に付き添わなければならなくなった。おまえは自分に課せられた義務を果たした、病院を離れなければならない然《しか》るべき理由があった――理性はそう何度も私に繰り返した。だが私は、自分が沈みゆく船を見捨てて逃げ出した船長のように思えてならなかった。

それでも確実に言えるのは、私が病院にいても状況は変わらなかったということだ。どちらにせよ、虐殺は起こっていた。だが、そうした論理も心を軽くはしなかった。さらに、病院にいればおそらく自分も殺されたとわかっていても、良心の呵責《かしゃく》は消えなかった。私の心に深く刻まれた自責の念は、この先も長く私の心を苛《さいな》みつづけるのだろう。

安全が確保できないため、病院に戻って自分の目で被害を確かめることはできなかった。だが、たとえそれが可能であっても、病院の惨状を直視できなかったと思う。あの事件は私にとってけっして癒えない傷のようなものだ……。その後、レメラに足を運べるようになるまで八年もの長い歳月が必要だった。そして、そこに一泊できるようになるまでにはさらに四年がかかった。

結局、私はこう考えた――私が殺戮《さつりく》を免れたのは、おそらく神がそうお望みになられたからなのだろう……。スウェーデン人エンジニアのダヴィッドは本国に着いてすぐ手術を受けた。足が切開され、膿《うみ》が取り除かれたが、その量たるや膨大だった。医師たちは静脈炎の原因を特定できなかった。最新鋭の設備を誇る、スウェーデンで最大の病院に勤める医師たちをもってしてもだ。結局、ダヴィッドの静脈炎を引き起こした細菌の正体は謎のままとなった。だが、とにかくこの悪性菌のおかげで私は九死に一生を得たのだ。

フィンランド人外科医のヴェイッコとダヴィッドと彼の妻もこの悪性菌に感謝しなければならな

い。というのも数年後、確かな情報筋から私は、病院を襲った者たちは宣教団のメンバーの誘拐をもくろんでいたと聞かされたからだ。山中へ連れていき、ザイール国軍との取引材料にしようとしていたらしい。

レメラの虐殺は戦争の前触れではなく、それがすでに始まってしまったことを意味し、戦禍がブカヴにおよぶのも時間の問題だった。私は妻子のいるブカヴにとどまった。かつて妻と子どもたちは私と一緒にレメラで暮らしていたのだが、子どもたちが学校に通う年齢になったのでブカヴにある私たちの家に移っていた。

病院が襲撃された数日後、アメリカＣＮＮの取材クルーがキヴ州にやってきて、この事件について私にインタビューした。知りうる範囲で私が被害状況を語ると、ザイールの山奥の辺鄙《へんぴ》な場所にあるレメラ病院で起こった惨劇はすぐに全世界の知るところとなった。そのニュースを多くの人が衝撃とともに受け止めた。おそらく多くの人が私と同様、病院が攻撃対象になることはない、戦争中でも無防備な病人は守られるという幻想を抱いていたのだと思う。

ブカヴの状況は時を追うごとに悪化し、住民はパニックに陥った。反政府勢力の激しい攻撃を受けてブカヴに大量の避難民が流れ込み、町は崩壊した。避難民には民間人だけでなくモブツ配下の兵士たちもまじっていた。群衆の数があまりにも多いので、敵と味方の区別もつかないほどだった。私と家族は以前から反政府勢力に脅されていた。そのため彼らを警戒していたのだが、大きな脅威が別の方面から襲いかかってきた……。

ある日、私のもとに憲兵が訪ねてきた。彼は、私の身が危険にさらされているのでできるだけ早くブカヴを離れるよう忠告した。

「軍があなたを捜しています。敵に密通していると思って」

「私が？　まさか！」驚きだった。「私はどの勢力にも肩入れしていませんよ」

すると憲兵は、「病院が襲撃される数カ月前に軍の指揮官が会いに来ましたよね」と言った。ツチ系住民が入り込まないように、病院の前に検問所を設けるよう命令したあの指揮官だ。彼の命令を拒んだため、そのしっぺ返しを食らうことになったらしい。病院が襲撃されたあと、首都キンシャサから特殊部隊がレメラ山地に送り込まれたが、隊員たちは敵の銃弾に倒れて全滅した。そのため件《くだん》の指揮官は、反政府勢力に密かに情報を流している者がいると結論づけ、私がその密告者だと考えた。前述したように、患者が誰であれ、私には治療をする義務がある。それは医師なら誰もが従わなければならない鉄則だ。だが軍人たちは、私が指揮官の命令に従わなかった裏には別の理由が隠されていると考えた。私の頑《かたく》なさを、敵への協力と解釈したのだ。

私にそんな疑いをかけるなんて、ばかばかしいにもほどがある！　だが厄介なのは、軍人たちがそう信じ込んでいることだ。私は非常に危険な立場に置かれてしまった。捕まれば、よくて監獄送り、最悪の場合は処刑だ。そして後者になる可能性が高かった。

それにしてもこの憲兵はなぜ、わざわざ私に危険を知らせに来たのだろう。その行為には大きなリスクがつきまとう。軍人たちに知れたら、彼自身も死の危険にさらされることになるはずだ。

「なぜ私に忠告しようと思ったんです？　なぜ私を助けようと？」

「妻が以前、レメラ病院に入院したんです。お世話になったんですよ……」

「奥さんはいま元気ですか？」

「ええ、おかげさまで。あなたにはとても感謝しています。妻が大変なときに助けてくださった。今度は私がその恩に報いる番です」

私は憲兵の勇気ある行動に胸を打たれた。

「でも、どうすればいいのです？」

「逃げてください」

「どこへ？」

「ブカヴとキンシャサを結ぶ飛行機がまだ飛んでいます。その便の席を確保してください。すぐにですよ、事は急を要していますから。じきに反政府勢力がブカヴに乗り込んでくるでしょう。そうなると飛行場が閉鎖されてしまいます」

だが、その飛行場までどうやって行けばいいのだ？　自分の車を使えば、軍人たちにすぐに気づかれてしまうだろう。知人に送ってもらうこともできない。このところ通りにはほぼ軍人しかおらず、民間人が車で移動すればすぐに彼らの目に留まり、怪しまれるはずだ。

「私は軍服を着ているので、私が飛行場までお連れします」

「でも検問所を通過するとき、私が乗っていることに気づかれてしまいますよね」

「大丈夫、誰もあなたには気づかない。車内では座るのではなく、横になってもらいますから」

「どこにです？　後部座席に？」

「いいえ」憲兵は自信ありげに言った。「トランクルームにですよ」


一九九六年一〇月二九日の早朝。雨季のただ中で、雲が重く町に垂れ込めていた。憲兵がトランクルームを開け、私はするりと身を滑り込ませた。ドアが閉められ、外に射していた淡い曙光が闇に変わった。飛行場に着くまでかなり時間がかかる。夜のあいだにたっぷり雨が降ったので道がぬかるみ、滑りやすかった。私は両膝を抱えて丸くなり、トランクルームの底に耳をつけた。車のバンパーに泥の撥《は》ねる音が聞こえた。

軍人たちに見つかるのではないかと気が気でなく、飛行場までの道のりが永遠の長さに思われた。車に乗せてくれた憲兵が着ている軍服だけが頼りだ。私にとってはもちろん、彼にとっても。そしてやはり軍服がものを言ったのだろう、憲兵は一度も車をとめられて尋問されることなく、無事に飛行場までたどり着いた。

だがそのころ、予想どおりの事態となった……。反政府勢力にブカヴが占拠されたのだ。数日前からザイール国軍は退却を強《し》いられており、飛行場は騒乱の渦に包まれていた。モブツの兵士たちが敵から逃げようと飛行場に押しかけ、われ勝ちに飛行機の席を取り合っていたのだ。すでに航空券を購入していた民間人で、なんとか飛行機に乗り込もうとした者はその場で容赦なく殺された。

暴力が横行し、あちこちで残虐非道な行為を目にすることになった。

キンシャサに飛ぶのはあきらめたほうが賢明だとすぐに悟った。こんな状況では目的地にたどり着けるチャンスはない。飛行機に乗り込もうとすれば、ほかの民間人のように滑走路に引きずり落とされるだろう。

軍人たちにいつ私の身元がばれるかとビクビクする一方で、どこに身を隠せばいいのか迷った。飛行場には格納庫やトイレがある。私は簡易便所の裏に隠れることにした。

その後、持参した衛星電話を使ってスウェーデン宣教団のコンゴ東部地区統括責任者、ローランド・ストールグレンに連絡を取った。彼はブカヴを一週間前に発ち、ナイロビに滞在していた。私は彼に状況を説明した。

「反政府勢力が町を占拠した。いま飛行場にいる。キンシャサに向かおうとしたんだが、飛行場が混乱していて飛行機に乗れないんだ」

「MAFに連絡をつけて折り返し電話する」

MAFこと〈ミッション・アヴィエーション・フェローシップ［キリスト教系の航空輸送組織］〉はナイロビに基地を置いていた。だが、緊急に飛ばせる飛行機があるかどうかわからなかった。

すぐにローランドから電話がかかってきた。声が満足げに弾んでいる。

「大丈夫。一二人乗りの飛行機を二機、そちらに向かわせるそうだ」

ナイロビからMAFのプロペラ機がブカヴに着くのはおよそ六時間後とのことだった。つまり飛行機の到着は一四時ごろになる。私を飛行場まで連れてきてくれた憲兵がまだそばにいたので、私は彼に、町に戻って私の家族を連れてこられるかどうか尋ねた。家族全員が脅迫されていたので、私たちはこのところ自宅と私の実家と妻の実家を転々としていた。

「わかりました。迎えに行きましょう」彼は請け合った。

あとは隠れ場所に身を潜め、じっと待つしかなかった。だが私がそうしているあいだ、ブカヴの町は恐怖に包まれていた。反政府勢力の進攻を前に住民のほとんどが逃げ出した。ほんの数時間のあいだに五〇万人が避難民となり、破滅へと向かう長い道のりが始まった。この戦争はわが国の現代史の暗黒の出来事として、この先長く教科書に載ることになるのだろう。大量の避難民はブカヴから北西に七〇〇キロ以上離れたキサンガニを目指した。

避難民の大移動が始まった直後、義理の父から電話があった。義父は恐怖に駆られた様子で、自分と妻が町を出るのに手を貸してほしいと訴えた。

「飛行機を手配してくれないか」

「ＭＡＦに訊《き》いてみます」

私はナイロビにいるローランドにもう一度電話して、飛行機をチャーターできるかどうか、その費用も含めて調べてもらった。義父はブカヴでも一、二を争う卸売商だったので、金額は問題にならないのはわかっていた。すぐにローランドから返事をもらえたので義父に電話した。

「手配できるそうです」私はそう伝えると、義父の飛行機が到着する時刻を知らせた。

「わかった。こっちはもう用意ができている」

一四時少し前、キンシャサから来た定期便が滑走路に降りた。するとすぐに大勢の兵士が飛行機に殺到し、機内に入ろうと押し合いへし合いした。ちょうどそのとき、私の家族が飛行場に到着した。ペンテコステ派宣教団の指導部、つまり私の長年の雇用主に当たる組織のメンバーもすでに飛行場に到着していた。彼らとその家族も同じように命を狙われていて、退避する必要に迫られていた。

あのとき私たちがいちばん恐れたのは、兵士たちに私たちも彼らと同様、飛行機の座席を確保しようとしていると誤解されることだった。限られた座席をめぐって争う兵士たちは殺気立ち、どんなことでもしかねない。私の子どもたちはまだ幼く、暴力の場面は見せたくなかった。だが、私たちの命がかかっている。ＭＡＦの飛行機に乗り込むことがここから脱出する唯一のチャンスだ。それに数時間もすれば、飛行場も反政府勢力に占拠されるだろう……。

私たちは二機の小型飛行機の到着をじりじりしながら待った。飛行機がこちらに向かっているのはわかっていた。着陸したときどんな事態になるのだろう？　兵士たちはどんな反応を示すだろう？　力ずくで飛行機に乗り込もうとするのだろうか？　とにかく、飛行機が着陸するのと同時に行動を起こさなければならない。機体が滑走路の端で止まった瞬間に駆け寄り、飛び乗るのだ。

機影が見えた。飛行機が雲を突っ切ってどんどん近づいてくる。準備はすでにできていた。飛行機が着陸した。よし、いまだ！　兵士たちが私たちに気づいたのかどうか、それともそれぞれ自分の生き残りに頭がいっぱいで、周囲は目に入らないような状態だったのか、本当のところはわからない。とにかく私たちは滑走路を全力で駆け、飛行機の扉が開いた瞬間、中へ飛び込んだ。ありがたいことにすべてが一瞬のうちにすみ、二機の飛行機はただちに滑走路を走り出した。

離陸後、私たちは住民が流出しているブカヴの町とその周辺地域を上空から眺めることになった。これから大規模な人道上の悲劇が起こるとすぐにわかった。逃げるときに住民が持って出られた食料はほんの一日か二日分で、そのあとに待っているのは飢えと渇きだ。多くの人にとってそれは死を意味する。緊急人道支援が必要なのは医師でなくてもすぐわかる。

私たちが乗った飛行機は五〇〇キロほど北にあるブニアに到着した。ブニアにアメリカの宣教拠点があり、そこが私たちの受け入れ先となった。翌日、ブカヴの飛行場が閉鎖されたことを知った。私たちは無事に飛行機で発つことのできた最後の何人かだった。悲しいかな、義理の両親を迎えに行く暇はなかった。義父と義母は結局チャーター機に乗れず、キサンガニを目指した。五〇万の避難民と苦難をともにすることになったのだ……。

＊

コンゴ東部で繰り広げられた戦争はルワンダで計画され、ローラン＝デジレ・カビラによって指揮された。カビラはコンゴ人の元革命闘士で、ルムンバのもとで初めて軍務に就いた。彼は国の東部を手中に収めると、戦闘を全土に拡大し、最初の攻撃から七カ月後に権力を掌握した。モブツ時代は幕を閉じた。私の思いは複雑だった。なにしろ私がレメラ病院の虐殺事件の黒幕とみなしている人物が、この国の大統領の座に納まったのだから。

ローラン＝デジレ・カビラは二〇〇一年にボディガードの一人に暗殺された。そのため彼が大統領の座にあったのは四年間だけだった。彼のあとを継いで大統領に就任したのが当時、国民のあいだでほとんど無名に近い存在だった彼の息子ジョゼフだ。ジョゼフは父親が暮らしていたタンザニアで育ったが、モブツを失墜させた第一次コンゴ戦争を父が指揮しているあいだ彼と行動をともにした。

ジョゼフ・カビラの治世はコンゴ東部で新たな厄災、つまり性暴力が蔓延《まんえん》した時期と大きく重なる。私は彼と何度か会い、問題の解決を訴えた。性暴力の問題に真剣に取り組み、その根っこにある原因を取り除くよう要請したのだ。だが、性暴力は彼の関心をかき立てるテーマではないようだ。少なくとも私にはそのように見受けられ、そう指摘せざるをえないのを苦々しく思っている。

12

二〇〇八年一二月、私はニューヨークで国連人権賞を受賞した。私に会って話を聴こうと、アメリカ中からコンゴ人が駆けつけた。そのうちの一人、一八歳の若者が口にした言葉に私は胸を揺さぶられた。おそらく一生忘れないだろう。

「人生で初めてコンゴ人であることを誇りに思いました。いつもは出身地を言わないようにしてるんです。祖国で起こった残虐な出来事のあれこれの責任を問われそうな気がして。でも、先生がこの賞を受賞し、先生のスピーチを聴いたあとはもう大丈夫、これからは自分はコンゴ人だと胸を張って言えます」

勇気をくれるこの言葉を、私は自分にはもったいないと思いながらも誇りを持って受け取った。国連人権賞は五年に一度しか贈られない栄えある賞だ。だからその授賞式や、そのあと開催されるレセプションには在アメリカコンゴ大使館の職員が来るはずと思っていた。そうした席には普通、国のおおやけの代表が出席するものではないか？

だが、誰も来なかった。私はどうしても二年前の出来事——つまり私が国連総会の演壇に立ち、各国大使に性暴力の問題を提起したときのことを思い出さずにはいられなかった。あのときも私の祖国からは一人の代表者も出席しなかった。それに続いて今度もだ。これは笑って見過ごせることではない。私にとって解釈は一つしかなかった。コンゴ当局は私を売国奴とみなしている。私がおおやけの席に出て自由に自分の意見を言えば言うほど、当局をいら立たせることになったのだろう。だが私が意図したのは、コンゴの指導者たちを批判することではない。政治的なキャンペーンを張ろうとしたわけでもない。「コンゴ東部に暮らす女性たちを守らなければならない、政府は責任を果たすべきだ」と訴えただけだ。状況がまったく改善されずにいるのだから、誰かが声をあげなければならなかった。それを批判と受け止められてしまったら、私にはどうしようもない。私は誰かを告発したわけではない。ただ女性たちの代弁者になろうとしただけだ。

私はカビラ大統領に会うため、ニューヨークから直接キンシャサに飛んだ。招かれたわけではなかったが、大変名誉ある賞をもらったため、コンゴ国民として大統領に〝報告〟しなければならないような気がしていた。大統領との面談には、パンジ病院を所有するアフリカ中部ペンテコステ派教会共同体(CEPAC)の代表二人も同行した。

ジョゼフ・カビラの態度に熱意はほとんど感じられなかった。面談はひっそりと静かな雰囲気のもとにおこなわれたが、そのあいだ私は一度たりとも、大統領がコンゴ東部の女性のために行動を起こそうとしているような印象は持てなかった。パンジ病院でおこなっている私たちの仕事に対しても、大統領からの支援は一向になかった……。

コンゴ東部で起きている性暴力を、コンゴの文化の固有の現象とみなす人が世界中には大勢いる。代々受け継がれてきた伝統なのだろう、コンゴの男にとっては強姦するのが当たり前なのだろう、そう考える人が多いのだ。それに対する私の立場は明快このうえない。その種の主張が口にされた途端、私は即座に議論を打ち切る。ばかばかしくて話にならないからだ。確かにこの国の女性をめぐる状況は過酷で、けっして人がうらやむようなものではない。それはすでに深刻な問題だ。だが、そうした状況に置かれているのは何もコンゴの女性だけではなく、多くの国の女性たちが同じように苦しんでいる。もちろんだからと言って、女性のすべてが、時に死につながるような凄惨な暴力にさらされているわけではないが。

だが、ほかの国にもそうした暴力が存在することは事実だ。そうした理由からも、コンゴ東部における性暴力について説明しようとするときはあらぬ偏見や疑いを持たれぬよう、注意しなければならないのだ。コンゴ東部における筆舌に尽くしがたい野蛮な暴力は現に存在し、その被害を私は長年目にしてきたわけだが、その憂慮すべき最初の徴候があらわれたとき、それは私にとってまったく新しい現象だった。この現象が、一九九八年八月にコンゴ東部で始まった戦争〔第二次コンゴ戦争〕と関係していることだけは確かだ。それについては確信を持って断言できる。

この戦争をどう説明すればいいのだろう。その前年にモブツ政権を倒したローラン＝デジレ・カビラが、それまで自分を支援してきた国々や武装勢力と敵対しはじめたことがこの戦争の大きな要因となったのは間違いない。〈第一次アフリカ大戦〉と呼ばれることもあるこの戦争では、コンゴの近隣七カ国と多くの民兵組織が対立することになった。

その後コンゴ東部の性暴力が世界的に知られるようになったとき、一部の人たちは肩をすくめ、様子見するしかないと考えた。そしてそのせいもあって、戦争と女性への暴力をやめさせるために国際社会を動かすことが難しくなった。

世界はコンゴで起きている出来事に自分たちも加担していることを理解しているのだろうか？レオポルド二世の時代に何があったのか忘れてしまったのだろうか？　現在起きている出来事が、かつての悲劇を別の形で繰り返しているにすぎないと思い至ることはないのだろうか？

一九世紀末、ベルギー国王レオポルド二世は突如コンゴを私領にすることを決めた。彼はコンゴから象牙をごっそり奪い取ったあと、今度はこの国の森に生えているゴムの木に目をつけた。当時の産業界で進行していた現象を彼は見逃さなかった。自転車が華々しい成功を収め、庶民にも手が届くものになっていた一方で、自動車がそのあとに続こうとしていた。タイヤを製造するため、ゴムの需要が急増するのは間違いなかった。そして起こったゴムブームは、コンゴの人々にとってきわめつけの悪夢となり、この国の歴史の暗黒の一ページを刻むことになった。当時の状況はアダム・ホックシールドの告発本、『Les Fantômes du roi Léopold（レオポルド王の霊）』〔原作は『King Leopold's Ghost: A Story of Greed, Terror, and Heroism in Colonial Africa』、米マリナー・ブックス刊、一九九八年〕を読めば、うかがい知ることができる。ゴムがたまたまこの地域に生えていたというたったそれだけで、当地で暮らす人々は奴隷に身を落とすことになった。ゴムが採れる地域に住んでいた人々は密林へと送り込まれ、ゴムを採取する仕事に従事させられた。割り当てられた分量を集められないと、鞭で激しく打たれるか、運が悪ければ手を切り落とされた。
ベルギー国王によるコンゴでの悪逆無道な搾取の実態を世に知らしめる役割を果たした先駆けの一人が、スウェーデン人バプテスト派宣教師だ。私はここで〈スウェーデン〉と記せるのを嬉しく思う。というのも、私はこの国と特別な関係を築いてきたからだ。友人もたくさんいる。そのスウェーデン人宣教師はベルギー国王のやり口を容赦なく非難した。それはとても勇気ある告発だった。宣教師はそうすることで自分の著作のみならず、命まで抹殺される危険にさらされたのだから。

世界広しと言えども、コンゴほど天然資源に恵まれている国はないだろう。水、森林、肥えた土地、鉱物――西ヨーロッパに匹敵する広大な国土に天然資源があふれている。それらは国の繁栄を保証するはずのものだ。だが、なぜかコンゴではそうなった試しがない。それどころか、この豊かな資源が災いの種になっている！　銅をはじめとするこの国の膨大な鉱脈がモブツを世界屈指の大富豪に仕立て上げた。コンゴ東部は豊富な鉱物資源を抱え持つ世界有数の地域であり、それは誰もが認めるところだ。ここでは金、ダイヤモンド、錫《すず》、コルタンが採れる。普段私たちが使っているコンピュータや携帯電話にもコルタンから精錬されたタンタルが数グラム程度入っているはずだ。熱に非常に強いタンタルは、コンピュータや携帯電話など小型電子機器のコンデンサとして利用されている。そしてこのタンタルを抽出できるコルタンの全世界の埋蔵量の八〇パーセントが、ここ、コンゴ東部に眠っている……。

一九九八年に始まった第二次コンゴ戦争では鉱物資源、とくにコルタンが決定的な役割を果たした。天然ゴムに続いてここでもまた、産業界でとみに需要が高まっていた原材料をたまたまこの国が持ち合わせることになった。そして二一世紀の初頭、電子機器分野の多国籍企業がカネに糸目をつけずにコルタンの争奪戦を繰り広げたため、暴力の蔓延《まんえん》を許す闇市場が誕生した。コルタンが採れるこの現代の黄金郷《エルドラド》をあまたの民兵組織と武装勢力が牛耳り、コルタンから得られた利益で武器を次々に購入した。そしてこのコルタンの闇取引が横行しはじめた時期が、女性への性暴力が始まった時期とちょうど重なっている……。

第二次コンゴ戦争は二〇〇二年に戦争終結を目指す合意が締結された。だが暴力はやまなかった。それは鉱物資源が埋蔵されている地域を民兵組織が支配しつづけたからだ。鉱物資源を手にするには広大な森林や種々の耕作地を切り拓《ひら》かなければならず、森林や野に火が放たれる場合もある。地元の住民が抵抗すれば当然、そうした作業は進められない。そこで登場するのがレイプだ。レイプは住民を服従させる手段として組織的に用いられている。もちろん民兵は村々を焼き払い、住民を殺している。だが、彼らの最大の武器は性暴力だ。

女性に対する暴力は新しい現象ではない。それを確認するには一九九〇年代のボスニアや二〇〇〇年代のリベリアを荒廃させた内戦など、過去のさまざまな武力紛争を振り返ってみればじゅうぶんだ。だが一つ、大きな違いがある。これまでに起こった女性に対する蛮行は、戦争に付随して発生した。だがコンゴでは、性暴力自体が最大の武器となっているのである。

村や集落を支配するために民兵が女性を襲うというのは、一見すると矛盾にも思われる。前述したようにコンゴの社会において女性の地位は低く、女性に決定権はほとんどない。だが村を制圧しようとするとき、最初に標的となるのは女性だ。それは裏を返せば、女性が重要な地位を占めていることの証左である。事実、家の仕事のほとんどは女性がこなしている。女性に暴力を振るうことは、必然的にその家族を痛めつけているのと同じだ。働き者で責任感の強い当地の女性は、家族がつつがなく暮らしていけるよう毎日心を砕いている。そんな女性を襲うことは家族全体を攻撃し、その安全を損なう行為なのだ。と同時に、夫を深く傷つける方法でもある。多くの男性にとって、凌辱《りょうじょく》された妻と暮らすことほど屈辱的なことはないのだから。

村々を破壊、蹂躙《じゅうりん》するのに戦車や爆撃機は必要ない。女性をレイプするだけでいい。それによって生み出されるダメージは通常の戦闘によるものに劣らない。だから民兵や一時的に形成される小規模な武装勢力が、レイプという武器を使うのだ。武器の使い手も名誉や人間性を失うことになるが、そんなことは二の次だ。何しろこの武器は、経済性にすこぶる優れているのだから。

いまコンゴ東部を襲っているこの災禍は過去に、さらには私自身の歩みに深くかかわっている。

前述したように一九五九年、当時四歳だった私はルワンダから逃れてきたツチ系住民と彼らの家畜がブカヴの道を埋め尽くす光景を目にした。この民族大移動の要因となった紛争の火種は、あの時点ではまだ最初の火花を散らしたにすぎなかった。それが爆発したのが三五年後で、そのときは三カ月間に約八〇万のルワンダ人が殺された。その多くがツチだったが、穏健派とみなされたフツ系住民の多くも犠牲になっている。

あの悲劇は間違いなく深い傷跡を残した。アフリカの当地域、つまりルワンダだけでなくコンゴ東部においても以前と同じ生活はもう送れなくなった。戦争、蔓延《まんえん》するレイプ、鉱物資源の不法採掘といった問題の根源にあるのは、フツとツチのあいだで果てしなく繰り返されてきた対立であり、それが極限にまで達したのが一九九四年の大虐殺《ジェノサイド》だ。民族絶滅を計画した連中の先鋒《せんぽう》だった〈インテラハムウェ〉を忘れた人はいないだろう。殺戮《さつりく》が終焉《しゅうえん》を迎えたとき、インテラハムウェと呼ばれたフツの過激派民兵の多くがルワンダ国軍や一〇〇万人の民間人と同様にコンゴに逃れた。そしてインテラハムウェのグループの一部はこの国にとどまり、ルワンダ解放民主軍（ＦＤＬＲ）を組織した［二〇〇〇年結成］。そしてまさにこのＦＤＬＲがコンゴ東部の住民を苦しめている。大量レイプの多くがＦＤＬＲのメンバーの仕業であり、まさに彼らが鉱物資源に恵まれた一連の地域を支配している。だが、ＦＤＬＲだけがレイプに手を染めているわけではない。コンゴ・ザイール解放民主勢力連合（ＡＦＤＬ）、コンゴ民主連合（ＲＣＤ）［第二次コンゴ戦争時に結成された反政府勢力］、人民防衛国民会議（ＣＮＤＰ）［ＲＣＤの流れを汲む反政府勢力］、そして最近では三月二三日運動（Ｍ２

3）［元ＣＮＤＰ兵士が結成した反政府勢力］などのメンバーもレイプの加害者となった……。

さらに〈マイマイ〉と呼ばれる武装グループも存在する。マイマイは地元のゲリラ隊と民兵の寄せ集め集団とみなされている。メンバーはルワンダの影響から祖国を守ろうとするナショナリストで、かつて戦いに勝利するため超自然的な力に頼った元反政府勢力のリーダー、ピエール・ムレレの教えに従っている。ムレレは変わり者で、かなり残酷な人物だった。前述したように私は九歳のとき、家族とともにこのムレレの配下の兵から逃げなければならなかった。だが、一九六〇年代の反政府勢力の兵士と現代のマイマイのメンバーのあいだには顕著な違いがある。女性に対する考え方だ。ムレレはコンゴ南西部に暮らすペンデ族の出身だった。ペンデ族は母系社会で、土地、名字、肩書は女子に受け継がれる。また祖先信仰の伝統があり、過去の偉大な女性たちを崇めている。

そのため、女性の扱いに関してムレレが部下の兵士たちに出した命令は、「指一本、触れてはならない！」というきわめて明快なものだった。女性を傷つけることは許されず、殺すなどもってのほかで、この厳命に背いた兵士は死刑に処せられた。

マイマイの兵士たちはいまもまだムレレの教えを守って聖水を身体に振りかけている。そうすれば敵の銃弾に当たっても不死身だと信じているのである。だが現代のムレレ派の兵士はかつてのメンバーとは違い女性を大切に扱おうとせず、彼らもまた凄惨な性暴力に手を染めている。

同じことはコンゴ民主共和国軍（ＦＡＲＤＣ）の兵士についても言える。給料がまっとうに支払われていない彼らは非常に苦しい生活を強《し》いられている。だが、自動小銃を持っているため住民から恐れられ、その振る舞いも彼らの敵である民兵と大差ない。性暴力の加害者を記したブラックリストには国軍兵士の名も載っている……。

国内の鉱物資源を管理するのは国の仕事だし、鉱物資源の採掘のために国民が不当に働かされ、搾取されるのを防ぐのも国の仕事だ。だが現在、国はその役割を果たせずにいる。その結果、鉱物資源に恵まれた地域は悪人どもに支配され、数万人のコンゴ国民が安全、ひいては生命をおびやかされている。

さらに悪いことに、社会の崩壊も進んでいる。不安、ちらつく戦争の影、兵士たちの傍若無人な振る舞いが国民全体の心を蝕《むしば》んでいる。いまでは夫が妻を殴るようになった。以前では考えられなかったことだ。

性暴力の要因を取り除き、そうした暴力を根絶させる最大の責任を負っているのは当然ながらコンゴの大統領だ。だからこそ二〇〇八年一二月のある日、私は大統領と向き合い、話をした。私たちのあいだに流れる空気は張り詰めていた。私が性暴力の話をしようとするたびに大統領はするりとかわし、ほかの話題を持ち出した。どう見ても性暴力について話すのを避けており、耳にもしたくないと思っている様子だった。私の心は失意に沈んだ。私が向き合っているのはほかでもないわが国の大統領であり、大統領が性暴力の問題に取り組もうとしないのなら、いったい誰がそれをするというのだろう。

大統領は私が授かった国連人権賞にはまったく興味を示さなかった。メディアがそばにいなかったので、興味を示すふりをする必要もなかったようだ。大統領官邸に入るときにはまだ一縷《いちる》の望みを抱いていた。だが、それはすぐに消え去った。私が失意にとらわれたのは、国連人権賞の受賞を大統領に祝福してもらえなかったからではない。苦しんでいる女性たちすべてを思い、大統領の無関心を憂えたからだ。私は南キヴ州へと向かう飛行機に乗り込んだ。二時間のフライトのあいだ、心はずっと重かった。

一時期、コンゴ東部におけるレイプの数は減少した。パンジ病院にやってくる女性の下腹部の傷のほとんどが半年、あるいはそれ以上前に負ったものだった。だが、レイプの数を示すグラフのカーブはふたたび上昇に転じた。手術室で日々私を待ち受けているもの——それは言葉を失うむごたらしい傷だ。だが、ジョゼフ・カビラに性暴力の問題を気にかけている様子は見られなかった。それが私をひどく不安にさせた。

13

大統領との会談から一年半後のこと、ブカヴの南七〇キロのところにある小さなサンゲ村で大きな事故が発生した。村を走っていたタンクローリーが横転し、満載していたガソリンが流れ出して激しい火災が引き起こされたのだ。被害は甚大で、二六九名が死亡し、二〇〇名が負傷した。

負傷者は地域の四つの病院に搬送された。パンジ病院はその外科と麻酔科のレベルの高さを見込まれて、もっとも治療が難しいと判断された怪我人の受け入れを要請された。

カビラ大統領は国を挙げての追悼を呼びかけ、事故の二日後には保健大臣が負傷者を収容している病院を慰問してまわった。その後、大統領が側近と護衛を引き連れてみずから病院をめぐり、ついにパンジ病院にもやってきた。

大統領が訪問することを数日前に正式に知らされた私はすぐに、病院スタッフや患者にそのニュースを知らせた。大統領がパンジ病院を訪れるのは初めてなので、私は当然、彼が病院内のすべての科をひととおり見てまわるものだと思っていた。大統領には性暴力の被害にあった女性たちにも会ってほしかった。

訪問当日、大統領が車から降りるとすぐに、私は歓迎の意をあらわすために彼のほうに進み出た。

だが、大統領は挨拶抜きで切り出した。

「私がここに来た理由は知ってるだろうな？」

「はい、もちろんです」

「じゃあ、なぜ私はここにいる？」大統領は私を試すように尋ねた。

「タンクローリーの横転事故による負傷者を見舞うためです」

「そのとおり」尊大な口調で彼は言った。「ここに来たのは、性暴力の被害女性に会うためではない」

ショックだった。目の前にいるのは本当にコンゴの大統領だろうか。国家元首はすべての国民のためにいる。健康な国民も病める国民も含めてすべての。そして安心して暮らせないと感じている国民がいれば、その言葉に耳を傾けるのが国家元首の務めではないか。そう感じている人々がすぐ近くにいるのならなおさらだ。いまはまさにその状況だ。性暴力の被害にあった女性たちは大統領が会いに来るのを、大統領が自分たちの思いに耳を傾けてくれるのを待っていた。病院にいるあいだだけは彼女たちも安全を感じられる。だが、じきに彼女たちは村に帰ることになる。そこではどんな運命が待ち受けているのだろう？　また襲われはしないかという恐怖を抱えて暮らさなければならないのか？　あるいはちゃんと守られて、心安らかに暮らすことができるのか？

女性たちはそうした問いを病院に来た大統領に投げかけたいと思っていた。彼女たちはすでに歌を唱和していた。数百人もの女性が声を合わせているのだから当然、その歌声は玄関先にいる私たちにも聞こえていた。私は大きく息を吸い、怒りをのみ込んだ。大統領の挑発的で露骨な言葉にカッとなったら負けだと自分に言い聞かせながら。

　そして大統領とその随行団を、重傷の火傷を負った犠牲者が手当てを受けている病棟まで案内した。大統領は犠牲者に「つらい目にあって大変ですね」と優しい言葉をかけた。私は火傷の治療と回復のプロセスを説明した。

　すると大統領は間髪を容《い》れずに、自分がキンシャサから送らせた火傷治療薬がちゃんと届いたかどうか私に尋ねた。荷物は確かに届き、負傷者が収容されている四つの病院に分配されていた。私は説明した。

「ダンボール箱は届きましたが、中身が火傷の手当てに使う医薬品ではなかったため、いまのところあまり役には立っていません……」

「では、何が入っていた？」

　私は正直に告げた。

「解熱鎮痛薬《パラセタモール》と避妊具と虫下しです」

　大統領は当惑したような目で随行団を見やると、すぐに大声を張り上げた。

「いったいどういうことだ？」

　一同は口をつぐみ、大統領の質問は宙に浮いたままになった。何があったのか、私からすれば火を見るよりもあきらかだ。大統領は確かに火傷の治療薬を購入するために予算を割《さ》いた。だがその資金はなんらかの理由でどこかへ消え、医薬品の発送を任されていた者たちがしかたなく手もとにあったものを送った。中身がなんであれ、荷物だけは発送する必要があったから……。

この一件が大統領の機嫌を損ねたのはあきらかだった。タンクローリーによる火災事故のあとはいかにも国父らしく見せようと堂々と振る舞っていたのに、その威厳と落ち着きはどこかに消えた。私はチャンスとばかりに、「女性たちに会ってみませんか」と大統領に持ちかけた。ほんの少し平静さを取り戻すよい機会になるのではないか。「彼女たちは大統領がいらっしゃることを知っていて、お見舞いに来てくださるのを心待ちにしています」と言い添えた。

だが、大統領は見るからに気分を害した顔で、「それは予定に入っていない」と言った。「そんなこと、はじめからわかっているはずだ」

私はますます腹が立った。病院を訪れたのに女性たちに会わないで帰るとは、言語道断だ！

タンクローリーが引き起こした災害は確かに恐ろしいものだった。だが、それは単発の事故で、生存者やその家族は少しずつもとの暮らしに戻っていくだろう。だが性暴力の場合には、犠牲者を永遠に苦しめる残酷なシナリオが待っている……。性暴力という悪は社会全体を蝕《むしば》んでいる。だからこそ、大統領はなんとしてでもこの問題に取り組む必要があるのだ。だが、当の大統領はそれを望んでおらず、聞く耳を持とうとしない。

一年前、大統領の妻、オリーヴ夫人がパンジ病院を訪問し、性暴力被害者のために大々的な食事会を催した。そのときの夫人の態度は誠実そのもので、コンゴ東部に暮らす女性たちが恐怖を感じずに安心して暮らしていけるようなんらかの手を打たなければならないと本気で思っているように見えた。私は彼女を、思いやりのある気立てのよい人だと思った。それに夫人は性暴力撲滅を目指す各種のキャンペーンや会議にも参加していて、それが変化への希望を芽生えさせていた。

だがその食事会のあと、コンゴのファーストレディは音信不通になった。ひと言の連絡もなかった……。なぜだろう？　勝手に先走ったため、夫に叱責されたのかもしれない。これはあくまで私の推測で、真相はわからないが。

私と大統領一行は、重傷の火傷を負った人たちが収容されている病棟から病院の庭の奥にある駐車場に向かう途中、婦人科の病棟を通りかかった。私は再度、「女性たちをお見舞いしていただければ嬉しいのですが」と大統領に声をかけた。すると、驚くべき言葉が返ってきた。

「ひと月後にまた来る。そのときに見舞うことにしよう」

大統領が乗ってきた車の手前まで来た。出発の時刻が来てしまったのだと私は思った。今日はもうこれでおしまいだ。ジョゼフ・カビラは取りあえず義務を果たした。一カ月後にまた来るというのは本当か、それとも私を黙らせるための空約束なのか……。

抑え切れずに、最後のひと押しに出た。

「閣下」このうえなく穏やかな声で呼びかけた。「あれほど苦しんでいる女性たちに会わずにお帰りになるとは、なんとも残念でなりません。率直に申しまして、彼女たちはとてもがっかりするでしょう。挨拶だけでもお願いできませんでしょうか」

大統領は憤然とした目で私をにらんだ。おそらく私はやりすぎたのだろう。彼の反応を見て、このままではすまされないかもしれないとうっすら恐怖さえ覚えた。

その直後、ジョゼフ・カビラは意味不明の言葉を口にした。

「この問題は半年以内に片がつく。そのときはもう、女性たちはここにはいなくなる」

私は驚いて言葉を失った。この謎めいた言葉をどう理解すればいいのだろう？　大統領はまさかほんの半年で、性暴力の問題が解決すると本気で思っているのだろうか？

まさか。それにたとえ予想に反して半年以内に政治的解決が図られたとしても、女性たちはここにいる必要がある。当たり前のことだが、人工肛門を取りつけたばかりの患者はすぐには退院できない。長い治療が必要で、経過観察《モニタリング》もおこなわなければならない。心的外傷《トラウマ》に苦しむ被害者も同じで、セラピーは数日ですむものではない。

とにかく、大統領のこの奇妙としか言いようのない言葉は一瞬にして私の心をかき乱した。もしかしたら大統領はパンジ病院を閉鎖しようとしているのだろうか……。私は彼にあれこれ質問しようとしたが、相手が話をするような気分でないのはあきらかだった。そこで、「あまりにも後ろ向きという印象を与えることを恐れてあんな発言をしたのだろう」と自分を納得させることにした。

短い沈黙のあと、大統領は急に思いついたように、庭にある建物の一つを指さして尋ねた。

「あれはなんだ？」

「栄養補給のための病棟です。栄養不良に苦しむ子どもたちの手当てをしています」

「そういう仕事はぜひ見てみたいものだな。見学してもいいか？」

唐突に態度を変えたので驚いた。てっきり帰るのかと思っていたら、なぜか急に長居がしたくなったらしい。

「もちろんです」そう言って私は大統領一行を栄養補給のための建物に案内した。

そこにはひと部屋しかなく、部屋の四方の壁に沿って七つ、ないしは八つのベッドが並んでいた。患者は一二歳以下の子どもばかりで、幼い子がほとんどだった。その子たちがこの病棟にいる理由は一目瞭然だった。あまりにもやせ細っているため、肋骨が浮き出て、目は眼窩《がんか》の奥にくぼんでいる。ベッドの大半には母親が座っていて、瞳に不安の色を浮かべていた。

「ひと月で四〇人ほどの子どもの手当てをしています」私は大統領に説明した。「治療の期間はおよそ一〇日間。それで通常は危険な状態を脱することができます。子どもたちにはビタミン豊富な栄養飲料を一定の間隔で与えています。治療のあとは母親が子どもを、私たちが運営する栄養センターに連れていくことになります。そこでは一日一回、栄養のあるお粥を提供しています」

栄養補給事業はパンジ病院が開業したときからおこなっていた。戦争のせいでコンゴ人の多くが故郷の村を追われ、土地を耕すことができなくなり食料難にあえいだ。村に残った住民もすぐに食べ物に事欠くようになった。界隈《かいわい》をうろついている民兵たちに襲われる危険があるため、女性が畑仕事に出られなくなったせいだ。

そのような場合、往々にして子どもたちが最大の犠牲を払うことになる。病院まで遠く、移動手段もないため、栄養不良の子どもがようやく私たちの病院に来るころには手遅れとなっているケースも多い。手を尽くして手当てをしても、命を救えるとは限らない。

さらに、たとえ手当てが功を奏しても、子どもたちの全員が生き延びられるわけではない。村に戻れば同じ状況が待っていて、ふたたび栄養不良に陥る恐れがあるからだ。

そうならないように私たちにできるのは、母親にいくつかアドバイスを与えることだ。避難を余儀なくされた人々は、なんの準備もなく新しい生活環境に投げ入れられることになる。母親たちは往々にして時代遅れの知識しか持っておらず、新しい知識を身につける必要がある。病院ではそんな母親たちに衛生上の簡単な注意事項のほか、家畜の飼育法や作物の育て方のコツをいくつか伝授している。子どもの栄養が足りているかどうかの見分け方も。栄養不良のサインに気づければ、母親は適切なタイミングで子どもを無料診療所なり私たちの病院なりに連れてこられるようになる。

私たちは子どもたちがここに戻ってこなくてもすむようになることを望んでいる。だが目下のところ、それははかない望みだ。この地域が抱えるもろもろの問題を抜本的に解決しないかぎり、パンジ病院の栄養補給事業は必要で、いつも大盛況だろう……。

栄養補給事業についての私の簡単な説明を聴いたあと、大統領は病室にいた母子のほうへ二、三歩近づき、ほんの少し言葉を交わした。そして私に向き直ると、この件について支援したいと言い出した。

「この事業に五万ドル支出しよう。資金は州知事からじかにきみに手渡す。きちんと支払われるよう私がみずから目を光らせるつもりだ」

大統領の豹変《ひょうへん》ぶりに私はびっくりして息をのんだ。大統領がパンジ病院に資金援助をしたがっている。栄養補給事業に限定した資金援助を。もちろん、異論があろうはずもない。だが、大統領の真の狙いはなんだ？　この問いが私の心を乱した。それまで大統領は私自身の、そしてパンジ病院の活動に対して、控えめに言っても冷たい態度を取ってきた。大統領から支援のしるしを感じ取ったことは一度もない。それにほんの数分前、冷え冷えとした目でにらまれて、背筋に震えが走ったばかりだ……。

骨と皮ばかりにやせこけた子どもたちのかわいそうな姿に胸を揺さぶられ、私たちの栄養補給事業を支援したいと思ったのだろうか？　それとも、資金を提供するというこの予想外の行為の裏には何か思惑があるのだろうか？　性暴力被害者との面会を拒んだことや、性暴力を非難する立場をきっぱり表明してこなかったことで感じている後ろめたさを、この資金援助でやわらげようとしているのだろうか？

大統領が決断を下す場合、それがなんであれ、そこには行動がともなわなければならない。言葉が発せられれば、具体的なアクションが必要になる。コンゴ東部で安全に暮らせる環境をつくり出すのは非常に難しい。不可能とも思えるほどに……。ここで起きている事態を理解しようとする人はみな、そう思うだろう。おそらく、ありとあらゆる分野を仕切り直す必要がある。だが、そうこうしているあいだも国民を落胆させるわけにはいかない。国家元首にとってそれは至上命題だ。自分の利益よりも公共の利益を優先させようとする政治家が私たちの知るかぎりほとんどいないにしても、彼らに求められていることは変わらない……。

五万ドル。これはカビラが「大統領は責任を果たしている」という印象を私たちに与えるために支払おうとした額なのか？　彼は五万ドルの支払いを約束する一方で、ほんの五〇メートル先にいる何百人もの傷ついた女性とは会おうとせず、待ちぼうけを食わせた……。パンジ病院の栄養補給事業はすでにさまざまな国際組織から援助を受けているので、資金が逼迫《ひっぱく》しているわけではない。もちろん、大統領の支援の申し出はありがたい話ではあるのだが……。

足りないのは資金というよりもむしろ国の指導者と国民のあいだの対話だ。国民は対話の用意ができているのに政治家は違う。だからこそ私は、大統領が女性たちと会うことにこだわったのだ。それを拒んだのは大統領にとってマイナスにしかならないだろう。

他方、私はカビラ大統領の拒絶を私個人に対する拒絶とはとらえないようにしようとも思った。この問題の解決を訴えている人はみな一様に大統領から冷たい扱いを受けているのだから。

二〇〇六年には友人のヤン・エグランドがキンシャサで大統領と会い、パンジ病院を訪問するという約束を大統領から取りつけていた。

「ああ、約束しよう。病院を訪問しますよ」大統領は最終的にヤンの提案を受け入れた。

その後ヤンに会うたびに「大統領は来たか？」と訊《き》かれたが、私は毎回、苦笑いを浮かべて同じ返事を繰り返した。

「いや、まだだ」

するとヤンは毎回、憮然《ぶぜん》とした顔でため息をついた。

「約束したはずなのに！」

二〇一〇年初頭、マルゴット・ヴァルストロームが戦時下における性暴力の問題を扱う国連事務総長特別代理に任命された。新設されたこのポストに就いた彼女は、当時の潘基文《パン・ギムン》国連事務総長の直接の指示のもとで働いた。彼女はすぐにカビラ大統領と会談しようとしたが、大統領はなかなか応じなかった……。その種の会談に大統領が関心を持っていないのはあきらかだった。ヴァルストロームは何度もしつこく要請し、ようやく会談にこぎつけた……。

大統領が慰問に訪れた翌日にはもう、州知事が例の支援金を手渡すために側近を引き連れて病院にやってきた。その滑稽なことと言ったら！　なにしろ五万ドル分の紙幣が入った紙袋を持って、ものものしい雰囲気の中、州知事御一行がやってきたのだ。

メディアは大騒ぎし、州知事のあとをジャーナリストがぞろぞろついてまわった。国と大統領は国民のためにきちんと責任を果たしている――そんなメッセージがメディアを通じて喧伝《けんでん》された。

そんな演出にはどうしても違和感を覚えずにはいられない。私は国際組織に資金援助を要請するときの煩雑な手続きを知っている。パンジ病院でのプロジェクトについては通常、二〇から三〇ページの要請書を作成し、プロジェクトの必要性について文言に最大限配慮しながら説明し、要請する金額の妥当性を詳細に記さなければならない。そして一年後、今度は供与された資金の使途明細や裨益《ひえき》対象グループへの効果などを詳述した報告書を作成することになる。おざなりな仕事は許されず、数字に間違いがあってはならない。さらに、新たに資金援助を要請する場合にはもう一度同じ手順を踏み、しかるべき筋に新たに書類を提出することになる。大いなる忍耐力を要する実に面倒な仕事だ。私の同僚の中にはこの要請書と報告書の作成に膨大な時間を取られている人もいる。

なのに突然、頼んでもいない資金を贈られた。五万ドルはサインすべき書類もなく、使途を指定されることもないままポンと手渡された。栄養補給事業を支援したいという大統領の意思は承知していたが、それが明言された書類は一つもなかった。私は札束に目を吸い寄せられながら、「はて、これをどうしたものか？」と自問した。すでに午後で会計担当者は帰宅し、銀行も閉まっている。結局、スウェーデン人の女性スタッフが町中にある自宅の戸棚にこの五万ドルを隠すことになった。

私はただ支援金をありがたく頂戴し、「これは私たちの仕事ぶりをカビラ大統領が高く評価してくださっているしるしだ」と考えるべきだったのかもしれない……。だがそんな思いにはなれず、この五万ドルに私は戸惑った。パンジ病院が大統領のいいように利用された気がしてならなかった。このままでは分が悪いと感じた大統領が、批判をかわすために資金援助を申し出たように思えてならないのだ。大統領という立場と五万ドルを利用して、彼は敗北を勝利に変え、ついでに〝子どもたちの守り神〟というイメージを身にまとうことにも成功した。それはおそらく彼が意図したことでもあり、得られた結果にほくそ笑んだに違いない。そして、「自分はきちんと対処した、問題に取り組む姿勢を見せた、だからもうパンジ病院に足を運ぶ義理はない」と考えたことだろう。もちろん、実際のところはわからない。とにかくそのあと大統領が病院に来ることはなかったし、「大統領が来なくても驚きませんよ」という私の言葉に驚く人もいないだろう。

14

人生で自分の選んだ道が行き止まりに見えたとき、どんな態度を取ればいいのだろう？　事態が好転するまで背を丸めてじっと待てばいいのだろうか？　だが、時が経つにつれて不安が募ってくるものだ。そんなときには直面している状況になんとか意味を見出そうとするが、たいして助けにはならず、どんどん無気力に陥っていく。敗北感にまみれ、ふさぎの虫に取りつかれ、何をすればいいのかわからず途方に暮れる。

私には将来の職業と進路について確固としたビジョンがあった。中等教育を終えたら大学の医学部に入学する。中等学校で学んでいるあいだずっと私はそう考えてきた。さらに言えば、ほんの少年のころからそう決めていた。

白衣を着た人――〈ムガンガ〉――になりたい。私は幼いころからずっと勉強熱心だったので、医学部に入るのに必要な成績は収めていると自負していた。問題などあるわけないと思っていた。というわけで、私はキンシャサにある大学の医学部に入学願書を提出した。絶対に入学できると信じて疑わずに。

ところがどっこい、大学当局は別の決定を下した。通知を受け取ったとき、私は言葉にできないほど落胆した。

〈医学部の定員はすでに埋まりました。エンジニアを養成する工学部で学ぶことをお勧めします〉

エンジニア？　私は面食らった。エンジニアになるなんて考えたこともない。

大学からの通知の文言は一方的で、交渉の余地を感じさせないものだった。工学部に入るか入らないかの二者択一しかなかった。

〈ですが、工学部で優秀な成績を収めれば、そのあと希望する学部で学ぶことも可能です〉

私はぎりぎり歯噛みしながら「よし、わかった」とうなずいた。めいっぱい頑張り、次はもう向こうが拒めないほどいい成績を取ってやる。努力が足りなかったなどとは誰にも言わせない……。

一九七四年のことだった。一九七四年と言えば、モブツが学校での宗教教育を禁じた年、モハメド・アリとジョージ・フォアマンのヘビー級世界タイトルマッチがキンシャサで開催されたあの年だ。

私が工学を勉強をするためキンシャサに引っ越したとき、町はこのタイトルマッチを迎える準備でおおわらわだった。興奮は最高潮に達し、街路やおもな公共施設はきれいに掃除され、大学は休校となり、学生寮は世界中から来る招待客を泊めるために壁を塗り直され、設備を整えられた。

モブツは鼻高々の誇らしげな顔で、二人のボクサーと一緒に数多くの写真に収まった。モハメド・アリはモブツを不気味な独裁者ではなく、魅力あふれる博愛家とみなして崇拝した。

明るいムードが漂い、国の経済はまだ好調で、それは学生生活の中でも実感された。政府の気前のよさには驚かされたものだ。大学生には一日三回の食事が無料で提供され、国の奨学金を得るのも簡単だった。

私がもらった奨学金の額はかなりなもので、必要経費をすべて差し引いてもまだだいぶ余裕があった。そこで、それを元手にちょっとした商売をしようと決めた。私はキンシャサの通りでよく見かける手押し車《プスプス》を二台購入した。キンシャサの市民はよく、重い荷物を頭に載せたり背負ったりして運ぶ代わりにプスプスを安い料金で利用し、買った物や薪などを家まで運ばせていた。

私は運搬人を二名雇い、こう告げた。

「プスプスを使って自由に商売してくれ。条件はただ一つ。毎夕、使用料としてそれぞれ二ドル支払ってくれればそれでいい」

この商売はうまくまわり、われながらよく思いついたと自画自賛した。だが、行く手には暗雲が垂れ込みはじめていた……。私がキンシャサに出てきてから一年半ほどで、国の経済が崩壊したのだ。あっという間に恐ろしい勢いで。国の舵取りがあまりにもお粗末なため、誰もがそのことに気づきはじめていた。

その凶事は大学にもすぐに影響をおよぼした。提供される食事の回数が減り、内容も目に見えて貧しくなった。さらに奨学金の大半が取り消された……。だがその一方で、汚職や縁故主義が蔓延《まんえん》した。大学や学生寮に入りたいと思ったら、モブツが合法化した唯一の政党、革命人民運動党（MPR）の要職にある人にあと押ししてもらう必要があった。有力者の口添えがなければ、そうした願いは叶わぬ夢となった。

プスプスを使った商売は幸い経済危機の打撃をそれほど被《こうむ》らず、私は毎日四ドルを手に入れて――私の取る手数料はわずかだった――貯金にまわした。国がどんどん没落していくにつれて、私はこの貯金の使い途《みち》について考えるようになった。これで医学部の学費の一部は賄《まかな》えるはずだ……。それで私は医者になるために工学を勉強させられるという、世にも奇妙な状況に置かれていた。それでもとにかく未来を見据えて学業に励み、大学一年目の最後にはかなりの好成績を収めた。当初の目標は達成できたので、「さあ、次は医学部だ」と張り切った。

これで道は開けたはずだった。だが、新たな障害が私の前に立ちはだかった。成績が良すぎたのだ……。筆記試験で平均点（正答率六〇％以上）を越えた人は全員、そのまま同じコースを進むよう大学当局から通達があった。

私は平均を大幅に上まわる七三％というハイスコアをマークしていた。そのためキンシャサの大学にいるかぎり選択の余地はなく、エンジニアになるための勉強を続けざるをえなかった。泥沼にはまってしまったと思いながら、私は医師になる道が少しずつ遠ざかっていくのを感じていた。

だがその一方で、医学を学ぼうとすることが本当によい選択なのか自問した。医学への道が真に進むべき道ではないとしたら？　医師を天職だとずっと信じてきたが、それがただの思い込みにすぎないとしたら？　ひょっとしたら別の進路を探すべきなのかもしれない……。

私はそのままキンシャサで学業を続け、物事のよい面を見ようと心がけた。だが、自分をだましつづけるのは無理だった。工学の勉強を続けるためのやる気はもはやゼロで、ある日、決定的な瞬間がやってきた。階段に使用する耐久建材を学ぶため工事現場を見学しに行ったとき、ファン・ケルコフ教授の説明を聴きながら大きな疑問が胸の内に湧き上がったのだ――おまえの人生、これでいいのか？　本当にエンジニアになりたいのか？

いやだ、無理だ。エンジニアとして働く未来の自分を私はどうしても受け入れることができなかった。その決定的な日からほどなくして母から電話があった。私はその少し前にブカヴに帰省したのだが、そのとき私が落ち込んでいることに母が気づき、わざわざ電話をかけてきたのだ。

「きっとうまい解決策があるはずだよ」電話線の向こうで母は私を慰めた。

私が落ち込んでいたのは、大学の勉強が苦痛になっていたことに加えて、すっかりもらえる気になっていた奨学金が下りなかったからだ。私は海外で学びたいと思っている人を対象に奨学金を給付する、ある大きなキリスト教系団体に申請書を提出していた。その奨学金を得ることがフランスで医学を勉強するいちばんの早道だと思ったからだ。だが、申請は通らなかった。しかも知り合い二人がこの同じ奨学金を――未来を開く貴重な鍵を――手にしたことを知り、私は二重に傷ついた。

「帰っておいで」とうとう母は言った。「この問題をゆっくり話し合おうじゃないか」

私の両親はどんなときにも子どもの意見に耳を傾けてくれるとてもオープンな人たちだった。両親のそんなところを私はとても尊敬していた。二人はすでに自分たちで物事を決めたあとでも、それについてつねに子どもと対話することを心がけた。そうした態度は、自分たちの考え方やそう決めた理由を子にわからせるためであっても、子どもからすれば嬉しいものだ。だがそんな親子関係は例外的で、同級生たちの家では事情はまったく違っていた。むしろ大人と子どものあいだにははっきりとした壁があり、子どもが親の話し合いに加わる機会はまったくなかった。だから私の家族はとてもよい雰囲気に包まれていて、母から「帰っておいで」と言われたとき、私は迷わずその言葉に従った。きっと何か打開策が見つかるはずだと思いながら。

家に帰っていろいろ話をしているうちに、母が「ブジュンブラ大学で学んでみては」と勧めてくれた。ブジュンブラはブカヴから一三五キロ離れたところにある隣国ブルンジの首都だ。

「やだよ」私は言った。「小さな大学で名門じゃないし、設備も貧弱だ。あんなとこを出て、いったいなんになる？　いや、だめだよ、フランスで勉強しなくっちゃ」

私はあくまでフランス留学にこだわった。

「でも、どうやってフランスに行くつもりだい？」母は尋ねた。

「わからないよ。だけど、きっと何か方法が見つかるはずさ」

そう答えながらも、私は取りあえずすべての選択肢を当たってみようと考えた。そしてブジュンブラ大学でおこなっている授業内容を調べるため、大学に連絡を取った。するとブジュンブラ大学は、フランスの国民教育省と提携していることが判明した。大学の授業編成を知って私は胸を躍らせた。はじめの二年間はブルンジで学んだあと、なんと次の四年間はフランスで学ぶというではないか！

すぐに願書を送ったところ、無事入学が認められ、私は大いに胸をなで下ろした。だが新年度の授業が始まって早々にシステムが変わり、学生をフランスへ送る代わりに教授をブルンジに招くことになった。つまり、私がヨーロッパへ行く機会はなくなったというわけだ。

だが、それは大きな問題ではなかった。私にとって大切なのは、未来への展望があることだった。いま、ようやく自分は正しい道を歩みはじめた。あれほど望んでいた医学の勉強ができるのだ。そして医者になるのだ……。

キンシャサで営んでいたプスプスの商売で貯めた蓄えで一学期分、つまり最初の三カ月の授業料は賄《まかな》えるとわかっていた。引っ越し代、家賃、大学の登録費用、書籍代——そんなこんなの費用をすべて支払えそうだった。だが、そのあとは少しお金を稼ぐ手段を見つけなければならない……。

私は、ブカヴでは買うのに苦労するのにブジュンブラでは簡単に手に入る品物があることに気づいていた。たとえば文房具などだ。そこでそうした品々を大量に購入し、大学が休みのときにブカヴに持ち帰って売りさばき、ちょっとした儲けを手にした。逆もまた然《しか》りで、ブカヴのあるキヴ州では簡単に買えるのに、ブルンジでは店頭になかなか並ばない物があった。だから私はブカヴとブジュンブラを往復するたびに、売れそうな新しい商品をロバのごとくどっさり運んだ。

私の商売は絶好調だった。ブルンジで買い込んだ革製品はブカヴでとくに人気が高かった。旅行カバンのセットを二組売った日のことはよく覚えている。その日は土曜日で、次の月曜日、モブツが突然、「市中に出まわっている紙幣は有効性を失った」と発表した。急激なインフレに見舞われていたため、通貨切り下げ《デノミネーション》を実施したのだ。国民には旧紙幣を新紙幣に交換するのにほんのわずかな猶予しか与えられなかった。

ほとんどのコンゴ人にとって僻地の村から出ることは難しく、銀行まで足を運ぶのは無理だった。しかも国民の多くが、そのわずかなへそくりを自宅から遠く離れた場所に隠していた。小さな容器に入れて、土中深くに埋めていたのだ……。というわけで国民の大多数は、新紙幣への切り替えで大きな打撃を被《こうむ》ることになった。国中に激震が走り、あちこちで人々が泣き叫び、悲嘆に暮れた。

私はそのころすでにブルンジに戻っていた。ポケットには旅行カバンを売って儲けた大金が入っていた――それも、嬉しいことに現金ではなく小切手だったので、少しも損をしないですんだ。私は幸運だった。だが同じころ、気の毒な多くの同胞たちが有り金を失い、不幸のどん底に突き落とされていた……。

人生は時に思いもよらない成り行きを示すものである。

15

ブルンジ大学医学部一年目の一学期、私に人生を変える運命の出会いが訪れた。ある若い女性と出会い、すぐに心を惹《ひ》かれたのだ。

大学の休暇で実家に帰省したときの話だ。その夜、私の親友がうちに遊びに来た。彼は自分の婚約者のほかにもう一人、私がそれまで会ったことのない女性を連れてきた。名前はマペンド（マドレーヌ）。とても美しい女性で、その丁寧な物腰に私は好感を持った。私たちは両親のいる前で少し言葉を交わした。親友たちはほんのちょっと立ち寄っただけだから、一緒に過ごした時間はあまりにも短かった。だが私は彼女に心を奪われ、目が離せなくなった。

訪問客たちがいとまごいをしたとき、私は親友を脇に引っ張っていき、そっと尋ねた。

「あの子、すてきだな。いったい誰だ？」

「知らないのか？　カボイの娘だよ」

「カボイの!?」私はがっかりした。「そうか、それなら脈なしだな」

カボイはブカヴを代表する豪商の一人だった。学校に食材を納入し、大きなパン屋を一軒経営し、市内のガソリンスタンドに燃料を卸していた。つまり有力な卸売商で、町の名士で、車を何台も所有する会社の経営者だったのだ。

あの魅力的な女性が誰の娘かわかった瞬間、私と彼女のあいだに高い壁が築かれたのを感じた。彼女はブカヴ屈指の裕福な家の娘で、自分は貧しい牧師の息子……。

さすがにこの壁は乗り越えられない。私はそう思いながら、親友とその婚約者とカボイの娘を見送った。彼女がどこの誰でもいい、とにかくカボイの娘ではなかったら、翌日にでも早速デートに誘っていただろう。

だが、どう考えてもあきらめるしかない。残念だが、どうしようもない……。


その一年後、別の友人が父の教会で結婚式を挙げることになり、教会の飾り付けをするため仲間が何人か集まった。その中にカボイの娘もいた。両親の家で初めて出会ってから一年ぶりの再会だった。彼女との結婚は無理だとあきらめてはいたが、それでも彼女への興味を失ったわけではなかった。またこうして顔を合わせたのも何かの縁だ、彼女のことをもっと知りたい――私はそう思った。

教会を飾り付けながら彼女と言葉を交わした。話題は尽きず、話は盛り上がった。彼女は自分の人生について語り、私は私の人生について語った。言葉があふれるように出てきて止まらなかった。要するに、一緒にいてとても楽しかったのだ。

午前中いっぱい二人で過ごし、私は完全に恋に落ちた。少し年の差はあったが、とても波長が合ったので気にならなかった。

友人の結婚式で彼女の隣に座った私は、なんの前置きもなくこう言ってみた。

「ブジュンブラで一緒に暮らそうよ……」

冗談めかして言ったこの言葉に、彼女は軽い笑顔で応えるだろうと思っていた。あるいは、ほがらかに笑うだろうと。だが、違っていた。

「そうね、いいわね」

私は驚きのあまりぽかんとした。結婚もしないで同棲しようというのか？　同棲など私たちの社会では考えられないことだった。だが声の調子から、冗談で言っているのではないとわかった。一方、私の彼女に対する気持ちは確かだった。私はたった数時間一緒に過ごしただけで彼女に惹《ひ》かれ、もうぞっこんだった。身分が違いすぎて乗り越えられないと感じていた壁が、いまや挑むべき壁に変わっていた。あとは彼女も同じ思いかどうか確かめるだけだ。だが口に出して確認しなくても、彼女のまなざしと、即座に返ってきた「そうね、いいわね」の言葉がすでに答えだった。それでもその後まもなく、彼女も私に対して同じ気持ちを抱いていることが確認できた。だがそうは言っても、私たちがまったく異なる環境で育ってきたのは事実だ。本当に一緒に暮らしていけるのか、同じ未来へと歩んでいけるのか、同じ価値観を共有できるのか、まずは確かめなければならない。

というわけで、私たちはその後何度か会い、時間をかけて話し合った。そのたびに私の彼女に対するイメージはどんどん変わっていった。裕福な環境で育った人がどんなふうかは知っているつもりでいたが、彼女はステレオタイプからはみ出していた。彼女は誰とも違っていて、ただとにかく特別だった……。私は最終的に確信を得た。私たち二人は一緒にやっていけると。

だが、それですべてのカードがそろったわけではない。二人の未来の人生設計に取りかかる前に、本気で挑まなければならない壁があった。

「愛は何よりも強し、さ」私は言った。「でも、いつも簡単に実るわけじゃない。恋路に横槍が入るのはよくあることだよ……」

私はたとえ家族に反対されても、それぞれが自分の家族を説得する努力をしようと提案した。

「粘り強く頑張るんだ。それが一緒になりたいというぼくらの強い意志を示すことになる」

「そうね。そうするのが賢明ね」

私たちの意見は一致した。


私は両親にマドレーヌと、つまりほんの一年ほど前にうちの家に遊びに来た若い女性と結婚したいと切り出した。

「カボイ家の娘さんと？」

「うん、カボイ家の娘さんと」

私はどう思うか両親に尋ねた。

父はめったに声を荒らげない人だった。どんな立場の人とも話をし、ほかの人が決めたことに異を唱えることはほとんどなかった。とくにわが子の意思は尊重した。だからこの結婚話についてもどうこう言ったりしなかった。

だが母のほうは難色を示した。この結婚には大きな障害があり、さまざまな問題が待ち構えていることをすでに見越していたのだ。

「あの娘さんと結婚したいって、本心から望んでいるのかい？　そう断言できるのかい？」

「うん、断言できる。彼女を愛してるんだ」

「それでもよく考えておくれ。あとあと後悔するようなことになったら困るからね」

いずれにせよ、マドレーヌの家族から承諾をもらうことが不可欠で、私はじりじりとしながら向こうの出方を待った。そして知らされたのは、予想どおり反対の声だった。

当然のごとく、カボイ家の何人かは私との結婚に強く反対した。「結婚はありえない」と言い、その立場ははっきりしていた。

だが、肝心の父親の考えがわからなかった。私はやきもきした。挨拶に行ったとき、とても歓迎され、非常に感じがよかっただけになおさらだ。腹の中ではいったいどう思っているのだろう……。

私たちが交際していることをそれぞれの親に告げてから三カ月後、マドレーヌの父親が私の両親と結婚について話し合い、その結果を知らされた。つまりマドレーヌの父親がこの結婚を賢明な選択とは思っていないことを。「収入のない貧乏学生が、娘に不自由のない暮らしをさせることなどできるわけがない」というのが父親の言い分だった……。

「あきらめよう。反対の声が強すぎる。見通しが甘かったよ」

私がマドレーヌにそう言うと、強い口調で言い返された。

「でも約束したわよね？　反対されたら、それぞれが自分の家族を説得するよう努力しようって。私を信じて。もう少し時間をちょうだい」

これ以上あきらかな愛の証はあるだろうか。あきらめるという選択肢はもう絶対に考えられなかった。そして彼女は、私が間違いなくすばらしい夫になると自分の父親を説得するのに成功した。彼女は父親に訴えた——「私が人生の伴侶として選んだのはあの人よ、ほかの誰でもない。お父さんは安心して。私たちはちゃんとやっていける。心配する理由なんてない」

私たちは一九八〇年八月一日に結婚した。ブカヴでは名の知れた二つの家の子どもが結ばれたとあって、この結婚は大いに世間の耳目を集めた。父の教会で執りおこなわれた結婚式には人がぎっしり詰めかけ、お祝いは一週間続いた。

伝統にのっとり、私の家とマドレーヌの家の双方でそれぞれパーティーが開かれた。結婚式の前、先にマドレーヌの家族が催した会は、結婚して家を出る娘に対する別れの儀式を意味した。未来の義父が経営する会社の庭で開催されたそのパーティーには一、〇〇〇人ほどが招待された。

二回目のパーティーがいわゆる結婚披露宴に当たるものだった。私が通っていた中等教育学校の食堂で開催されたそのパーティーはマドレーヌの実家が開いたものより規模が小さく、およそ三〇〇人が集まった。例の旅行カバンの商売からあがった利益で私はその費用の大半を支払った。運がよかったとしか言いようがない。モブツが新紙幣に切り替えたことで物価が下落し、私は突然、自分が金持ちになったような気分を味わった。とにかく、結婚式の費用を賄《まかな》うにはじゅうぶんだった。

そうして私の人生の新たなステージが始まった。これから先の未来は二人で歩むのだ……。新婚旅行のあとマドレーヌがブジュンブラに引っ越してきた。まだ三年の学業が残っていたので、市内に小さな家を借りることにした。

結婚披露宴の招待客の中には私が通っていた中等教育学校の校長先生で、ペンテコステ派宣教団で働くスウェーデン人がいた。私はしばらく彼の隣に座り、自分の未来の青写真、とくに近い将来の計画を説明した。デノミネーションのおかげで懐に余裕があったとはいえ、蓄えは結婚式でほぼ使い果たすことになるため、スウェーデンの奨学金を利用できればいいと思っていることを伝えた。

「何も約束はできないが、ちょっと調べてみよう」校長先生は請け合ってくれた。

ブジュンブラで借りた家は寝室が一つとリビング兼キッチンから成るつましい造りだった。当時、私たちが一日に使えるお金は一ドルもなかったと記憶している。だがマドレーヌは大変なやりくり上手で、私は大いに感心させられた。カツカツの生活だったのに、なぜか毎日ちゃんと腹は満たせていた。

マドレーヌは一度も実家に泣きつかなかったし、向こうも支援の手を差し伸べなかった――そもそもそういう伝統がないのである。

伝統と言えば、結婚前、私の父はマドレーヌの家族に結納品を手渡した。

結納品は雌牛一頭から数頭が相場で、牛の数は両家の取り決めによって決まる。うちの場合は四頭を贈ることになった。

結納品が手渡されると、あとは新郎の家が新婦の責任を負うことになり、新婦の両親は娘に対してなんの義務も持たないとみなされる。

だが息子となると話は別だ。マドレーヌの男きょうだいは私の義父に経済的に援助してもらい、海外留学まで許された。二人はアメリカ、一人はベルギーといった具合に。その暮らしぶりは、〝大統領の息子〟と言っても通じそうなほど豪勢だった……。

女子が男子と同じ扱いを受けられないからといって、義父が娘たちを邪険にしていたわけではない。義父はやさしくて感じのよい人だった。ただ、この地に暮らす人のほとんどがそうであるように伝統をとても重んじていたのだ。

コンゴにおける女性の地位はけっして高くはない。いや、それどころか世界中でここよりも女性の地位が低い国を見つけるのは難しいのではないか。コンゴの女性は自分の家族にも社会にも、ほぼ何も期待できない。そんな状況を私たちは恥じなければならない。そしてすみやかに変えていくべきなのだ。


結婚から一年少しで私たちの最初の子、アランが誕生した。出産するまで大変で、マドレーヌは妊娠初期から卵巣嚢胞《のうほう》の合併症に苦しんだ。卵巣嚢胞はさまざまな問題を引き起こす。マドレーヌも激しい痛みに襲われ、嘔吐を繰り返し、数週間で一五キロ体重が減った。妊娠してから最初の数カ月は、はたして無事に出産できるのか不安でならなかった。

妊娠初期に卵巣嚢胞ができることはよくあり、その多くは自然消滅するが、あまりにもつらい症状が出ているときは、嚢胞の切除も検討される。だがマドレーヌの場合、医師たちは外科手術をおこなうと胎児に危険をおよぼす恐れがあると判断した。それだけは避けたかったので、私たちは様子を見ることにした。

妊娠七カ月目につらい症状が治まり、マドレーヌの体調はようやく安定した。だがある日、困った事態になった。私はその日の午前中病院で数時間の研修をこなしたあと、たまたま自宅に戻った。そして今度は大学の授業に向かおうと支度をしていると、マドレーヌが言った。

「具合がよくないの。お腹が変なのよ」

彼女はどんなふうに変な感じがするのか説明した。私はまだ医学生で実際に患者を診た経験はなく、正確な診断を下せる立場にはなかったので、マドレーヌの話を遮《さえぎ》って提案した。

「とにかく病院に行こう」

病院に行くと、医師に思いがけないことを告げられた。すぐにでも赤ん坊が生まれるというのだ。予定日よりも大幅に早かったがどうしようもない。いよいよその時が来たのだ。とはいえ、なんの準備もしてこなかったし、あれよあれよという間に事が進んだので、私たちは大いにあたふたした。

私はマドレーヌと一緒に分娩室に入り、彼女が分娩台に横になるのを手伝った。立会い出産は認められていなかったので、私はいわば、いてはいけない場所に不法侵入している格好だった。だが、緊急事態だったので助産師に、「足りない物を準備してくるあいだ、奥さんのそばにいてください」と頼まれた。妻がやけに静かなのが驚きだった。なぜか痛みを感じないという。本当にこれで出産間際なのだろうか……。半信半疑でいると、いきなりマドレーヌが叫んだ。

「赤ちゃんが出てくる！」

私は子どもを——私たちの子どもを受け止めるために両手を差し出した。ほんの数秒のことで、びっくり仰天した。なにしろ突然、どこからともなくあらわれ出たように、腕に生まれたての赤ちゃんを抱くことになったのだ。

助産師が分娩室に戻ってきたとき、私はわが子を抱いて突っ立っていた。助産師も私に負けず劣らず驚いたようだった。

「えっ、もう生まれたんですか？」そう言って目を丸くした。

私にはまだお産の処置の知識がなかったため、へその緒を切ったりといったもろもろの作業は助産師に任せた。出産の手伝いという点で当時の私は、おそらくほかの夫たちと同じくらい役立たずだった。

私たちのいちばんの気がかりは赤ん坊の健康状態だった。異常はないか？早産で、しかも妊娠中は問題が多かったが大丈夫か？　だが、どこにも異常はなく、無事に元気に生まれてきてくれた。

翌日、私が分娩室にいたことが産科病棟で話題になっていると聞かされた。私が出産を手助けしたことが評判になっているのではく、「なぜ分娩室にいたんだ」と責めているらしい……。出産を終えて入院していた女性たちは口々にマドレーヌに言った。「だんなさんを追い出して、私たちを呼ぶべきだったのよ。私たちだったら、手助けできたもの」

だが私もマドレーヌも、そんな非難などどこ吹く風だった。子どもの誕生が嬉しくてたまらなかったからだ。だが同時に、「借りている狭い家がますます狭くなるな」と覚悟した……。すでに窮屈だと思っていたところに、これからは三人暮らしになる。それにもう一つ、もっとずっと深刻な問題があった。経済的な問題だ。結婚してマドレーヌと一緒に暮らすようになった一年あまり前から、私たちはいつも家計のやりくりに四苦八苦してきた。だがここに来て、結婚式のパーティーで母校の校長先生に相談したことが功を奏した。申請していたスウェーデンの奨学金が得られるようになったのだ。

奨学金は三人家族になってまもなく、まさにぴったりのタイミングで支払われた。給付が受けられると聞いたときは、天にものぼる気持ちだった。奨学金は経済面での支えとなるだけでなく、その人が信頼できる人物であるというお墨付きにもなる。奨学金を獲得したという実績は、卒業後の職探しの際にものを言うだろう。それにスウェーデンの奨学金をもらったことで、同じスウェーデンの宣教師団が運営するレメラ病院の職も得やすくなる。さらに言えば、たとえレメラ病院でなくても働き口は簡単に見つかるのではないか。ザイールは医師不足だから、いくらでも選びようはあるはずだ……。

16

レメラ村に初めて滞在したのは大学の卒業前に研修をおこなったときで、数週間という短い期間だった。滞在中はずっと、山あいにあるスウェーデンの村にぽんと放り込まれたような気分だった。村には宣教団のメンバーであるスウェーデン人が四〇人ほど暮らしていて、村の生活には北欧の文化が色濃く刻まれていた。

村の独特の雰囲気は昨日今日に出来上がったものではなく、その始まりは一九二四年にまでさかのぼる。その年のクリスマスイブにスウェーデンの宣教団の第一陣がこの地にやってきた。一帯を治めていた王は丘の一つを指さして、「そこに住むがよい」と宣教師たちに告げた。だがこの〝贈り物〟には裏があった。宣教団に差し出したのは、邪悪な霊が棲み着いているとして住民の誰もが寄りつこうとしなかった丘であり、異国から来た者たちも早々に退散するだろうと王は踏んでいたのだ。

だが宣教師たちはその丘を気に入り、山の澄んだ空気を喜んだ。その一方で、地元の住民たちとの意思疎通は難しく、自分たちの意図を伝えるのに苦労した。それでもなんとか少しずつ地域に溶け込んでいき、ようやく自分たちの活動に本腰を入れられるようになった。宣教師たちはささやかな教会を建て、学校をつくり、治療と出産のための小さな診療施設を設けた。

宣教団の女性看護師たちはとくに子どもと妊婦に重点を置いた一次医療をおこない、その一環として予防接種やよくある病気の手当てをした。大きな事故や難産など特別なケースは手に負えないため、遠くの病院まで車で患者を移送した。

レメラに腰を落ち着けておよそ五〇年後、宣教団はスケールアップを図ることにした。診療施設を拡大し、レントゲン室や手術室をそなえた本格的な病院につくり変えることにしたのだ。レメラは奥地にあるため、この決定には大変な勇気が要ったはずだ。だがいったん決定が下されると、医療サービスは急速に拡大した。その後の一〇年で病院は大きな飛躍を遂げ、ベッド数も三〇〇床を超えるまでになった。

だが問題もあった。病院の規模に比べて医師の数が大幅に不足していたのだ。実際、これほど交通の便が悪く、しかも政治がらみの、あるいは民族、部族間の血なまぐさい紛争が延々と続いている場所にじゅうぶんな数の医師を派遣するのは至難の業だ。一九八三年に私が研修を受けるためレメラ病院に来たとき、医師はたった一人、ノルウェー人のスヴェイン・ハウスヴェッツしかいなかった。

レメラ病院での研修期間は短かったが、私はその後のキャリアを左右する貴重な経験を得た。

ずっと小児科医になるつもりで医学の勉強をしていた私は、肝炎の母子感染をテーマに卒業論文を書き終えたところだった。

大学ではチームでこのテーマに取り組んでいた。出産時の肝炎感染を一年にわたり調査してその数を把握するとともに、感染の仕組みやプロセスについても研究した。そのためには自分たちで最先端の各種試験をおこなわなければならなかったが、その点についてはセネガルとフランスから支援を受けていた。さまざまな感染経路をきちんと特定できれば、よりよい治療を施すことができる。それが私たちの狙いだった。

その興味深い重要な研究プロジェクトに私は夢中になって取り組んだ。そして研究をまとめた卒業論文は、私の小児科医としてのキャリアに弾みをつけるものになるはずだった。だが、レメラ病院で過ごした数週間のあいだに衝撃的な光景を何度も目にしたことが、将来のキャリアを考え直すきっかけとなった。

それまで私は、山奥の辺鄙《へんぴ》な村で出産する女性がどれほど過酷な状況にあるのかまったく知らなかった。それもあり、悶絶《もんぜつ》する女性たちを見て、私は血を凍らせた。それは目をそむけたくなるような光景だった。夫が気を失った妻を背負って病院にやってくることもあった。難産で大量に出血したそれらの女性たちにはもう手の施しようがなく、病院スタッフはただ途方に暮れた。彼女たちは手当てを受けるためではなく、死ぬために病院に来たようなものだった……。死んだ胎児を脚のあいだに詰まらせたまま、息も絶え絶えになりながら病院までよろよろと歩いてきた女性たちもいた。彼女たちは自分の村から何日もかけて歩いてきた。長いあいだ産道に死んだ胎児を抱えていたことで、生殖器の組織に孔《あな》があいていた。

私はその後、産科瘻孔《フィスチュラ》に苦しむ女性がこの地域に大勢いることを知った。産科フィスチュラとは難産の際にできる膣や産道の組織の欠損だ。貧困国で多発しており、若い妊婦、とくに低年齢で出産する場合に起こりやすい。妊婦の骨格がまだじゅうぶんに発達していなかったり、幼少のころから重い荷物を運ぶといった労働をさせられて骨格が歪《ゆが》んでしまっていたりすると、出産時に胎児が産道に引っかかるリスクが高まる。骨盤があまりに狭いためだが、そのせいでお産は長引き、その結果、胎児は死亡し、死んだ胎児が出てくるまで数日かかることもある。さらに胎児が長いあいだ産道に詰まっていると、その部分の血流が滞って組織が壊死《えし》し、膣と膀胱《ぼうこう》、あるいは膣と直腸とのあいだに孔があく。そうなると気の毒なことに、その人はもう尿や便を抑えられずに膣から垂れ流し、悪臭を放つようになる。女性にとってはまさに悲劇だが、これは本人だけでなく周囲の人にとっても問題で、彼女は家族から、さらには社会から排除される危険に直面する……。子を亡くしただけでなく、それまでの人生すべてを失ってしまうことにもつながりかねないのだ。

レメラ病院で研修を受けているあいだ、私は毎日女性たちが悶《もだ》え苦しむ姿を目の当たりにして背筋を凍らせた。だがそれは、性暴力によって引き起こされるフィスチュラを目にするずっと前の話だ。性暴力では、棒や銃剣などの異物を膣に挿入されて孔があき、被害女性が終わりのない苦しみを背負わされている。

とにかく、この山地に暮らす恵まれない女性たちを誰かが助けなければならない。この地域のことをよく知っている人間が。子を産むことは人生の営みの一つであり、自然なことだ。だがここでは出産が、女性の命を危うくする過酷な環境下でおこなわれている。そしてそんな中で出産に臨む女性の多くが、まだ一〇代の少女たちだ。

レメラ村には確かに数百床をそなえた病院があった。だが、そこで働く医師は一人きりだ。圧倒的に数が足りず、医師不足は深刻だった。その一方で、キヴ州における医療上の最大の課題は、分娩時に発生するさまざまな問題への対処だった。だからこそ、誰かがこの問題に優先的に取り組む必要がある。だが、こんな人里離れた山奥には何科の医師でも来たがらない。産婦人科医を呼び寄せることなど夢のまた夢だ。

それならおまえがやればいいじゃないか――私はほとんど反射的にそう思った。

心の中に蒔《ま》かれた種はあっという間に膨らみ、芽吹きはじめた……。

レメラ病院での研修中、私はもう一つ、決定的な出来事に遭遇した。病院のただ一人の医師スヴェインは、ブルンジの寄宿学校に入っている自分の子どもたちになかなか会うことができず寂しさを募らせていた。そこで休暇を取り、子どもたちに会いに行くことにした。そして私に、自分が留守するあいだ病院の責任者を務めるよう頼んできた。

私はうろたえた。

「私がですか？　私が病院の全責任を負うのですか？」

「ああ」とスヴェインはうなずいた。「たった数日だけだよ」

不安がなかったと言ったら嘘になる。なにしろ当時はまだ研修医にすぎなかったのだから……。この大きな病院の責任を一手に引き受けるのはどう考えても身に余る、経験不足だ。自分では対応できない緊急事態が起こらないよう祈るしかなかった。

その一方で、この要請は私に対するスヴェインからの信頼の証だとも思った。おそらく彼は、誰にも頼らずにみずからの責任のもと、一人で職務に当たることも研修の一環だと考えたのだろう。当時すでに私とスヴェインはたがいをよく知る仲で、数年前から何度も顔を合わせていた。スヴェインが私に不安を感じていたら、こんなことを頼むはずがない。そう思いながらも、彼がいなくなった最初の夜、私は緊張してドキドキしながらベッドに就いた。

「このまま何事もなく朝まで過ごせますように……」

だが、まさに恐れていたことが発生した。真夜中に「急患です！」の声に起こされたのだ。運び込まれたのは難産を終えたばかりの女性で、子宮が破裂し、大量出血で瀕死の状態だった。手術をするしか患者を救う手はない。

だが、一刻を争うこんなせっぱ詰まった状況で、どうやって子宮摘出手術をおこなえばいいのだろう。正直、よくわからなかった。それでも、なんとなく思い当たる方法はあった。そこでまず、何冊か医学書に当たることにした。その中に手術のやり方を順を追って解説している手引書が見つかった。私は寝ていたエピケを起こした。エピケはなんでも屋として病院が雇った青年で、もともと敷地内の草むしりと砂利道の掃除がそのおもな仕事だった。だが、なぜか手術室の作業に並々ならない関心を示したため、器具類の殺菌作業も任せることになった。やがて彼は手術の介助をするようになった。医学校で学んだことは一度もなかったが、好奇心の強さとのみ込みの早さはピカ一で、外科医としての才能があるのは間違いなかった。彼は最初こそ独学で学んでいたが、のちに外科医になるため正式な訓練を受けた。そして性暴力がコンゴ東部を席巻しはじめるようになると、私はエピケと二人で外科手術に当たった。彼は現在、コンゴを代表する経験豊富な凄腕の産科フィスチュラ専門医となっている。

だが一九八三年のその夜、エピケは有能とはいえ、まだアシスタントに過ぎなかった。私が瀕死の女性と外科手術の手引書に代わる代わる視線を走らせているあいだ、エピケは患者の血圧の測定など、通常なら手術室のスタッフ全員でおこなうさまざまな仕事を一手に引き受けた。私は一つひとつ、手引書の指示どおりに作業を進めた。メスを振るうたびに神の加護を乞いながら。自分の理解が正しいことを祈るしかなかった。

その一方で、判断に迷う場面ではどんな小さなことでもエピケに相談し、いちばん筋が通っていると思われる決定を下した。そしてなんとか手引書の最後のステップまで到達し、手術は完了した。だが、これではたして本当に大丈夫なのだろうか？　自信はなかった。患者を死なせてしまう、文字通り致命的なミスを犯したのではないか？　手術に時間がかかりすぎたのでは？　私は新米の研修医にすぎなかったのでそれらの疑問にも答えられず、ただひたすら患者の回復を祈るしかなかった。私たちは手術直後の患者を収容する回復室に女性を運ぶと、ベッドに戻って夜明けまで数時間眠った。

　翌朝、目が覚めるのと同時に頭に浮かんだのはもちろん、手術をしたあの女性のことだった。あの患者さんは大丈夫だろうか？　私はベッドから飛び起きて上着を羽織り、回復室へと走った。

　患者はまだ眠っていた。私は「手術後、問題はありませんでしたか？」と看護師に尋ねた。

「いいえ」看護師は私の質問に驚いたような顔をした。「大丈夫、順調ですよ」

　あの瞬間は忘れられない。本当に嬉しかった。私にも人の命を救うことができたのだと実感した。と同時に、かなり難しい不慮の事態に冷静に対処する能力が自分にあることも確認した。そもそも経験豊かな医師にとっても、初めての事態に直面するのは日常茶飯事のはずだ。おそらく私はあの日、知らず知らずのうちに産婦人科医としてのキャリアの第一歩を踏み出したのだろう……。

17

午前中だというのに太陽が容赦なく照りつけ、喉が渇いてたまらない。身体がまるで言うことをきかない。私は超人的な努力を払って必死に歩を進めた。

レメラ村の周辺に広がる山の中、私は病院を目指して進んでいた。並んで歩いているのは宣教団が運営する学校の校長だ。地面は歩きにくく、しかもきつい登り坂だった。

「もう無理だ、歩けない」私はぐったりしながら言った。「降参だ」

「降参するわけにはいかんよ」旅の道連れは言った。「日差しにやられてしまう。さあ、歩くんだ」

前日、私たちはブカヴからバスに乗り、サンゲ村で降りた。日没までに二〇キロ離れたレメラ病院に帰り着きたかったが、村に着いたときすでに遅い時刻だったのであきらめた。私たちはサンゲ村で一泊し、翌朝出発した。

道のりの半分まで来たところで、突然、それまで経験したことのないような猛烈な喉の渇きに襲われた。一歩進むごとに力が抜けていく。精も魂も尽き果てて、足を止める寸前だった。

「歩きつづけろ」どんどん日差しが強くなる中、校長が励ました。

ここ数日雨が降っていなかったので、地面はカラカラに乾いていた。私たちは立ち止まり、どこかに水の流れはないか目を凝らした。だが望んでいたものは見つからず、二人とも黙り込んでしまった。私はよたよたしながらも歩きつづけた。喉の渇きに加えて脚が痛くてたまらない。のろのろとひどく重い足取りに、本当にレメラ病院まで行き着けるのか不安になった。水が飲めないことがこれほどつらいとは思わなかった。我慢の限界を超えていた。

苦痛にあえぐ私の目が不意に、地面についた深い足跡に吸い寄せられた。どこからどう見ても牛のひづめの跡だ。ここで牛が草を食《は》んでいたのだろう。足跡はかなり深く、影に沈むその底に、ほんの少し水が溜まっていることに気がついた。私は足跡の穴に手を差し入れて、水をわずかにすくい上げた。飲めるほどの量ではないが、舌をしめらせるにはじゅうぶんだ。私は四つん這いになって穴の中の水をすべてさらった。数分後、体力が戻ってくるのを感じた。立ち上がり、歩きはじめた。このままだと間違いなく腹を下すことになる。牛のひづめがつくり出した小さな水溜りには、水以外の異物が含まれているはずだから……。病院に着くとすぐに抗生剤を服用した。

一九八四年一月のことで、私はその半年前に大学の医学部の修了証書を手にしていた。医学部を卒業後、すぐにレメラ病院に採用された。ついに念願叶って医師になったのだ！　だが、そこで立ちはだかったのが住居と移動手段の問題だった。私の家族はさらに人数が増え――娘のザワディが生まれていた――、マドレーヌは子どもたちと一緒にブカヴにある私の実家で暮らしていた。

本当は家族そろって暮らしたかった。だが、レメラ村の当時の状況では無理だった。私は宣教拠点内にある宿舎にほかのスタッフ二人と一緒に住んでいた。

それぞれ小さな個室が割り当てられていたが、台所とシャワーは共用だった。そんな状況も、宣教拠点が狭く、スペースがないのなら理解できる。だがそうではなく、宿舎も一軒家もじゅうぶんあり、しかもその多くが空いていた。ところが規則により、一軒家に住めるのは宣教団のメンバーのみとされていた。車についても同じで、白人だけが運転することを許された。

私は宣教団のメンバーではなく、雇用されている現地の医師にすぎず、私がそれらの家に住んだり、宣教団の車を使ったりすることは認められなかった。そのため私は宣教拠点で妻子と暮らすことも、週末、家族に会いに行くのに車を使うこともできなかった。

そんなわけで医師と校長が、職場に戻るのに歩いて山越えをさせられる羽目になっていた。それが毎週の恒例行事だった。まずサンゲ村まで山を下りてバスに乗る。そしてその一日か二日後、サンゲ村から山をのぼる。往復で五〇キロの道のりだった。

だが、今度という今度はほとほと嫌気がさした。太陽にじりじり焼かれ、牛糞に汚染されている水まで飲むことになり、辛抱もここまでだと思った。私は宣教団の上層部に、「こんな状況はもう我慢がなりません」と訴えた。ばかばかしいにもほどがある！　なにしろ家は空いているのだ。家族を呼び寄せて一緒に住めないのであれば、ほかに働き口を探すしかない。

「疲れましたよ」と私は言った。「こんなことはもう続けられません」

父は私によく、「時に神は私たちに不自由をお与えになる。そんなときは神からのしるしをじっと待つしかない」と諭した。ということは、宣教拠点の住まいの問題も〝神の御心〟ととらえるべきなのか？　残念だが、それはできないと思った。この我慢のならない状況に心がかき乱された。宣教団の不合理な規則を反故《ほご》にできるのはただ一人、ジャン・ルヒギタ師しかいない。ルヒギタ師はペンテコステ派運動の指導者で、コンゴ東部ではまさに伝説的な存在だった。

　私はルヒギタ師と直接話をしたいと宣教団の上層部に頼み込み、彼の自宅を訪れることになった。胸に一抹の不安がよぎったのを覚えている。どんな反応を示されるだろう？　正直、師からも信心の足りない人間だとみなされるのが怖かった。それでも私は宣教団の上層部にしたのと同じ主張を師の前でも繰り返し、こう言い足した。

「よそで働くことも検討しています」

　だが、ルヒギタ師はかぶりを振った。この件は問題ないと判断したようだ。

「レメラで仕事を続けなさい。そして家族を呼び寄せればいい。私に任せなさい」

　とても理解のある態度を示されて、私は少々驚いた。ルヒギタ師がこの問題を、宗教上の教えにのみもとづいて判断しているわけではないことも意外だった。師は私が抱えている問題を理解し、解決策が講じられるよう動いてくれた。そしてその後まもなく、私は家族と一緒に空き家の一つに住むことを許された。

　さらに、この話には続きがある。私が宣教拠点にある家に住めるようになったのと同じくらい意義深い措置が講じられたのだ。なんと、それまでの規則が撤廃されたのである。つまり、宣教団のメンバーと現地のアフリカ人のあいだの区別がなくなり、白人の特権が取り払われたのだ！　それ以降、住まいにせよ車にせよ、必要な人が必要な時に自由に利用できるようになった。

断っておくが、私はもとからあった宣教団の規則を人種差別的だとか、植民地主義的だと非難していたわけではない。宣教団のメンバーのことは知りすぎるほどよく知っていたから、そんな人たちではないのはわかっていた。あれはただの規則で、問題はあったがそこに差別意識はなかった。はるか大昔に決められて、そのまま見直される機会がなかっただけだ。効力を持ったまま放置され、みな、そういうものだと疑問に思わず受け入れていた。いわば一種の慣れのようなもので、人間には往々にしてあることだ。

私はようやく家族と一緒に暮らせるようになって満足だった。それに自分のことも誇らしかった。大きな代償を払うこともいとわずに頑《かたく》なに主張し、物事を変革できたのだから。

とはいえ、そのままずっとレメラで暮らすわけにはいかなかった。医学の勉強を続け、産婦人科医になろうと強く心に決めていたからだ。ブジュンブラで世話になった教授が私の決意を知り、電話をかけてきて忠告した。「私生活が犠牲になるぞ」と。

「産婦人科医がどんな問題に直面するか、知らないわけじゃない」教授は単刀直入に説明した。「夫婦生活に支障をきたす恐れがある。産婦人科の仕事が精神的な傷となり、夫婦関係を危険にさらすんだ。時に状況が手に負えなくなり、離婚する羽目になる。そんなケースを何度か目にしてきた」

寝耳に水の話で、二の句が継げなかった。

「奥さんとこの件について話し合ったのか？」教授はさらに言った。「奥さんがどう思ってるか、知ってるのか？」

そんな問題、いままで考えたこともない。それでも、教授が事情をわかった上で忠告しているのは理解できた。

「奥さんと話し合うべきだ。きみの選択がもたらしかねない問題を、奥さんがちゃんと把握する必要がある」

私は教授の言葉に従ってマドレーヌに相談し、教授の懸念を説明した。

「ぼくが産婦人科医になったら、夫婦のあいだに何か不都合が生まれるだろうか？」

「それはないわね」彼女はきっぱり言った。「相手を信じる気持ちがあるかぎり、それはない」

妻は私の志を一〇〇パーセント理解していた。出会ったときすでに、私は彼女に自分が思い描く自分自身の将来を――未来の展望を――語ってきかせた。確かに私は医者になりたかった。だが、それ以上に強く心をとらえていたのはおそらく、虐《しいた》げられている人々に寄り添い、不正義を告発したいという思いだった。その姿勢はカジバ村で働いていたノルウェー人医師、オスヴァルド・オーリエンにならったものだ。彼から私はいろいろなことを学び、さまざまなヒントを得た。だが、一人で勝手に物事を決めるわけにはいかない。産婦人科医になるという私の人生のプロジェクトにはマドレーヌも参加しなければならないのだ。彼女には、私のそばにいて私のあと押しをしてもらう必要がある。

私は医師の仕事を天から授けられた使命、情熱を持って日々全力で取り組むべき職業と考えていた。最初はか弱い子どもたちを助けたいと思い、のちにレメラに来て、大変な苦痛と苦労を強《し》いられている女性たちの姿に衝撃を受け、進路を変えた。そんな女性たちを救おうとしている人が誰もいないからだ。それに産婦人科医になることは、ある意味、子どもたちを見捨てることではなく救うことにもつながる。分娩時に適切な医療処置を受けられなかったために子宮内で命を落としたり、身体がねじ曲がったり障害を負ったりする恐れのある子どもたちを。出産にともなう死と多大な苦痛を取り除くこと——それが私の使命であり、私には産婦人科医になるために必要とされるどんな勉強でもする用意があった。とはいえ、教授から忠告されたことで心にいくばくかの不安も湧いてきた。産婦人科医になることが、夫婦で歩む人生と相容《あいい》れないものだとしたら？

だがマドレーヌは私に、二人が出会った当時の約束を思い出させてくれた。どんなことがあってもたがいに相手を信じるという約束だ。さらに彼女は、山間部の女性たちが置かれている苦境を強調し、私が産婦人科医を目指すことになった原点にも立ち返らせてくれた。マドレーヌもレメラで暮らしはじめてから女性たちの苦しみを目の当たりにし、私と同じぐらい心を痛めていたのだ。

「これはとても大切な仕事よ」彼女は言った。「そばにいて、あなたを支えるわ」

＊

その後ほどなくして、私は人生で初めてアフリカ大陸を離れた。時は一九八四年、二九歳だった。

用意した資金は二、〇〇〇ドル。蓄えのすべてだ。その半分で航空券を買い、残りは向こうでの生活費に当てるつもりだった。

パリにトランジットで立ち寄ったあと、私はフランス西部の町、アンジェに到着した。飛行機から出ると、一〇月の身を切る冷たい風に迎えられた。レメラ村にも冷え込みはあったが、フランスの寒さは別物だった——骨まで染み入るじめじめとした寒さ、とでも言おうか。だが、それもたいした寒さではないのだろう。宣教団のメンバーがよく言っていた、北欧の冬の酷寒とは比べるべくもないはずだから。

私はフランスでまず産科の基本研修を受けることになっていた。そして研修の最後に実施される試験に合格し、専門研修へと進むのだ。産婦人科医となってザイール（コンゴ）のレメラ村に戻るのは、すべて順調にいって五年後だった。

とにかく最初の関門に挑み、三カ月間の基本研修に合格しなければならない。そのあいだに使えるのはたった一、〇〇〇ドル。これで安ホテルの部屋を借り、暖かい服を何枚か買い、食事をとり、公共交通機関を利用することになる。

私は結局、基本研修を難なくこなし、専門研修を受けることになった。だが、先立つものがない。どうやって資金を工面すればよいのだろう？　基本研修の修了証書はもらっていたから、フランスで仕事に就くことはできた。私が世話になっている大学病院の院長からは、週末の交替要員、とくに当直室の交替要員を務めたらどうかと勧められた。だが、一つ問題があった。移動手段がないのだ。病院から離れた場所に住んでいたため、とくに夜間の緊急時にすぐ病院に駆けつけることができなかった。

「つまり、車が使えないということか」さまざまな可能性を検討したあと、院長は言った。

「残念ですが、そうなんです」私はうなずいた。

打つ手がないため、私は学業を先送りにすることも検討した。取りあえず一年か二年働いてお金を貯め、それから専門の勉強に戻るのだ。そう考えるとだいぶ気が楽になった。

私が受けていた授業には小さな病院で働いている医師も参加していた。学業を優先するため職場を離れる予定になっていたその医師は、自分の後任としてその病院で働いたらどうかと私に持ちかけた。

「ボスにきみのことを話してみたんだ」と彼は言った。「そしたら、会いたいって」

私はマドレーヌに電話して、状況を説明した。

「お金を工面する必要があるんだ。だからまずは少し働いて、そのあと専門の勉強をしようと思うんだが、どうだろう？」

「そんなのダメ！」ブカヴとアンジェをつなぐ雑音まじりの回線から、マドレーヌの憤然とした声が響いてきた。「フランスに渡ったのは勉強するためでしょ、働くためじゃなくて。なんとかするべきよ！」

「なんとかする？　そんなこと言ったって、お金がないんだ、これっぽっちも。この先どうやって暮らしていけばいいのか、本当に困ってるんだよ」

私は日々の暮らしの厳しい現実と、妻からの厳しい要求の板挟みで、にっちもさっちも行かず頭を抱えた。

道を曲がった先に、大きな驚きが待っているのも知らずに……。

18

スーパーのレジでお金を払うと、レジ係の女性が紙を一枚差し出した。

「これ、どうぞ。必要事項を記入して、あそこにある箱に入れてください」

手渡された紙にさっと目を走らせた。スーパーチェーンが創業何周年かを祝い、福引抽選会を開催するらしい。お金はかからず、紙の裏に氏名と住所を書けば誰でも参加できた。

買ったばかりの商品を袋に詰めた。記憶が正しければ私はあの日、卵半ダース、鶏肉、米ひと袋を買った。応募用紙に記入すると、出口に置いてあった箱に投げ入れた。さしたる注意も払わずに。

基本研修の修了試験に合格し、フランス滞在が長期化することが確実になったため、私はそれまで泊まっていたホテルを出て、スーパーからそう遠くないところにある一軒家に部屋を借りていた。新しい部屋を見つけるまでずいぶん苦労した。貸し部屋の案内広告にいくつも連絡したのだが、実際に部屋を見に行くと——たった一五分前に電話で話したばかりなのに——いつも同じセリフが返ってきた。「もう借り手が決まってしまいましてね」なのに、翌日の新聞にまた同じ広告が出る。やはり肌の色が問題なのだ。アンジェにもアフリカ人はいるが、まだまだ珍しいのだろう。自分の家に黒人を住まわせるのに抵抗感があったのだと思う。とはいえ、私が経験したのは手荒な人種差別ではない。アンジェの人たちはただ、得体の知れない他者が怖かったのだろう。バスの中で私が隣に座ると、席を立って別の場所に移る人もたまにいた。だが、直接脅されたことはない。あの町に暴力を感じさせる雰囲気はなかった。

部屋を見に行っては断られる、という経験を何度か繰り返したあと、私は無駄足を避けるため戦術を変えた。

次に電話をかけたとき、私はまずいつものセリフを口にした。

「デニと申します。貸し部屋の新聞広告を見てお電話しました」

「ああ、そうですか」相手はとても感じのよい声で応対した。「貸している家にはすでに大学生が二人住んでいましてね。一人がうちの息子のドミニクです。部屋は個室ですが、キッチンとリビングとトイレ兼シャワールームは共同です。三番目の部屋が空いてますが、見に来ます?」

「今日でも構いませんか?」

「ええ、構いませんよ」

今回はそこですかさず言い添えた。

「その前にお伝えしておかなければならないことがあります。実は私、黒人なんです」

「問題ありませんよ。ところで、私はポールと言います。何時にいらっしゃいますか?」

数日後、私はその家に引っ越した。

スーパーから卵、鶏肉、米を買って帰ったのは、その部屋に住みはじめて一週間後のことだった。気持ちが少しずつ萎《な》えてきていた。お金の問題をなんとかしないかぎり、未来は不安定なままだ。勉強を続けながらパートタイムで働けると思っていたが、週末の交替要員としての仕事しか見つからず、しかもその仕事に就くには移動手段が必要だった。クラスメイトから紹介された小さな病院のポストはまだ空いていた。たぶん、その病院で働くのがいちばん現実的な解決策なのだろう。だがそうなると、学業を先延ばしにせざるをえなくなる。

スーパーの福引抽選会に応募してから一週間後、郵便受けに封書が三通、チラシにまじって入っていた。二通は〝航空便〟と書かれたアフリカからの手紙で、もう一通はフランス郵政公社のスタンプが押された真っ白い封書だった。封を切ろうとダイニングテーブルの前に座った。さて、どれから開けようか。私は三通目の封書を手に取った。差出人の名前がないので興味をそそられたのだ。

封筒から手紙を取り出すと、なじみのあるロゴが目に飛び込んできた。近所のスーパーのロゴだ。それから手紙の文面を読んだ。文章はほんの数行。けれども、私はそれを何度も何度も読み返した。書いてある内容を間違いなくちゃんと理解できたか、よくあるまぎらわしい広告ではないか、確かめるために。そして結局、「これは夢ではない」と認めるに至った。私の住所を知っている人はごくごく限られていたからだ。フランスに住みはじめてからまだ日が浅く、引っ越し先の住所を伝えたのは、世話になっている大学病院の院長と、レジのスーパーで手渡された福引抽選会の応募用紙に記入したときだけだ。

というわけで、この手紙はどう考えても本物だった。手がぶるぶる震えてきた。手紙はスーパーチェーンの福引抽選会の当選者に宛てたもので、こう書いてあった。〈貴殿に白いルノー5の新車が当たりました〉

手紙の文章から目が離せなかった。目まいがした。そしてそのあとすぐに気がついた。自分は車を手に入れただけでなく、目下抱えている問題を解決する手段も手に入れたのだと。車があればすぐに移動できる。院長に「ええ、週末に働けます」と返事ができる。その一方で、どうしてもこう思わずにはいられなかった――これは偶然ではないと。誰かが私の人生に介入し、私を進むべき本来の道に戻してくれたのだ。私がフランスに来たのは大きな使命を果たすためだった。レメラ山地で苦しむ女性たちを助けるという使命を。

私はまるで天から降ってきたかのように車を手に入れた。これは神からの呼びかけだ。ささやくような呼びかけではない。間違えようのないように、神は大声で叫んでいた。

19

診察室のドアを開けた女性がはっと足を止めた。その瞳に驚きの色が浮かんでいる。

「あっ、すみません」女性は言った。「部屋を間違えました」

彼女は薄い検査着しか身に着けていなかった。別室で服を脱ぎ、看護師に名前を呼ばれるのを待っていたのだ。

「担当の医師の名前は？」私は女性がドアを閉める前に尋ねた。

「ミクウェズ先生です」

「それなら私が担当です。ムクウェゲと申します」

「あっ、そうなんですか。てっきりポーランド出身のお医者さんかと」

「この診察室で間違いありません。私が診ます。どうぞお入りください」

相手がなぜそんな反応を示したかはわかっていた。黒人の産婦人科医に診察されるのに抵抗を感じたのだろう。

私はドアのほうへ向かうと、女性の腕をやさしく取りながら言った。

「さあ、どうぞ。ムクウェゲ医師はミクウェズ医師と同じくらい腕がいいのでご安心を」

「そうだといいわ」女性はドアを閉めながら消え入りそうな声で言った。

これは私がフランスに滞在して二年目のエピソードだ。私には当時、福引抽選会の大当たりがツキを呼んだのかと思うほど幸せな出来事が続いていた。働くのが楽しくてたまらなかったし、世話になっている大学病院の院長からさまざまな支援や励ましをもらい、学業は予定どおり順調にはかどっていた。さらに、車を手に入れてから間もなく、スウェーデン人女性看護師で、レメラ病院の手術室で一緒に働いていたイングリッド・オーケストレームから電話をもらった。私の経済的苦境を風の便りに聞いたイングリッドは、苦しい懐事情が私の勉強に支障をきたしているのではないか、学業を先延ばしにしなければならないほどの状況なのか心配して電話をかけてきたのだ。

「何かできることはないかしら？　喜んでお手伝いするけれど」

フランスで産科を専門に学ぶにあたり、役所からは外国の支援者《スポンサー》を見つけるよう言われていた。資金元についてとくに決まりはなかったが、ある程度長期にわたって学費を負担してくれる個人なり組織なりを見つける必要があった。

「いくら必要なの？」イングリッドは尋ねた。

「月に三〇〇ドル。つまり一、八〇〇フラン」

「公的な書類を提出しなきゃならないのよね？」

「うん……」

「オーケー。その書類をこっちに送ってちょうだい」

「わかった」

つまりイングリッドが私のスポンサーになってくれるというのだ。だがそんなお金、どうやって工面するつもりだろう?

「家族や友人に当たってみる。うまくいくから大丈夫! 大切なのは、予定どおり勉強を続けることよ」

イングリッドの支援を受けて私は専門の勉強を開始した。ここでもまた、狭すぎて通れないと思っていたドアが開き、前へ進むことができたのだ。


一年後、マドレーヌと子どもたちがフランスにやってきた。この一年のあいだに私は大家夫婦ととても親しくなっていたので、夫婦が私に家を一軒丸ごと貸してくれると申し出てくれたとき、さほど驚きはしなかった。私はどうしても家族をフランスに呼び寄せたかった。フランスでの勉強は何年も続く。そのあいだずっと離れて暮らしたら、たがいが他人になってしまうだろう。国に帰ったときどうなってしまうのか、考えるだに恐ろしかった。夫婦としても親子としてもぎくしゃくして、家族が崩壊してしまう恐れがあった。私はフランスで、ザイールとはまったく違う世界を経験している。その異なる世界を家族と分かち合わずに祖国に戻ったら、いったいどうなるだろう?だが、家族がフランスに来ればすべてがよい方向に転がるのではないか……。

思ったとおり、フランスで家族一緒に暮らしたことで私たちの絆はいっそう深まり、帰国するまでたくさんの思い出を共有できた。

　イングリッドというスポンサーの存在は、家族を養いながら仕事と学業を両立させることを意味した。さらに私が家族とフランスで暮らしはじめてから三年後、スウェーデンのペンテコステ派宣教団からイングリッドが始めた支援活動を引き継ぐとの連絡があった。その支援のおかげでマドレーヌが大学に最後まで通えるようになった。自分も医学を学べば、夫をもっと強力にサポートできるのではないか——そう考えたマドレーヌは、大学で熱帯医学分野の看護師養成講座を受けていた。

　フランスに滞在した数年間に私たちはまさに完璧と言えるすばらしい生活を満喫した。三番目の子シルヴィーが生まれて家族が増え、多くの友人にも恵まれた。大家夫婦との関係もこのうえなく良好だった。あれほど優しくて、気遣いのある人たちに出会ったことはない。夫婦が私たちを家族同然に受け入れてくれたので、まるで一つの大家族のような温かな関係が育まれた。夫婦は私たちに、たとえ多くを持たずとも周囲の人に多くのものを与えうることを教えてくれた。二人はいつも分かち合いの精神を忘れなかった。さらに私は一緒に食事するたびに、二人が皿に何も残さないことに気がついた。皿に残ったソースの最後の一滴まで、小さくちぎったパンできれいに拭《ぬぐ》い取って食べるのだ。南ヨーロッパの習慣なのだろうと思ったが、まるで舐《な》めたように皿をきれいにするので、ある日尋ねてみた。

　すると、納得の答えが返ってきた。第二次世界大戦中に育ったせいで、二人は〝耐久生活〟や〝飢え〟を身をもって経験しているのだそうだ。ほかに何もないときは、小さなじゃがいも一個でも貴重きわまりないものになる。

そうした戦時中の経験があるため、夫婦は無駄遣いを目の敵《かたき》にしていた。

「近ごろの若い人たちは戦中の苦労を知らないものね。物を粗末にするし、無駄遣い三昧《ざんまい》よ。戦争を知っている者には、もったいなくってそんなこと、とてもじゃないけどできないわ」と大家の奥さん、ジョルジェットは説明した。

この大家夫婦との関係は本当に特別で、ごく自然にわかり合うことができた。南キヴ州に暮らす人々の苦労について触れただけで、二人は現地に行ったこともないのにすぐに状況を理解してくれた。

＊

留学生活に終わりが見えはじめたころ、そのあとの人生設計が夫婦のあいだで問題になりはじめた。フランスにこんなになじんでいるのだから、わざわざザイールに帰らなくてもいいのではないかという思いが芽生えていたからだ。

「ここに残りたいわ」とマドレーヌは主張した。「何より子どもたちのために。学校のことよ。この国で勉強を続けたほうがいい」

フランスに残ることももちろん可能だった。勤務している病院からも「ぜひ残ってくれ」と言われていたし、給料もザイールでもらえるのよりも一〇〇倍高かった。交友関係も広がっていて、余裕のある豊かな暮らしを送れるのは間違いなかった。

だが、なぜ渡仏したのかその理由に立ち返れば、ここに残る道を選ぶわけにはいかなかった。フランスに腰を落ち着けてしまったら、自分に課した約束に背くことになる。産婦人科の専門医となってレメラ病院に戻る。そう決めたはずだ。計画の最終段階まで来たいま、自分に対する約束だけでなく、私を信じ、私がフランスに滞在できるよう骨を折ってくれたすべての人たちの恩にも報いなければならない。ここにとどまれば、そうした人たちを裏切ることになる。

それにフランスは私を必要としているわけではない。アンジェとその近郊だけでもすでに三五人の婦人科医がいる。すぐに私は自分を余分な存在だと感じるだろう。一方、レメラ山地で女性を治療して支援するのはとてもやりがいのある仕事であり、レメラ病院で働いていたときの充実感は忘れられない。同じ気持ちはここヨーロッパではけっして味わえないだろう。

「私は子どもたちとフランスに残っても構わない。そしてあなたが時々会いに来ればいい」マドレーヌは提案した。

私たちはその案について話し合い、実現は難しいという結論にすぐに達した。面倒が多いし、お金もかかる。結局、家族全員で帰国するのが理にかなった唯一の道なのだ。

帰国前、私は受け持ちの患者に私が病院を去ることをあらかじめきちんと知らせた。すると辞める直前、患者の一人が花束と手製のケーキを持ってきた。私をポーランド人医師と勘違いし、黒人と知って戸惑いを隠せなかったあの患者だ。あれから彼女はずっと私を主治医にし、私たちのあいだには友情が築かれていた。初めての診察から半年後には、すでに成人している自分の娘を検査のために私のもとに送り込んだ。さらにその半年後、彼女の妹も私のところにやってきた。「先生には本当に感謝しています」別れの日、彼女は言った。「先生は私が親しく付き合った初めての黒人です。正直、初めてお会いしたときにはちょっとびっくりしましたわ。黒い肌のポーランド人はそうそういませんもの……。でも、こちらの不安は見事に吹き飛びました。検査のときリラックスできるよう、先生には本当に気を遣っていただきました。こんなお医者さんに会ったことはありません。お辞めになるのが本当に残念です。婦人科のお医者さんをほかに誰かご紹介いただけませんか？」

フランス滞在中、私はその後の人生に影響をおよぼすことになる数々の出来事を経験した。中でも車を手に入れたことは、まさに人生を左右した決定的な出来事だったと言えるだろう。当選の知らせを受けた日、もろもろの問題に一気に片がついた。私はあの朗報を、明白なサインとして受け止めた。最初に決めたことを最後までやり抜けというサインだ。いまでも時々、あの出来事を考える。福引で車が当たったことそれ自体ではなく、それが意味することについて。そのたびに、自分は産婦人科医という職業を偶然に選んだわけではないという思いを強くする。起こった出来事の背後には隠された意味があり、けっして運命には逆らえないのだ。

だが、二〇一一年九月のある日、私は運命に逆らいかけた。その日、私は脅された。無視できない現実味のある脅しで、私は決断を迫られた。

それが私と私の家族にとって、不安におびえる日々の始まりとなった。そしてそれから一年一カ月後の二〇一二年一〇月、自宅が襲撃され、ブカヴを離れざるをえなくなった。

あの襲撃事件で命を落とさずにすんだのは奇跡にほかならないと思っている。それまで何度かあったように、また奇跡に命を救われたのだと。

20

二〇一一年九月二一日水曜日、夜の九時過ぎ。私はニューヨークのマンハッタンに建つウォルドルフ＝アストリアホテルの一階にあるレストランにいた。

目の前にはキンシャサから送り込まれたと思《おぼ》しき人物が座っていた。初めて会うその人物は、私の目を見据えながらぞっとする言葉を口にした。その言わんとするところはあきらかで、露骨な脅しにほかならなかった。男は選択肢を提案し、「何を選ぶかで、あなたの未来が決まります」と言い添えた。

そんな状況に直面する日が来るとは思いもしなかった。私は狼狽《ろうばい》し、恐怖に固まった。男の言葉を軽く受け流すことはできなかった。今度ばかりはリアルで生々しい脅しだった。

その翌日、私は紛争下の性暴力をテーマに国連で開催されるサミットに参加する予定だった。国家元首が何人も参加する最高レベルの会議で、世界中の指導者や高官たちが招かれていた。招聘客《しょうへいきゃく》のリストにはコンゴの大統領、ジョゼフ・カビラの名もあったが、彼が出席するかどうかはわからなかった。

一方、私のスケジュールはおおやけになっていた。まずグループディスカッションに参加し、その後スピーチをし、最後に質疑応答をおこなうというものだ。目の前に座る男の話はどんどん具体的になり、ついには翌日のサミットに参加するのをあきらめるよう圧力をかけてきた。私の発言が祖国の大統領の信用を傷つけることになりかねないからと。「しかも大統領は、国連総会への出席を控えているのですよ……」

私は窮地に立たされた。サミットで演説をすれば、亡命を余儀なくされる。サミットに参加しなければ、国に帰って仕事を続けることが許される。だが、演説をして国に帰るという選択肢はない。それに逆らった場合、命の保障はない……。それが政府に遣わされたこの男が私に理解させようとした話の大筋だ。男はウォルドルフ＝アストリアホテルで二時間、性暴力被害にあった女性を助ける私の取り組みの問題点を一つひとつあげつらって非難した。

「わが国についてあなたがどんな話を吹聴しているか、こちらはすべて把握してるんですよ。国民が一丸となって祖国のイメージアップに努めているというのに、あなたは逆に私たちの足を引っ張っておられるようですね」

私は目の前に座る男が政府高官で、コンゴの中でも紛争を暴力で解決するのをよしとする地域の出であるのを知っていた。さらに、大統領がこのホテルに宿泊しているとも伝えられた。つまり、大統領がこの会談の場のすぐそばに控えているということだ。わざわざ宿泊先のホテルに呼びつけて圧力をかけることで、私をうろたえさせ、心に恐怖を植えつけようという魂胆なのだろう。その会談にはもう一人、参加者がいた。以前から顔見知りのコンゴ人国連スタッフだ。

その場に同席した彼は、露骨な脅しの数々に驚き、動揺を隠せないでいた。

私はそのコンゴ人国連スタッフと一緒にホテルを出て、雨の中、歩いて私の宿泊先のホテルに戻った。呆然として言葉もなかった。だが、すぐに気持ちを立て直し、マルゴット・ヴァルストロームに連絡してウォルドルフ＝アストリアホテルであった出来事を報告した。彼女は長い沈黙のあと、驚きを隠せない口調で言った。

「まさか、本当？」

「会議に出るのは危険なようです」

「どうやらそのようね。でも、耳を疑う話だわ！」

「裏で糸を引いている人たちはかなり本気だという印象を持ちました」

当時マルゴット・ヴァルストロームは紛争下の性暴力担当国連事務総長特別代表のポストにあり、翌日に開催される会議の責任者だった。

「相手はかなり根に持つ人たちですよ」と私は彼女に言った。「コンゴで仕事ができなくなるのは困ります。こんな状況では会議への参加をあきらめざるをえません」

私は政府の代表に出席を取りやめたことを伝えた。ショックだったし、とても落胆した。というのも、コンゴ東部を震撼《しんかん》させているこの深刻な問題について、会議で自分の見解を話すつもりでいたからだ。さらに、解決のための方策についても触れる予定だった。だが、コンゴの指導者たちには私の意見に耳を貸すつもりのないことがここでも判明した。

私がスピーチを中止したあともマルゴットは、危険がゼロになったわけではないと不安を感じていたようだ。

「対応策として取りあえず、あなたの帰国後は自宅周辺の警備を強化するようブカヴの国連軍に要請しておきましょう」

私は翌日、ニューヨークの七番街にあるシェラトン・ニューヨークホテルでおこなわれたクリントン・グローバル・シチズン賞の授賞式に出席した。クリントン財団が設けたこの賞に輝いたのは私も含めて六人で、私の場合は、同僚スタッフと協力しておこなっている性暴力被害女性に対する治療と支援活動が受賞理由となった。

授賞式にはアーティスト、映画俳優、研究者、政治家など一、〇〇〇人近くが参加した。私は入念に感謝のスピーチを用意した。英語でおこなう初めてのスピーチだったので〝コーチ〟を付け、内容がきちんと伝わるようにイントネーションや間の取り方まで研究し、音節一つ一つに気を配った。

私はまず、この賞を複雑な思いで受け取った事実について触れた。

「私も同僚たちも別の任務を果たすためにこの職業に就いたのに、そもそもあってはならない活動を評価されてこのたびこのような賞を頂戴することになりました」

それから病院の運営状況やコンゴ東部に暮らす女性をめぐる状況のほか、いくら声をあげても聞いてはもらえず、壁に向かって話しているように思えることがあるという心の内も語った。

スピーチの最後のほうでは聴衆全員に訴えた。

「状況は確かに複雑です。ですが、みなさんも心の底では私と同じように、解決策はかならずあると思っていらっしゃることでしょう。私たち全員がこの問題の解決に貢献することができるのです。一人ひとりがそれぞれの場所でこの問題に影響をおよぼしているのです。行動を通じて、あるいは無関心を通じて。今宵ここにお集まりになったみなさんはコンゴ民主共和国で起きている問題の解決に役立つ技術と知識と力と資源をお持ちです。パンジ病院に対する物質的な援助から、コンゴ国内あるいは国際社会の方針や戦略を変えることを目指したロビー活動まで、支援の形はさまざまです」

私は原稿から目を上げて聴衆を見渡した。集まったセレブの中には歌手のバーブラ・ストライザンドやジンバブエのモーガン・ツァンギライ首相、ファッションデザイナーのダナ・キャランなどもいた。

「ですから全員で解決策を模索し、最善を尽くしましょう。というのも、コンゴの女性たちに必要なのは、みなさんの憐れみではなく支援なのですから。もしここで願いを唱えるのを許されるのなら、こう口にするでしょう。ここにいるお一人おひとりが、自分にできる小さな貢献を果たしてくださいと」

聴衆が立ち上がり、万雷の拍手が沸き起こった。演壇を去るとき、ビル・クリントン元大統領がやってきた。彼は握手をし、「スピーチに胸を打たれました」と声をかけてくれた。

そのあと全員で会議ホールの隣にある〈緑の間〉に移動した。受賞者の中には歌手のスティングもいた。彼と彼の妻で女優のトゥルーディ・スタイラーはその熱帯雨林保護活動を讃えられ、この賞を贈られていた。

「あなたの受賞は当然です。非常に価値のある活動をなさっていますから」とスティングは私に言った。

会場には俳優で映画監督のモーガン・フリーマンもいて、映画でおなじみの穏やかな笑顔で話しかけてきた。

「すばらしいお仕事をされていますね」

どうやら私のスピーチが聴衆の心を揺り動かしたようで、私を祝福しようとみなが声をかけてきた。ほんの二時間前まで私はほとんど無名の存在だったのに、状況は一変した。その変わりように驚かされた。と同時に、前日との落差にも驚いた。前の日はウォルドルフ＝アストリアホテルで脅されて、じっとりいやな汗をかいた。だが、ここではそれが一転し、称賛と抱擁の嵐だ。私は周囲の人々の祝福を受けながらも、この関心の高まりが具体的な活動につながるよう願わずにはいられなかった。

＊

ブカヴに戻った私は、「人生はこれまでとはもう違う」と覚悟した。ウォルドルフ＝アストリアホテルで脅迫を受けたことで私もいろいろ考えざるをえなくなり、慎重に行動しなければならないとみずからを戒めた。

そもそも、妻にはそれまでさんざん注意されてきた。「発言には気をつけたほうがいいわ。どんな危険にさらされるか知れやしない」と。

だが、手術室でほんの何時間か過ごすと、胸の内に憤懣《ふんまん》やるかたない思いが突き上げてきた。私は思っていることをストレートに出すタイプだ。だが、その大きなツケを支払わされるのは私だけではない。家族にも累《るい》がおよぶ危険がある。

その点について、つらい思い出がいくつかある。たとえば一六歳だった長女のザワディがある日、学校から泣きながら帰ってきたことがあった。クラスメイトの父親が殺されたのだという。その人は日ごろから自分の意見をおおやけにしていた。一九九〇年代末のことで、当時ブカヴはルワンダ軍に占領されていた。〝目障りな者〟とみなされた人の名前を記したブラックリストが巷に出まわっているのは公然の秘密になっていて、殺された友だちの父親の名の下に私の名前が載っていると噂されていた。ザワディはブカヴから引っ越したいと訴えた。

「お父さんを殺されたくないの！」

だが、二〇〇〇年代はじめのほうがもっと状況は深刻だった。この地域で性暴力被害が頻発しはじめたころだ。性暴力は疫病のようにあっという間に広がり、私は世界にこの問題を知らしめようと活動をはじめた。すると生々しい脅しを受けた――「おまえの妻と娘たちを、パンジ病院でおまえらが治療している女たちと同じ目にあわせるぞ」。私を怖気《おじけ》づかそうとしている連中は、私の弱点が家族だとわかっていた。私は炎に巻かれた出口のない家に閉じ込められているような気がした。日に何度も妻や娘たちに電話をかけ、無事を確かめずにはいられなかった。時折電話に出ないことがあると、不安でどうにかなりそうになった。このまま仕事を続けるべきか自問したほどだ。家族会議を開き、ブカヴを、いや、この国を去ったほうがいいのかどうか話し合ったこともある。だが、結局とどまる道を選んだ。逃げれば暴力や悪の力に屈することになる。私たちのルーツ、私たちの人生があるのはここなのだ。

「仕事を続けてちょうだい」妻と子どもたちは異口同音に言った。「そばにいて支えるから」

これはかなり微妙な問題だ。私は家族を愛しているし、家族も私を愛している。妻や子どもたちが恐怖を覚えるのはもちろん当然だ。だが、真に安全な場所などあるのだろうか。〝安全〟とは結局のところ、その人がどう感じるかにかかっていて、絶対的な安全など存在しない。目をつぶり、耳をふさぎ、何も行動を起こさずにじっとしているからといってリスクの数々を遠ざけることはできない。何もしないでいるほうが、もっとずっと危険なのかもしれない。曲がり角で待ち受けている死に、周囲にいる大勢の人もろとも絡《から》め取られてしまう恐れもある。

私にはどこか欧米の国で亡命暮らしを送ることもできた。安全な場所でコーヒーカップを手に肘掛け椅子にゆったりと身を落ち着け、危険から逃れられた幸せを噛みしめることとも。国を出てよそへ行けば、身の安全を図るのに神経をすり減らすといった苦労から晴れて解放される。だが、それはわが身の安全しか眼中にないシナリオだ。自分さえよければそれでよいという手前勝手な人生は、はたして生きる価値があるのだろうか。私にとっては、他者と分かち合わない人生など意味がない。とはいえ、使命や人生の意味を二の次にしなければならないときもあるだろう。私は家族と何度も話し合ったが、いつも同じ結論に達した。家族一緒にいることが、最大の防御だと。団結こそが、家族一人ひとりを守る武器になるのだと。もちろん状況は目まぐるしく変わるので、どんな立場を取るのが賢明か、前もって把握するのは難しい。とはいえ、何が賢明かわからなくても、私にはつねに神への信仰がある。そして何度も死の危険にさらされたにもかかわらず、まだ生きているという事実がある。

この時期に私に向けられた脅しの数々は、その送り手の正体が判然としないのが特徴だった。たまに黒幕が誰か想像がつくこともあったが、完全に謎に包まれたままという場合が多かった。いろいろな線が考えられた。だが、ニューヨークでの脅迫の出もとについては疑いの余地はなかった。あれは単なる警告の域を超えていた。まさにリアルな脅迫で、真剣に受け止めないわけにはいかなかった。

ニューヨーク滞在から二カ月後の二〇一一年一一月、私は親友を無残にも殺された。その友人はビジネスマンで、自分の意見をためらわずに堂々と表明する人だった。彼は白昼、自宅で何者かに銃撃された。重傷を負い、奥さんが車でパンジ病院の救急室に運んだが、大量に出血し、病院に着いたときにはすでに事切れていた。なんでも率直に口にできる勇気ある人物の一人だったが、ほかの多くの人たちと同様、その代償は高くついた。数年前よりブカヴには死をともなう暴力が蔓延《まんえん》しているが、暴力事件はつねに深い闇に包まれている。死があたりをうろついているのに、裏で糸を引いている人物が誰なのかはわからない。さらに深刻なのは、誰もその正体を知ろうとしないように思えることだ。この国では好奇心は命取りになるからだ。

私は時折、五年のフランス留学を終えて産婦人科医の免状を手にして祖国に帰ってきたときのことを懐かしく思い出す。あのとき私は、山奥で見捨てられていた女性たちのために全身全霊で働くことができた。戦争が起こる前、大量レイプや脅しの数々が現実のものとなる前の話だ。私は産婦人科医の仕事に情熱をもって熱心に取り組んだ。女性の苦しみが実際に軽くなるのをこの目で見るのが嬉しかった。あの時期、私の人生は高揚感に包まれ、輝いていた。私はいま、あの夢のような時間が永遠に過ぎ去ってしまったのを嘆くことしかできない。

21

一九八九年八月、私は家族とともにヨーロッパ滞在を終えてレメラ村に戻った。私には今後の活動や導入すべき手法について明確なビジョンがあった。目的は適切な周産期医療を地域の女性たちに提供することだ。

だがそれは当然、一人でできることではない。協力してくれるチームが必要だ。そこで私は、フランスで仕入れたノウハウをヒントに女性看護師を訓練することから始めた。

そしてその先にあるもっと壮大な計画も温めていた。レメラ病院に看護師と助産師を養成する学校を併設するというものだ。だが、レメラ病院の運営母体であるスウェーデンの宣教団の責任者たちは私の計画に乗り気ではなかった。看護師の数は足りているし、新しい施設をつくるとなるとさらなる費用がかかるからだ。

だが、レベルの高い訓練を提供できると確信していた私はあきらめなかった。そこで、フランス・キヴ州協会と地元住民から支援を取りつけると、「自分たちの責任のもとに養成学校を運営します」と宣教団に説明した。

宣教団の責任者たちは躊躇《ちゅうちょ》したが、それ以上計画に反対しなかった。というわけで、地元住民の力を借りて看護師養成学校の建設工事が始まった。工事は地元の職人たちが担い、たくさんのボランティアがレンガづくりに参加した。私たち医療関係者は、現行の規則にのっとった授業プログラムを策定した。そして一九九〇年秋、なんとか開校にこぎつけた。学校は寄宿制で、定員は二四名。同僚数名に補佐されながら、私がみずから教務主任を務めた。

この学校の卒業生たちが現在占めている役職から判断すると、この挑戦は成功だったと言えるだろう。卒業生はパンジ病院にとどまらず、全国各地で活躍している。授業を通じて私たちは生徒に、看護師の免状以上に価値あるものを授けたのだ。

私にはもう一つ胸に温めていた計画があり、それを実現させることもできた。出産を控えた妊婦たちの滞在施設をつくりたいと考えていたのだ。そうした施設があれば、出産前に最低限の経過観察《モニタリング》を受けることができる。伝統的にこの地の女性たちは、出産ぎりぎりまで仕事にいそしんでいる。そしてそのせいで分娩時に問題に見舞われることが多い。だが、その施設を設けたことで妊娠九カ月目から病院に滞在し、ゆっくり身体を休めながら赤ちゃんの誕生という幸せなイベントにそなえられるようになった。

妊婦たちは施設に滞在することで生まれて初めて〝自由〟を味わった。焚き木集め、井戸への水汲み、食事の支度……いつもは女性にのしかかっているあれこれの労働を、彼女たちが施設に泊まっているあいだは夫やほかの家族が担うようになった。日々の労働から解放された臨月間近の女性たちを見て、本当によかったと私はしみじみ思った。

家族が妊婦に食べ物を持ってきたり、何時間も付き添ったりする光景も見られた。出産後も女性の多くはすぐに自宅に戻れるような状態ではない。だから、希望すれば滞在を少し延ばすこともでき、その際も世話をするため家族が付き添うことが許された。そんな環境の中で女性に対する男たちのまなざしが変わっていった。子を産むのは命がけで、出産に臨む女性には配慮が必要だということにようやく気づいたのだ。

病院の環境はみるみる改善され、やがて分娩数も日に一〇件に達するまで増大した。まぎれもなく私たちの努力が実ったのだ。私は毎朝、家から病院へ向かう一〇〇メートルほどの道を幸せな気分で歩いたものだ。

こうして私は、フランスを去るときに頭の中にあったさまざまなアイディアを実現させた。ヨーロッパに住めば得られたはずの安全や恵まれた報酬について考えることは微塵もなかった。あの当時、この国での人生は私をわくわくさせ、想像以上の実りをもたらしていた。私はまさに自分が望んでいた仕事をし、こんな経験ができるのならお金を払っていいとまで思った。仕事は確かに厳しく、たくさんの労力を必要としたが、それを上まわる喜びがあった。生まれたばかりの赤ちゃんを胸に抱き、輝くような笑みを浮かべている女性たちの姿をどうして忘れることができるだろう。彼女たちは長々と苦しんだり、出産が最悪の結末を迎えるのではないかと不安におびえたりせずに赤ちゃんを無事に産めた喜びにあふれていた。欧米諸国では当たり前と考えられているようなお産を経験できたのだ。山がちなこの地に暮らすバフリル族の女性たちは、一般に小柄で腰が細く、骨盤が狭いため、帝王切開が必要となる場合が多い。そうした医療行為は村にいる助産師では対応できないし、そもそも助産師が村にかならずいるわけではない。だが私たちはすぐに緊急事態に対処し、多くの場合で合併症を防ぎ、分娩時に母子のどちらかが死亡する悲劇を減らした。これほどわかりやすい具体的な成果はないだろう。

22

一九九一年一〇月某日の早朝。キンシャサにあるスウェーデン大使館がザイール（コンゴ）東部にいる自国民にラジオを通じて国外退避を呼びかけた。

コンゴ東部では民族間や武装勢力間の武力衝突のほか、平野部にある村々がモブツ配下の兵士たちに襲撃される事件が発生するなど情勢が不安定化し、緊張が高まっていた。

退避勧告を受けて、レメラ村の宣教団のメンバーたちも村を去ることになった。彼らは一〇〇キロ先にあるブルンジ国境へ向かうためすぐに車に荷物を積み込んだ。だが出発に先立ち、村に残るスタッフを呼んで宣教拠点内の教会に集まった。村を離れる期間がどのくらいになるのかまったくわからなかったが、混乱が広がっているため、月単位、あるいは年単位で長期化することも予想された。

医師で院長を務めていたノルウェー人のスヴェイン・ハウスヴェッツも村を出ることになった。これは病院にとってトップがいなくなる事態を意味する。スヴェインは教会に集まったコンゴ人スタッフにさまざまな役職を振り分けていった。そして最後に院長ポストを誰かに委《ゆだ》ねる番になった。断っておくが、それまでにも宣教団の医師が短期的に病院を去らなければならなくなり、現地スタッフが院長の代理を務めたことは何度かある。だが今度ばかりは特別だった。スヴェインが病院の鍵束をつかんで私に差し出すと、みなの驚きをよそに、「返却は無用だよ。今日からきみが院長だから」と言ったのだ。スヴェインはほほえみを浮かべて続けた。「臨時の措置じゃない。正式にきみが院長に就任するんだ。これからはきみとスタッフで病院を運営し、あらゆる決定を下してくれ。改善点があれば、自由に変えてくれて構わない」

それはまさに病院の歴史の転換点だった。二〇年前、つまり病院の創設時から重要な決定はすべてスウェーデンにある宣教団の本部か、レメラ村にいる宣教団のメンバーによって下されてきた。だがいま、私たち現地の人間に決定権が委ねられた。私はそれを信頼の証ととらえると同時に、病院が変わるチャンスだとも思った。その一方で気持ちは複雑だった。これはスウェーデンからの支援の打ち切りを意味するのだろうか？　スウェーデン人たちは私たちが独り立ちできると考えたのだろうか？　もちろんすばらしい挑戦だとは思ったが、私には現実の厳しさも見えていた。

スウェーデンからの支援がなくなれば、病院の存続が危うくなる。

「大丈夫、心配するな」スヴェインは言った。「私たちはパートナーとして支援を続ける。これからはきみたちが住民のニーズを把握し、必要と判断されたさまざまな措置を講じるんだ。きみたちには全幅の信頼を置いているよ。私がいつかまたここに来るとき、病院はいままで以上にうまくまわっているはずだ」

スヴェインをはじめとする宣教団のメンバーが村を出たあとまもなく、私は院長として地元の住民に何を期待されているのか理解した。近隣の村々から病院を訪れた患者たちはすがるような目で私を見た。彼らは新しい院長がスウェーデン人のように寛容で〝物分かりのいい〟人物であることを望んでいた。

宣教団のスウェーデン人たちが寛容に振る舞えたのは、本国の教会や気前のいい篤志家からの支援金を当てにできたからだ。彼らはそうしたお金の一部を使い、地元住民に施しをした。つまり宣教団のメンバーは赤貧の人々を助けようと、しばしば入院費を肩代わりしたのだ。出資者たちが気を悪くしないように、集めた支援金をとにかく使う必要があった。もちろん、すべて善意から出た行為ではあるのだが、そうしたやり方は長続きしない。地元住民がすぐにそのような支援に慣れてしまうからだ。さらに、そうした手助けの負の側面も忘れてはならない。このやり方は彼らに、自分たちがどうしようもなく貧しく、悲惨な運命から抜け出すのは不可能だというイメージを植えつけてしまう。いずれにせよ、私は宣教団のメンバーほど資金に恵まれなかったので、地元住民の期待にはほとんど応えられず、率直にこう告げるしかなかった。

「これからは自分の医療費は自分で支払うことに慣れてください」

「でも、お金なんかありません」彼らは嘆いた。

「病院を運営していくにはお金が必要なんですよ」私は説明した。「病院が資金難に陥れば、深刻な事態に直面することになります。手の施しようもない事態に」

この問題についてなんらかの手を打たなければならないのはわかっていた。地元住民がそれまでとは違う自己《セルフ》イメージを持てるよう後押ししなければならないのだ。彼らが自分たちの持っている能力に気づきさえすれば、収入に結びつく経済活動ができるはずだと私は考えた。そこで病院スタッフと協力して啓発プログラムをつくり、村々をまわって説明することにした。その内容はけっして特別なものではなく、私たちはただ、人生の不測の事態にそなえるために先を見越し、仕事の計画を立て、家計を管理する方法を地元住民に説明した。手始めに、キャッサバを栽培している女性たちに啓発活動をおこない、妊娠が判明したらお金を少しずつ貯めておくよう勧めた。「キャッサバを売った儲けの一部を一週間ごとに蓄えにまわせば、私たちの病院にかかれるようになりますよ。自宅の土間でお産をするよりずっと安全です」

ほかのさまざまな社会集団に対しても「先の見通しを立てることが大切だ」とアドバイスした。すると一年後には、レメラ病院を訪れる患者の九二パーセントが治療費を自分で支払えるようになった。これは驚くべき数字だ。

そうした啓発活動のほかに、私たちは病院のすべての部署の収支を洗い直し、スタッフ一人ひとりが自分の役割を正確に把握できるよう人員戦略の見直しも図った。その結果、病院の財務状況がすみやかに改善し、それまでの莫大な負債を返せるようになった。この経験を通じて私たちは、前に進む力、もっと大きな夢に挑戦できる力が自分たちにあることを確認し、自信を深めた。

大きな夢。それは二つあった。一つ目はブカヴにレメラよりも少し規模の小さい病院をつくることだ。レメラにブカヴからどんどん患者が来るようになっていたからだ。数百キロ離れたブカヴからはるばるやってきた大勢の患者の中には、すぐに手当てをすればすむような軽い症状の人もいた。そのため私たちは、病気や怪我をしたときにまず訪れる医療施設を南キヴ州の州都ブカヴに設けて患者を迎え入れ、より専門的な治療や長期にわたる手当てが必要になった場合にレメラ病院に移送すればいいと考えた。計画の妥当性を確信した私たちは、ブカヴの中心部から約八キロ離れたパンジ地区に土地を購入した。だが当時まだ、本格的な病院を建設するのか、あるいはテント式診療所で間に合うのか判断がつかなかった。取りあえず土地は手に入れたので、計画の実現に適したタイミングを待つことにした。

二つ目の夢は、富裕層を対象にしたサービスを導入することだった。私はアジアに研修旅行に行ったとき、裕福な人に特別なサービスを提供することで病院がささやかな社会正義をなしているシステムを視察した。システムのコンセプトは単純だ。お金に余裕のある人にシャワーとトイレのついた快適な個室に入院してもらい、入院費を高く請求するのだ。富裕層とそうでない人とのあいだにある違いは入院施設の快適さだけであり、受けられる医療は変わらない。このやり方はレメラ病院にぴったりだと私は思った。なにしろ最新モデルのメルセデスで病院に乗りつけ、冷蔵庫や専用マットレスまで持ち込んで入院する患者がいるのだから。かつてそうした人たちは欧米の国までわざわざ出向いて治療を受け、現地に数千ドルを落としていた。私はつねづね、そうした富裕層と貧困層に同額の医療費を請求するのはおかしいと感じていた。

私はその不合理を正すよう宣教団のメンバーに訴え、自分のアイディアを披露したが認められなかった。スウェーデン人たちにとってこれは患者の差別化を図ることであり、不愉快で受け入れがたい考えだった。私はしつこくねばった。ここはザイールであってスウェーデンではない、お金を持つ者はおそらくヨーロッパでは許されないような方法で財を成したのであり、特別待遇を導入することは彼らに富の〝代償を支払わせる〟おそらく唯一の手段なのだと主張して。

最後はなんとかスウェーデン人たちを納得させ、このアイディアが認められたが、計画を実行に移す時間がなかった。工事が始まった直後に戦争が勃発し、前述したように病院が襲撃されたからだ。

結局、そのシステムはパンジ病院に導入され、非常にうまく機能している。快適な特別室を選ぶ患者たちは、一般の病室よりも二五倍も高い料金を支払ってくれる。富裕層が支払うこの入院費が人件費の大部分を賄《まかな》っている。貧者のために富者に負担を求めるこのシステムはまったく正当なものであり、最終的にはすべての人を満足させるやり方なのだ。

23

奇妙な状況が危険な状況へと変わっていた。私は飛んでくる石を避けるため、頭を屈めて走った。レメラ病院の医師兼院長のポストに就いてから二年。私はいま、容赦ない暴力にさらされ、病院を追われようとしていた。

猛《たけ》り狂う群衆に囲まれ、怒号と石が飛んできた。人々は憎悪をみなぎらせていた。冷静になるよう呼びかけたが無駄だった。もうここにはいられない……。

私と病院のスタッフの一部をブカヴに連れていくため、車二台とトラックが待機していた。私は妻と一緒に車に駆け込んだ。スタッフたちも車両へと走り、あっという間にトラックの荷台がぎゅうぎゅう詰めになった。暴徒たちがこちらに駆けてくるのが車の窓越しに見えた。槍や棒を振りかざしている人もいれば、拳を突き上げている人もいる。罵声《ばせい》も聞こえてきた。「二度と戻ってくるんじゃねえぞ！」

私たちがいったい何をしたというのだろう？　病院の資金を横領したとでも？　いい加減な治療をしたとでも？　いや、そんなことではない。問題は唯一、私たちが地元の部族であるバフリル族の出ではないということだ。過激な部族主義の標的となった私と病院のスタッフたちは、地元住民の職を奪ったとして責められていた。

不穏な空気は徐々につくり出された。事の発端は、地元を離れ、よそで訓練を受けてきた若者が戻ってきたことだ。彼は故郷の村の若者たちに、異なる部族への憎しみをあおる排他的なメッセージを吹き込み、レメラ病院が〝よそ者〟を雇うのを許してはならないと主張した。そのせいでレメラ村はピリピリとした雰囲気に包まれた。そしてそこに新たにエンジニアを一名雇ったことが火に油を注ぐ結果となり、私たちはこうしてあわてて病院を去らざるをえなくなったのである。

エンジニアを新規に雇ったのは、病院用の小さな発電施設の管理を担当していたスウェーデン人技師が帰国することになったからだ。代わりの人を探していると、ある人物から経験豊かなエンジニアを紹介された。ンガボ・アシェールという名の男性で、ブカヴのタバコ工場で働いていた。私は彼にレメラまで面接に来るよう言った。そして会って話を聞くと、発電施設の管理に必要な資格をもれなく持っていたので採用することにした。

「タバコを吸うわけじゃないのに、〝あんたは強烈にタバコ臭い、もう耐えられない〟って女房に文句を言われましてね」とンガボは説明した。「喜んでここで働かせてもらいます」

ンガボは病院で働き出してすぐに、裏手の谷にある発電施設まで車で赴いた。そしてその帰り道、驚いたことに車がなぜか急に蛇行しはじめて道を飛び出しそうになった。車をとめて点検した彼は肝を冷やすことになった。ホイールのナットがすべて緩《ゆる》んでいるではないか。ナットを閉め直して運転を再開したが、それでもどこか調子が変だった。病院に帰り着いた瞬間、彼はふたたび肝を冷やした。ホイールの一つが完全に外れ、道の脇に転がっていったのだ。

あらためて調べてみると、シャシのネジがすべて緩《ゆる》んでいることが判明した。新参者を排除するため、誰かが車に手を加えたとしか思えなかった。道は狭くて曲がりくねり、おまけに谷沿いに延びていたから、最悪の事態が起きていてもおかしくなかった。ンガボが無事に帰ってこられたのは神のおかげだろう。

過激な部族主義に感化されたのは若者だけはない。年長者も影響を受けた。私や病院スタッフに投石をした暴徒の中には宣教拠点の教会に通っていた信者たちもいた。彼らはもちろん部族主義の狂信的な動きを止めなければならない立場にあったのに、そうはしなかった。むしろ率先して職を要求した。そんな四面楚歌の状況にどう立ち向かえばいいのだろう。教会の力添えがないかぎり、事態の収拾は望めなかった……。

宣教団のメンバーのほとんどは私たちとともにレメラ村を出ることにしたが、ひと組の夫婦だけが村に残ることを選択した。夫婦は教会からほんの二〇メートルのところに住んでいて、まさに彼らの家の前に広がる教会の庭に暴徒たちの中核メンバーが集まっていた。私は村を出る前にその夫婦の家へ行き、鍵をかけてじっとしているよう言い聞かせた。

「くれぐれも外に出ないでくださいね。危険ですから」

周囲では怒号が飛び交い、もっとも過激な連中が「おまえらが出ていったらすぐにこいつらの家をぶっ壊す」と脅し文句を叫んでいた。口先だけの言葉とは思えなかった。この地域ではすでに同じような緊迫した雰囲気の中で悲劇的な事件がいくつも起きていた。だがその一方で、夫婦が家の中にいれば、さすがに家屋を壊すような蛮行には出ないだろうとも思われた。それに、宣教拠点に残っている守衛たちが万が一の場合にはあいだに入り、破壊行為を食い止めてくれるのではないか……。

私たちを乗せた車が動き出すと、群衆が追いかけてきて石を投げつけた。「病院は今日から俺たちのものだ！」暴動を扇動した連中は高らかに宣言した。以前から彼らは傲慢《ごうまん》な態度で、「病院は自分たちで運営し、仕事は自分たちで分け合う」と主張していた。だが、原則に従うことと良識を示すことは違う。地元住民の中に病院の空いたポストを担うために必要な訓練を受けている人はほとんどいなかった。

村にとどまることを決めたこの白人夫婦は私の忠告には従わなかった。私たちが去ったあとすぐに、あるじのいなくなった家々の様子を確認しようと自宅を出たのだ。群衆が夫婦をねめつけて罵《ば》倒《とう》したが、手出しはしなかった。夫婦は確認を終えて自宅まで戻ると、今度は宣教拠点をぐるりとめぐって歩くという〝抗議の行進〟を始めた。夫婦は一周するごとに群衆の前を通り過ぎた。命がけの勇気ある行動だった。私はそれを、村を去らざるをえなかった仲間に対する連帯の行為として受け止めている。

夫婦が七周すると、集まった群衆も去っていき、宣教拠点は静けさを取り戻した。

白人夫婦はそれでも安心できず、過激派の急先鋒《せんぽう》が家屋を破壊するという脅しを実行に移すのではないかと不安でたまらなかったという。だが暴徒が戻ってくることはなく、夫婦はのちに彼らが午後のうちに戦略を変えたのを知った。連中はおそらく、「これから俺たちがここで働くのだから、あんなにきれいな家を壊すのはばかげている、そのままにしておくのが得策だ」とでも考えたのだろう。

＊

〝避難民〟という肩書きでブカヴへ戻るのはなんともおかしな気分だった。私は当然、後味の悪い思いを抱いており、物事があんなふうに手に負えない方向へ悪化したことに心を痛めていた。レメラ病院を法的に所有する教会の上層部は、私がレメラを去ったことを義務違反として責めた。だが、ほかにどうすればよかったのだ？　あのまま病院にとどまれば恐ろしい事態が起きていたのは間違いない。暴力が爆発する寸前だったから、私は病院を去ろうと決めたのだ。流血を避けるにはそれしか手はなかった。

だが一九九四年の七月中旬のあの日、ブカヴに逃げ込んだのは私たちだけではなかった。あの時期ルワンダでは、三カ月以上続いた大虐殺《ジェノサイド》がようやく食い止められようとしていた。だが、そうなると今度は報復を恐れたフツの避難民たちが大量にブカヴになだれ込んできた。その中には虐殺に手を染めた連中も大勢まじっていた。当時、一時間あたり約一万人がルジジ川にかかる小さな橋を渡って国境を越えた。まるで国全体がこちら側に移動してきたかのような勢いだった……。家財道具一式に押し潰されそうになりながら歩く人。荷物と人を満載して狭い橋を渡るトラック。驚くほどたくさんの人を詰め込み、荷物でぱんぱんに膨らんだカバンやマットレスを屋根に載せた車。引っ越し車両を思わせるそうした車は国から盗んだものだった。

避難民のほとんどには行く当てなどなく、空いているスペースはすべて避難場所となった。歩道は人であふれ、ほんの数日でブカヴの人口は二倍に膨れ上がり、町の中にもう一つ町ができたようなありさまだった。避難民には飲料水も食料もなく、衛生上の手立てはまったく講じられていなかったから、いつなんどきコレラや赤痢が大流行し、町を完全に麻痺させてもおかしくなかった。

私はマドレーヌとともにカデュテュ地区にある私の実家に避難した。山地の情勢が落ち着くまで身を寄せることのできる場所はそこだけだった。病院は残っているスタッフだけでなんとか機能しているようだった。だが、正確な情報を得るのにラジオは当てにはできなかった。ラジオが伝えるのはもっぱら紛争のニュースだけだったからだ。それでも時折、私を非難する地元住民の声がラジオから聞こえてきた。何を言われても私は構わないが、病院の評判が落ちるのは避けたかった。

レメラ病院はアフリカ中部にある病院としては設備が非常に整い、提供している医療も高度だった。ザイールの奥地や近隣諸国からも患者が来たほどだ。だが状況が変わってしまった。この地域の出身者でなくても紛争の要因は想像がつくだろう。とはいえ、地元住民が医師を追放し、新たな混乱がいつ起きてもおかしくない場所までわざわざ赴き、治療を受けようと考える人などいるだろうか。

レメラ村であった出来事は残念ながら特殊なケースではなく、コンゴ人の多くが極端な地域主義や部族主義に染まり、それを拠りどころにしていた。その傾向はとくにカタンガ州［コンゴの南端に位置し、二〇一五年に四州に分割］の南部において顕著で、その土地で生まれ育っていなければ追い出される危険があった。

そんな状況を招いた元凶は、ザイール時代の深刻な財政危機と政治の手詰まりだ。長年モブツはすべてを支配してきた。だがすべてが彼の手に負えなくなり、彼自身も抜け殻のようになった。国内からの突き上げと国際社会からの圧力を受け、モブツは譲歩を余儀なくされた。その結果、複数政党制が導入され、大統領の権限を大幅に制限する新しい憲法が国会で採択された。だがモブツはこの新しい法規範を無視し、忠実な部下を集めて政府をつくった。それによってこの国は事実上、国政を担う力のある指導部を欠くことになった。

急激なインフレが発生し、病院の経営も次第に難しくなった。貨幣があっという間にその価値を大幅に下落させるため、私はスタッフに「必要な物資はぐずぐずしないですぐに買いなさい」と口を酸っぱくして言ったものだ。

国が危機的状況へと転がり落ちていく中、コミュニティは部族や民族ごとに自閉するようになった。そしてコミュニティにルーツを持たない人は、たとえそこで長年暮らし働いていても集団から弾き出されていった。

レメラ村の混乱を収拾し、病院を救うことができるのはザイールのスウェーデン宣教団の元トップ、スヴェン＝エリック・グレンを措《お》いてほかにはいなかった。

私はレメラ病院の日々の運営を任されていたが、全体的な責任はスウェーデン人たちが担っていた。グレンは私と同僚数人をレメラに呼び、彼と宣教団の立場を説明した。彼は大規模な集会の開催を決め、地元住民や教会の上層部、地元の指導者、さらには近隣の村々の代表者に集会への参加を呼びかけた。そして集会で熱のこもったスピーチをし、部族主義はいかなるものであれ、教会においても病院においても許されないと聴衆に説いた。

「部族主義は私たちスウェーデン人には絶対に受け入れられないものです」彼は単刀直入に切り出した。「ムクウェゲ医師と彼の同僚の医師たちが脅しや暴力にさらされずに働く環境が保たれないのであれば、病院は閉鎖します。場合によっては、私みずからの手で」

その集会は緊迫した空気をいくらかやわらげたが、それでも私たちが地元住民を信頼し、仕事に戻ろうと思えるほどではなかった。だが私たちが病院を追われて一カ月後、住民たちはようやく、病院の業務に支障をきたし、事がスムーズに運ばなくなっていることに気がついた。それにともない、「もう、うんざりだ」という声があがりはじめた……。

ここに来てようやく、地元の住民では私たちの代わりは務まらないことをみなが理解したのだ。加えてスウェーデン人に、病院を閉鎖する可能性まで示唆されていたため、レメラ村の教会は話し合いの場を設けるため、ブカヴにいる私のもとに特使団を送り込んだ。

彼らは非常に気まずそうな様子で私に謝罪し、自分たちや若者の振る舞いを赦《ゆる》してほしいと頭を下げた。恥ずべき振る舞いをしたことを悔い、キリスト教徒にあるまじき行動に出たことを認め、私と同僚たちにどうか戻ってきて欲しいと懇願した。

「もう二度とあんなことはいたしません」

病院のスタッフは何陣かに分かれて村へ戻り、私は最後のグループにまじって帰還した。地元の住民には謝罪してもらったが、それでもやはり以前とは何もかもが違っていて、村には重苦しい空気が漂っていた。そんな状況でどうやって気力を保てばいいのかと気弱になったが、宣教団のメンバーの支援を当てにできることが心強かった。あの人たちがいなければ、あそこにとどまる勇気が持てたかどうか定かではない。

*

コンゴ東部におけるスウェーデンのペンテコステ派宣教団の歴史は一九二〇年代に遡《さかのぼ》る。先陣を切って派遣された宣教師たちにとって、この地の環境は過酷なものだったに違いない。平野部は息苦しいほど暑く、道はないも同然で、感染症の危険がはびこり、地元の住民から疑いや憎悪の目を向けられた。さらに、当時コンゴを支配していたベルギーの当局からの妨害もあった……。だが、なんとか現地の暮らしになじみ、地元の住民に受け入れられるようになった。やがて宣教拠点が次々に設けられ、宣教師が本国から続々と送られてきた。その中の一人が一九三四年にやってきたオスカル・ラゲトストレームだ。彼は若き福音主義者のマッテオ・ムクウェゲ、つまり私の父と出会い、親しくなった。よく二人でブカヴへ足を運び、礼拝を執りおこなったり、病院や兵舎や刑務所を訪問したりしたらしい。

一九四〇年代半ばにはすでに相当な数の教会が建てられていたが、その第一号はレメラの教会だった。教会を建設して布教活動をおこなう団体には〈アフリカ中部ペンテコステ派教会共同体（CEPAC）〉という名称が付いていた。コンゴが独立したあと、宣教団は教会と教会の資産を地元の支局に譲り渡したが、宣教師がこの国を去ることはなかった。彼らの存在がこの国にまだ欠かせないことは誰もが認めていた。

しかし一九九〇年代より宣教師の数はどんどん減り、いまこの国にいる人たちも特別なプロジェクトにかかわるため一時的に滞在しているにすぎない。私が心底残念に思うのは、宣教師たちがあまりにもあわただしく帰国してしまったことだ。コンゴは貧しい国で、外国の知識と経験を必要としているのに。

とはいえ、北欧人はこの地域にその足跡をしっかり刻んだ。それは衆目の一致するところだ。今日、CEPACはおよそ一〇〇万人の会員と七〇〇を超える教会を抱え、社会プロジェクトを支援し、国の無為無策の埋め合わせをしている。具体的には一、四〇〇の学校、五つの病院（その最大のものがパンジ病院だ）、一五のクリニック、二八八の無料診療所、そして薬局一つを運営しているのだ。

CEPACは私にとって生まれたときから身近な存在で、人生の大きな部分を占めており、長年にわたる雇用者でもあった。私はみずから設立したパンジ病院の医師兼院長として知られているが、教会の医療部門長も務めており、診療および保健衛生にかかわるさまざまな組織を統括している。さらに、七〇〇人ほどの信者を抱えるブカヴの小さな教会の牧師としても活動している。

ＣＥＰＡＣの活動や私が現在おこなっていることは要するに、いまから一〇〇年近く前に最初の宣教師たちが当地にやってきたことに端を発している。それを思うとめまいのような感覚に襲われる。と同時に、オロフ・パルメ賞の授賞式に出席する息子に同行してストックホルムに赴いたときの母の言葉も思い出す。母は八〇歳近くになってようやく、その生涯のほぼすべてを通じて親しく付き合ってきたスウェーデン人宣教師たちの母国を訪れた。人生で初めて分厚い服にすっぽり身を包み、真冬の北欧に降り立ったのだ。そのとき母は、最初にアフリカに渡った宣教師たちが耐え忍んだであろう旅の苦労に思いを馳せ、深い感慨にとらわれたという。一〇〇年前、アフリカに行くには船しかなく、航海は何カ月もかかった。宣教師たちの故国に足を踏み入れた母は驚きに打たれ、その胸にはさまざまな思いが去来したようだ。地理的な隔たりに加えて、文化の隔たりも際立っていたからだ。スウェーデン人宣教師たちにとってはコンゴで目にするものすべてが珍しく、奇妙に映ったことだろう。コンゴ人にとってはスウェーデンで目にするものすべてが珍しく、奇妙に映っているのだから……。母は言った。

「宣教師たちは祖国にとどまって、快適で落ち着いた人生を送ることもできたはずだよ。なのに心地よい暮らしを捨てて、ほかの人のために尽くそうとした。しかも、ほとんど縁もゆかりもない場所で。おいそれとできることじゃない。本当に献身的な人たちだったんだ」

24

レメラ村で起こった騒動の根深い原因、つまり地域主義や部族主義はもう過去の話だと言えればどんなによいか……。だが、残念ながらそうではなく、それらはまだコンゴ社会に重くのしかかり、前進を阻んでいる。まるで毒のようにコミュニティ全体に広がり、社会を麻痺させているのだ。

それぞれの地域にある教会ですら分断の論理に絡《から》め取られている。部族主義が教会内部にも浸透し、同じ部族、同じ民族の出身者しか信者として受け入れない教区もある。きわめて悲しいことだ。神の家はすべての人に開かれていなければならないのに。

私からすれば、部族主義は未来へのビジョンを欠き、変化を恐れる人々によくある弱さのあらわれだ。モブツ体制と彼の治世には確かに非難されるべき点が多々ある。この国にあまたの損害をもたらしたことは歴然とした事実だ。だが、私はつねに物事の両面を見るようにしている。だから思うのだが、モブツはある重要な一点においては国を正しい方向へと導いた。

私は子どものころ、つまり独立直後に暴力を目の当たりにした。当時の人々にとって、帰属する民族こそがアイデンティティのみなもとだった。そして多くの人が民族を基準にみずからの主張や立場を選び取っていた。

モブツはそんな状況を変えた。中央集権化にこだわる彼は、おもに能力に応じて人を採用する巨大な行政機構をつくり、国のほぼ全域に役人を送り込んだ。役人の多くは民族や部族の垣根を越えて、派遣先の住民と結婚した。その結果、コンゴ人であるという意識が部族としてのアイデンティティを上まわった。つまり、四〇〇以上の部族を抱えるここコンゴにおいては、国民を見知らぬ土地へ移動させる政策が地域紛争のリスクを大幅に減少させたのだ。

だがモブツ体制崩壊後、国としての一体感が弱まり、かつての部族主義があっという間に息を吹き返した。その結果、カタンガ州で恐ろしい虐殺事件が発生した。カタンガ州は銅資源に恵まれた地域で、古くから鉱山労働を目当てに隣にあるカサイ州から人々が移り住んでいた。だが、何世代にもわたってカタンガ州に住んでいたカサイ州出身者が突如、〝望ましからざる〟住民とみなされ、彼らを排除しようとするさまざまな暴力の嵐が多くの人命を奪うことになった。それもまたわが国の現代史を織りなす暗黒の一ページだ……。

コンゴをいくつかの独立国に分割する話が出るたび、私はいつもこのカタンガ州の悲劇を思い出す。分離独立の方向で事が動けば、国中でおびただしい血が流されるだろう。コンゴ内の部族の多くは国家建設に寄与する重要な部品《パーツ》とみなされるには規模が小さく、逆に負担と考えられるはずだ。その結果、弱小部族を締め出そうとする動きが活発化し、国のほぼ全土が暴力のスパイラルに陥る恐れがある。

コンゴは統治し発展させるには大きすぎる——国のバルカン化を支持する人々はよくそう口にす

る。だが、その種の主張に反論するのは簡単だ。広大な国土、多様性、多様な民族が逆に国家としての強みにつながっている例が世界にはたくさんあるからだ。たとえばコンゴよりもさらに広い国土を持つアメリカのほか、中国、ブラジル、インドなどがあるではないか。

コンゴ人には自国に秩序をもたらす能力がないと言う人もいる。だが、それは敬意に欠け、さらに言えば侮辱的な考えだ。私はコンゴ人が自分たちの力を信じ、挑戦する気持ちさえ持てば、山をも動かせると思っている。そう主張するのは、同胞たちにも「現状は変えられる」という意識を持ってほしいからだ。明確な未来の青写真さえあれば、コンゴは誇りを取り戻し、その国土の広さ、民族や文化の多様性が足かせではなく強みとなる国に生まれ変われるはずだ。もしも私に国の舵取りが任されたら、最初の政策の一つとして、国民を生まれ故郷とは遠く離れた場所へ送り込むだろう。南の人は北へ、北の人は西へ、といった具合に。国民をできるだけシャッフルして部族主義にあらがうのだ。と同時に、背景の異なる人々がともに暮らしたときに活力が生まれるような環境を整える。

そのためには起業精神を奨励し、人々の意識を変えることも必要だ。起業家は現在、生み出した利益にもとづいて評価されている。まるで成功の度合いを金銭という物差しでしか測れないかのように。私からすれば、成功とは、金銭とは異なる基準にもとづいて定義されるものだ。少なくとも祖国の発展の担い手であろうとする場合には、成功を別の尺度でとらえなければならない。大切なのは企業があげる利益ではなく、創出した雇用の数だ。雇用を生み出すことで社会の前進に寄与できる。金銭はそれが発展を促すものでないかぎり価値はない。とくに起業や民間のイニシアティブが状況を大きく変革しうる国ではなおのことだ。

　コンゴが必要としているのは公益を重視する起業家だ。そうした起業家の存在こそ、国家が立ち直り、国民に誇りを抱かせる国へと生まれ変わるための条件の一つだろう。その夢の実現を望む国民は大勢いる。

　と同時に、ほかの分野でも変化が必要だ。たとえば私は、伝統のいくつかを部族主義に類似するものとしてとらえている。性暴力被害者のために働いていると、つねに直面するのが男性優位主義だ。この地では男性が女性を支配する文化が幅を利かせている。女性を〝押し潰し〟、二次的役割に押し込める文化だ。キリスト教徒が多いコンゴの国民は、強姦は女性を穢《けが》し、さまざまな問題を引き起こすと考えている。そのため、そうした〝穢れた〟女性を家族や教会のコミュニティから排除しがちだ。会衆の面前で赦《ゆる》しを乞うよう女性に強《し》いることもある。

　私は事あるごとに、そのような時代錯誤の慣行をやめるよう説いている。この地域で猛威を振るっているレイプは性欲とはまったく関係がなく、強姦を働く者たちの動機の大半はそうした欲望とは別物だと強調しながら。

「それは快楽を得ようとする性的な行為ではなく、獣じみた残虐な行為です。レイプをおこなう人々は、そうすることで権力や鉱物資源を手にできると考えている。あるいは、腹いせにレイプをする人もいる。なぜなら軍が兵士にきちんと給与を支払わず、彼らを貧困の中に打ち捨てているからです」

そうしたメッセージを教会の指導者たちが理解すれば、たくさんの物事が変わるだろう。そして実際、私は変化を感じている。教会の多くが、とにかく以前よりは女性たちの境遇を案じはじめた気がするのだ。


だが、まだまだじゅうぶんではない。もっと抜本的で大きな変化が必要だ。なぜコンゴの女性たちには社会の中で完全な地位を占める権利がないのだろう。地域の教会の一部には女性の外見、つまり信者が礼拝に来るときの格好にこだわるところもある。化粧をした女性やアクセサリーを身につけたり、ズボンをはいたりした女性を礼拝には参加させないようにしているのだ。そうした振舞いを罪とみなしているのである。

これらの教会の牧師たちは自分たちの正しさを主張するために、最初にこの地にやってきた宣教師たちのことを持ち出す。当時の宣教師たちの倫理や聖書の解釈は、一〇〇年前の教会と社会の考え方を反映していることを忘れているとしか思えない。

「私たちは過去から受け継いだ伝統を大切にしているだけだ」と彼らは自己弁護する。

そんな主張は詭弁《きべん》だ。キリスト教の信仰は外見とはまったく関係がないし、私なら口紅やイヤリングをつけて礼拝に来たからといって信者を追い出すような真似は絶対にしない。神にとって格好などどうでもよく、大切なのは私たちの神への向き合い方だ。その点を私はとても重視している。

私が礼拝の参加者全員に対して、オープンな心を持ち、すべての人を温かく迎える態度を取るよう呼びかけているのは偶然ではない。ＣＥＰＡＣはブカヴとその近郊に六〇の教区を抱えているが、教区ごとに態度や価値観は大きく異なる。私の考え方は主流ではなく、自分の意見をわかってもらうためには本腰を入れて闘わなければならないと感じることもある。だが私の立場、私の意見は揺るがない。というのも、争点になっているのはコンゴ社会における女性の地位であり、その地位はなんとしても改善、向上させなければならないからだ。そのプロセスに教会も参加しなければならない。世の中の出来事にほとんど関心を示さない牧師が多すぎる。何が起こっているのか知ることは、けっして難しくはないはずなのに。社会で起きている出来事を知れば、周囲の人々に向ける牧師たちのまなざしも変わるのではないか。だが私の印象では、教会の中には目をつぶり、世界を見ようとしない人がいる。人生をわざわざ面倒にするようなことはせず、安楽な暮らしにぬくぬく浸ろうとしている。もっとも彼らに、伝統を打ち破り、旗幟《きし》を鮮明にして闘うよう求めるのは過度な期待なのかもしれない……。

私は毎週七〇名以上の患者を診ている。産婦人科医だから当然、患者のほとんどは女性だ。彼女たちはもちろん診察のためにやってくるが、みな私が牧師であるのを知っているので、道徳や信仰など、病気や治療とは関係のない話になることがある。それが当地の文化だからだ。私たちの文化では心と身体は分かちがたく結びついている。ゆえに私が精神的な側面に関心を寄せるのはごく当然のことなのだ。私には神学者になるための教育を受けた経験はないが、神を理解するのに神学の免状が必要だとは思わない。私たちは頭ではなく心で神と対話する。牧師になるために専門の勉強が必要とされる日が来たら、牧師の仕事は辞めるつもりだ。だが、説法をやめるつもりはない。教会以外の場所で、たとえば道端や広場などで教えを説きつづけるだろう。そうせずにはいられないだろうから。

信仰と福音に対する理解は私のアイデンティティの大きな部分を占めている。私が取り組んでいるあれこれは、信仰と福音の理解から生まれ出ている。つまり私の取り組みはすべて、神から授けられた使命なのだ。実際、私には選びようがないのである。

25

列車はストックホルム中央駅を滑るように出発した。二〇一二年七月五日木曜日、一二時一〇分。私は一週間の休暇を過ごすため、マドレーヌと一緒にスウェーデンのヨーテボリに向かうところだった。

私たちはその数日前、スウェーデン最大の島、ゴットランド島に赴き、ある大規模集会に参加した。一週間にわたり開催されたその集会ではさまざまな政党やロビイスト、各種団体を交えた討論会やセミナーが催された。

集会のあと私たちはストックホルムへ向かった。ホテルでひと晩ぐっすり眠ってしっかり休息を取ったので、翌朝起きたとき、体調は万全だった。さあ、これからバカンスだ。私たちはスウェーデンの西海岸へ列車で向かい、島に滞在しながらのんびり北欧の夏を満喫する予定だった。

列車に乗り込むと、ホームで列車を待っているときにすれ違ったコンゴ人の二人連れが近づいてきて挨拶をした。「どこかでお会いしましたか」と尋ねると、相手は言った。

「いえいえ。ですが、存じ上げていますよ。あなたのことはコンゴ人なら誰でも知っていますからね」

スウェーデン在住と思われるその二人は、私たちがカバンとスーツケースを座席の上にある荷棚に置くのに手を貸すと、同じ車両の前方に取ってあった自分たちの席に戻っていった。

列車が走り出して一〇分もしないうちに、なぜかまぶたが重くなってきた。あんなにたっぷり寝たのに変だと思った。マドレーヌも眠気と闘っているように見えた。結局、二人して居眠りを始めてしまった。

三〇分もしただろうか、私ははっと目が覚めた。人が乗り降りした気配が感じられたので、寝ぼけ頭で「ちょうどどこかの駅を出たところだな」と思った。目をこすり、居住まいを正した。妻はまだ眠っていた。このところ読む暇のなかったメールに目を通そうと思い、パソコンを取り出すため、荷棚に置いたカバンのほうに手を伸ばしてギクリとした。カバンがない。場所を間違えたのかと思い、向かい側の荷棚にも目をやったが、やはり見当たらない……。

完全に目が覚め、何が起きたのかを理解し、パニックに襲われた。そのころにはマドレーヌも目を覚ましていたので、カバンが見つからないことを説明した。カバンにはパソコンのほかに、啓発のためのプレゼンテーションに使った大切な書類などを保存したUSBキーがいくつか入っている。しかもその一部には重要な情報が保存されていて、コンゴに置いておくよりは安全だろうと判断し、わざわざ旅先に持ってきたものだ……。

カバンにはパスポートも入っていた。カバンが盗まれたのはおそらく、私たちがうとうとしていたあいだ、ちょうど列車が駅に止まったときだろう。誰かがすばやくカバンをつかみ取り、姿をくらましたのだ。

ヨーテボリに着いたあと、同じ車両に乗っていたあの二人連れのコンゴ人に相談すると、パスポートについてはスウェーデンを出国する前に仮の身分証を発行してもらえるから大丈夫とのことだった。彼らはコンゴのスウェーデン駐在大使と知り合いで、大使の電話番号も教えてくれた。

最初のショックが落ち着くと、頭の中に問いの数々が駆けめぐった。なぜ私のカバンが盗まれたのだ？　誰のしわざだ？　お金に困ったコソ泥が盗品の転売狙いでやったのか？　それとも政治的陰謀か？　あのパソコンに危険な情報が入っているのを知っていた人物がいたということか？

私は警察に被害届を出したが、期待はしていなかった。パソコンを取り戻せる可能性は万に一つもないだろう。私はこぢんまりとした小さなスウェーデンの町の駅でパソコンやパスポートだけでなく、自分の一部まで誰かに盗まれたような気がして意気消沈した。

偶然にも同じ時期、コンゴから不穏なニュースが飛び込んできた。新たにできた反政府組織、M23が北キヴ州の州都ゴマで攻撃を開始したというのだ。一歩間違えば、コンゴ東部がふたたび戦争の深みにはまってしまう恐れがある。ゴマとブカヴはそれぞれキヴ湖の両端にあり、二つの町を結ぶ道路の長さは二〇〇キロもない。反政府勢力が南進を続けるつもりなら、ほんの二、三日でブカヴに到達するだろう。ブカヴは過去にほかの武装勢力に何度か攻撃されたことがあるのでそうした事態は初めてではない。とはいえ、どうすればいいのだろう。スウェーデン滞在を延ばし、パソコンを盗まれた不運をかこつという手もあったが、年少の娘たちがブカヴに残っているので心配でたまらず、ヨーロッパ滞在どころではなかった。

私はこれまでずっと、コンゴ東部が混乱に見舞われても家族は一緒にいるべきだと考えてきた。確かに子どものうち三人はすでに家を出て、外国に住んでいる。だがそれは身の安全を図るためではなく、恋に人生の偶然が重なったからだ。だがいま、自問することになった。年少の娘たちもそろそろあそこを離れ、よそへ移ったほうがいいのではないか……。

平和を取り戻すという希望は何度も打ち砕かれ、M23とやらが暴れ出したことで情勢はふたたびきな臭くなってきた。コンゴとスウェーデンは数千キロ離れている。だが、ほぼ同時期に災いが発生したことで——スウェーデンではパソコンを盗まれ（理由は謎のままだ）、コンゴでは反政府勢力がふたたび不穏な動きを見せはじめた——数千キロの隔たりがぐっと縮まった気がした。

スカンジナビア半島の心地よいそよ風に吹かれても、私の不安は解消しなかった。

時々、北欧人と長く付き合った経験は自分にどんな影響を与えたのだろうと考えることがある。私は自分をまずコンゴ人、次にアフリカ人だと思っている。だがスウェーデン人やノルウェー人と長年交流してきたことで、当然、考え方や物の見方が変わったはずだ。そうでなければおかしいだろう。

＊

私はフランス留学中に、家族と一緒に初めてスウェーデンを訪れた。強く印象に残ったその旅で、私は子どものころから話に聞いてきた国をついにこの目で見ることになった。さらに、コンゴで親しく付き合っていたスウェーデン人たちとの再会も果たした。

その後スウェーデンを訪れる機会がちょくちょくあり、私はあの国にまつわる謎のいくつかに答えを見出していた。私がまだ若かった一九七〇年代、スウェーデン人の二つの名前が世界中で燦然《さんぜん》と輝いていた。テニス選手のビョルン・ボルグとABBA《アバ》だ。私はアバの音楽が大好きだったし、ビョルン・ボルグにも舌を巻いていた。自宅のテレビで彼の試合を何度も観戦したものだ。私はボルグとアバの成功が得意でならなかった。それは取りも直さず、私が彼らと同じスウェーデン人と親しく付き合っていたからだ。だが当のスウェーデン人たちの反応には首を傾《かし》げざるをえなかった。アバのレコードが世界中で聴かれているというのに、ボルグがライバルたちを次々に撃破しているというのに、コンゴで暮らすスウェーデン人たちには大喜びをしている様子は見られなかった。興奮して大騒ぎをすることもなく、彼ら特有のいつもの落ち着いた物腰で、「そりゃ、よかった」と口にするのがせいぜいだった。なぜそんな国民性をしているのだろう。はっきりとしたことはわからないが、よく耳にした説明が「長い冬の寒さと暗闇が、感情をあまり表に出さない彼らの気質を培った」というものだ。

私はいま、ウメオ大学の名誉博士の称号を得ている。ウメオは典型的なスウェーデンの町で、冬が延々と続く。何カ月ものあいだ町は大量の雪にすっぽり覆われ、気温は摂氏マイナス二五度、午後二時には日が暮れる……。そんな町を実際に訪れれば、スウェーデン人の気質がリアルに理解されようというものだ。

だが、コンゴ人がスウェーデンの町を訪れるチャンスはめったにない。だから必然的に、「さっぱりわけがわからない」という状況が生まれてしまう。数年前にスウェーデンに滞在したときのエピソードをお話ししよう。私はそのとき、病院のコンゴ人同僚、エステルと一緒だった。私たちはストックホルムの地下鉄に乗ることになり、ホームで数分ほど列車が来るのを待っていた。エステルはベンチに座って待つことにした。ベンチはいくつかあったが、彼女はすでに人が座っていた唯一のベンチに腰かけた。

「ハロー」隣に座っているスウェーデン人にほほえんで声をかけた。

相手はすぐに反応した。いぶかしげにエステルの顔をじっと見つめると、立ち上がり、少し離れた場所にある誰もいないベンチに移動したのだ。エステルがびっくりして傷ついたような顔をしたので、私はスウェーデンではそういうものなのだと説明した。人は自分の空間《テリトリー》を大切にする。ほかに空いているベンチがあれば、そちらに座ったほうがいい。無人のベンチがあるのにわざわざ隣に座るのは、何か下心があるように思われるのだと。

コンゴではまったく逆だ。公共の場所で誰かが座っているベンチが空いている場合、隣に座らないで別のベンチを選べば、それは侮辱とも受け取られかねない。アフリカ人にとっては他者との交流と会話が社会生活を彩っている。孤独を求めるのは、北欧とは違って特別な行為なのだ……。

＊

最近、パンジ病院の会計をつぶさに調べられた。実に不愉快な経験だった。会計監査に先立ち、パンジ病院への出資機関の一つであるスウェーデン国際開発協力庁が、病院を所有するアフリカ中部ペンテコステ派教会共同体（CEPAC）に対する支払いをすべて〝凍結〟した。病院で不正がおこなわれているという噂が流れたためだ。

噂はブカヴの町をあっという間に駆けめぐる。噂の中身は、私が不正に私腹を肥やしているというものだった。疑いのまなざしが向けられたのは、私が授かったさまざまな賞の賞金と各種組織からの支援金の使い途《みち》だ。それらは病院の特別なプロジェクトを実施するのに使用した。だが巷では、私がそのお金で高級車を何台も買い、豪勢に暮らしているとささやかれていた。そんな根も葉もない噂を流すのは私のことを知らない人たちに違いない。そう言い切れるのは、自分が質素な暮らしを送っていると断言できるからだ。食事にしても、日ごろよく言っているように私は一日二食と決めていて、それ以上食べることはない。

コンゴでは文章を読むことは多くの国民にとって拷問だ。文字を読める人たちでさえも口伝えの伝統を大切にする。そのため、書かれた文章はないがしろにされ、口頭で伝えられた言葉が重んじられる。

私が最初に授かった賞は国連人権賞だった。ブカヴでは当時、私が賞金として五〇〇万ドルを受け取ったという噂が駆けめぐった。実際にはこの賞に賞金はなく、得られるのは名誉だけだったのだが。

「パンジ病院のような組織のトップに君臨しているのだから貧しいわけがない。病院五軒分に相当する資産を持っているはずだ」そんなことを吹聴した人もいた。もらった賞金の行き先について疑念の余地はまったくない。賞金はすべてパンジ病院の予算に組み入れられ、コンゴの人々の苦しみをやわらげることに使われている。そうしたお金を自分の懐に入れるなど頭をよぎったこともない。なにしろ病院は資金不足で青息吐息なのだ。病院の機材は少なくともその大半は中古品で、しかも開業からしばらく経つため、かなり年季が入りはじめている。買い替えか、追加購入をする必要があるのだ。しかも、よからぬ噂が流れた時期には新しいレントゲン室を建設中で、しかも最新型のCTスキャナを購入したばかりだった。そのような設備の充実化は、授かった賞金を当てなければ到底できない芸当だった。

パンジ病院は一九九九年から二〇〇二年にかけて建設された。戦争のさなかだったので、病院建設には私たちの周囲からも多くの疑問の声があがった。「正気の沙汰とは思えない！」そんな声も聞こえてきたが、逆にそれが前へ進むきっかけになったのだと思う。このプロジェクトを無謀だと見なした人すべてを見返してやろうと思ったのだ。人生には信仰、いや、あるいは少なくとも希望が必要で、それがあれば山をも動かすことができる……。

病院の必要性は誰もが認めていた。だが同時に私たちは、このプロジェクトが人々の心に希望の光を灯《とも》すことも望んでいた。病院の建設工事が始まったのを目にした住民は、戦争がじきに終わると考えるはずだから。「ムクウェゲ先生は顔が広い。近々戦争が終わるという情報を握っているからこそ工事に踏み切ったのだろう。戦争が長引くとわかっていたら、病院建設に取りかかるはずがない……」

だが、私たちもほかの人と同様、先行きについてはまったくわからなかった。いつ平和が戻ってくるのか見当もつかなかった。それでも、緊張が極度に高まっていたあの時期、人々に幻想を抱かせる必要があった。希望がなければ人は品性を失い、野蛮へと堕《お》ちていく恐れがある……。

工事と並行して私たちは治療を続けた。銃声を耳にしながらの仕事で、病院のすぐそばで戦闘が繰り広げられているのはわかっていた。施設内に兵士が入り込み、女性患者をベッドから引きずり出して連れ去る事件も何度かあった。悲しいかな、その後彼女たちを目にすることはなかった。

病院の建設費は一四〇万ドル近くにのぼった。スウェーデンが国際開発協力庁を通じて一〇〇万ドルを出資し、残りはスウェーデンの開発援助NGO〈レーカミショーネン〉が負担した。私は横領や不正を疑われることは戦争と同じぐらい深刻な脅威になると自覚していたので、建設工事が続いている何カ月ものあいだ毎晩セメント袋を数えた。日中に使われた袋と残っている袋の数を足して、総数が合っているか確認しようとしたのだ。その結果、工事中セメントはひと袋たりとも紛失していないと断言できるし、それを少なからず誇りに思っている。

だが、パンジ病院で不正がおこなわれているらしいという噂は依然として巷でささやかれていた。そしてそれを知ったスウェーデンの国際開発協力庁が会計監査員二名をブカヴに派遣した。彼らは微に入り細を穿《うが》って調べた。それがすむと今度はベルギーとイギリスの監査事務所の番だった。そうして一年のあいだに私たちは都合八回の会計監査を受けることになった。だが不正は一つも見つからず、じきにスウェーデンの資金供与が再開された。

その後ほどなくして会計監査を担当したストックホルムの専門家から連絡があり、スポーツイベントを開催して病院のために募金を呼びかけたところ、一万五、〇〇〇ドル相当が集まったと知らされた。

もちろんうれしい驚きだった。だがそれ以上に、これは一種の罪滅ぼしなのかと勘ぐった。その一万五、〇〇〇ドルを通じてさらに多くの女性が産科フィスチュラの手術を受け、人生の意味を取り戻すことになった。

26

州知事、教会の聖歌隊、病院スタッフ数名、そして私。それが一九九八年七月二七日に開催した定礎式に集まったメンバーだ。その日、敷地に礎《いしずえ》の石を置いた。その石の上に、いつか病院が築かれることを私もスタッフも祈らずにはいられなかった。

戦争が迫っていることは歴然としていたので、私は定礎式をなるべく早期に開催するため各方面をせっついた。州知事にはこう訴えた。

「明日にでもお願いします。もう一日も待てません」

州知事には何がなんでも出席してもらう必要があった。セレモニーにおおやけのお墨付きを与えることになるだけでなく、当日、書類一式にまとめて署名してもらえるからだ。

病院の建設予定地として白羽の矢が立ったのは、ブカヴ市内南部のパンジ地区だった。パンジ地区は近年人口がどんどん増加する一方で、住民は公共サービスの欠如に苦しんでいた。

私はこの地区の妊婦をめぐる状況について関係者たちに警告を発していた。帝王切開が必要になるなど難産の場合、妊婦は町の反対側、一〇キロほど離れた総合病院まで行かなければならなかった。総合病院に向かう妊婦たちの前には、この一〇キロという距離に加え、治安上の措置から生まれた数々の障害が立ちはだかっていた。なにしろ通りという通りの角には検問所が設けられ、兵士が通行を妨げているのだ。検問所の通過に手こずり、出血多量で命を落とした妊婦も何人かいた。

そのような現実に衝撃を受けたことが、パンジ地区にテント式診療所を整備しようと思い立ったきっかけだ。診療所があれば地区内で女性を手当てできる。少し前に私はすでにパンジ地区の別の場所に土地を購入していた。だが、危険地帯のすぐそばに位置していたため専門家に相談すると、「あそこは絶対にやめたほうがいい」と異口同音に言われた。「病院を建てるのにふさわしい場所じゃありませんよ」と。

そこで私は市当局に、ほかの土地を用立ててもらえないかと頼んだ。だがその直後、嬉しい偶然が重なって、私の雇用主であるアフリカ中部ペンテコステ派教会共同体（ＣＥＰＡＣ）がベルギー人入植者一家の所有地を購入したという知らせを受けた。地所には廃墟となりかけた植民地時代の屋敷が二軒建っていた。

国際連合児童基金（ユニセフ）が必要な機材、つまりテント式診療所の供与を約束していた。だが、ヨーロッパから送られてきた診療所のセットは到着直後に盗まれてしまい、プロジェクトは悲しい結末を迎えた……。

戦争の危機が迫っており、病院建設にはことごとく赤信号が灯《とも》っていた。だが私は取りあえず定礎式を開催しようと決め、市長と州知事に出席するよう圧力をかけた。テント式診療所を設けるプロジェクトが頓挫《とんざ》したあと、将来的に利用価値のあるあの土地をあのまま何もせずに放置すれば、誰かに奪われてしまうだろう。広さと立地を踏まえると、病院の建設はじゅうぶん可能だ……。そうして具体的な計画もないまま定礎式の日を迎えた。地区の住民が興味津々で見つめる中、州知事がスピーチし、聖歌隊がその美しい歌声で集まった人々を魅了したあと、敷地に礎石が置かれて式は無事に終了した。

私は土地の証書をしかと握りしめながら、大きく安堵のため息をついた。その一週間後、第二次コンゴ戦争が始まり、ブカヴはふたたび爆撃の脅威にさらされた。

州知事が定礎式に出席して書類に署名しなければ、おそらく軍人か誰かにあの土地を奪い取られ、病院建設の夢は永遠に夢のままで終わっていただろう。

あのときコンゴ東部を襲った一連の出来事は、一九九四年の大虐殺《ジェノサイド》でその頂点に達したルワンダの長い民族紛争の連鎖反応にすぎない。ルワンダの大虐殺は一九九四年四月六日夜から七日にかけて始まった。フツ系住民の過激派たちが標的にしたのはツチ系住民すべてだったが、穏健派のフツも殺戮《さつりく》の対象となった。

状況はみるみる悪化し、人道上の危機が発生した。ＣＥＰＡＣはルワンダの兄弟組織、つまりノルウェー人宣教師たちがＣＥＰＡＣと同時期に設立したアフリカペンテコステ派自由教会共同体（ＣＥＬＰＡ）と協力し、ブカヴの南二五キロの場所でツチ系住民を収容する難民キャンプを運営した。

ツチ系反政府勢力が首都キガリを制圧するまで、ルワンダでは地獄の日々が三カ月続いた。そして今度はフツ系住民が難民となり、数十万人規模でザイール（コンゴ）国内になだれ込んできた。まるで国全体が丸ごと移動してきたかのように軍隊、行政機構、統治体制がそのままザイールに持ち込まれた。さらに、国境沿いに設けられた難民キャンプでは犯罪行為が横行した。そうした行為に手を染める者の多くはルワンダでの大虐殺の実行者で、彼らは人道支援物資をごっそり横取りし、恐怖で人々を支配した。と同時に、報復の準備を整えた。

以上がコンゴ東部を蹂躙《じゅうりん》した世界最悪の紛争を引き起こしたおもな要因だ。ルワンダに住むツチは、ザイール国内のフツの難民キャンプで不穏な動きがあることを察知してザイール国内での工作活動を開始し、ついに攻撃に出た。レメラ病院の襲撃事件が戦争の始まりとなった。そのときブカヴに足止めされていた私は、前述したようにやがて車のトランクに隠れて町を脱出することになる。

ブカヴを脱出した私はミッション・アヴィエーション・フェローシップ（ＭＡＦ）が手配した飛行機に家族とともに乗り、国の北部へ移動した。そしてそこからケニアのナイロビまで飛び、コンゴを襲った新たな危機の最新情勢を伝えるために記者会見に臨んだ。私はその後すぐにコンゴに舞い戻り、ブカヴを出た大量の避難民に関する報告書をまとめた。避難民の群れはブカヴから七〇〇キロ離れた北部の町、キサンガニを目指していた。食料も飲料水もないきわめて厳しい状況の中、街道にはわれ先に逃げようとする五〇万人以上の避難民がひしめいていた。安全な場所へ逃れようとして死に直面しているその群衆の中には妻の両親もいるはずだった。

だが、二人の正確な居場所はつかめなかった。やがて義父母を見かけたという人たちに会い、私たち家族はいくらか安心した。義父母はブカヴを出て一カ月後、ようやくキサンガニに到着した。だがその試練は義父の心と身体に深い爪痕を残した。義父はナイロビに一年間滞在し、さまざまな治療を受けたが完治しなかった。そして避難民となったこの出来事から二年後に亡くなった。

当初、ブカヴからの避難民に緊急支援の手は届かなかった。ザイール当局が一切の人道支援活動を拒んだからだ。避難民の半数以上がルワンダのフツ系住民だというのがその理由で、「支援が欲しいのなら自国に帰れ」というのが当局の立場だった。

それに対して私は「人道的な見地に立って問題に対処しなければならない」と考え、飛行機でキンシャサへ飛び、国の指導者たちを説得しようと思い立った。そして運輸大臣と首相に会い、避難民のうち二五万人はコンゴ人であることを強調し、「国民を見殺しにするわけにはいきません！」と迫った。国の指導者たちは最終的に支援活動をおこなうことを了承した。

ノルウェーが食料を積んだ飛行機を現地に送り込み、ユニセフは水を配った。この緊急支援活動で多くの命が救われたことは間違いない。だがその一方で、無事に目的地までたどり着けずに命を失った人がいったい何人いただろう。正確な数はわからないが、ローラン＝デジレ・カビラが指揮する反政府軍が猛追し、多くの避難民を殺害したことは確かだ。

現場で働いている人すべてがそうであったように、私も一瞬一瞬が命がけだった。私は三度発砲された。さらに一度、〝うっかりミス〟で殺されそうになった。私が乗り込んだセスナ機をコンゴ国軍の兵士が敵機と勘違いしたのだ。飛行機の識別マークが相手に見えるようにパイロットがセスナ機の向きを変えるまでのあいだ攻撃は続いた。

この時期ずっと私と家族はナイロビに住んでいて、ブカヴに戻ったのはモブツが失脚し、〝平和〟が戻ったあとだった。だが、平穏な日々はほんのわずかのあいだしか続かなかった。大統領の座に就いたローラン＝デジレ・カビラが、それまで協力関係にあったルワンダおよびウガンダと敵対するようになったのだ。

ふたたび戦争が始まり、私は家族とともにふたたびケニアに避難しなければならなくなった。ケニアに滞在中、ノルウェーの教会の緊急援助隊に「スーダン南部にあるバハル・アル・ガザールで医療コーディネーターとして働かないか」と打診された。当時スーダン南部では激しい内戦が繰り広げられていた。私はその仕事を引き受け、テント式診療施設の責任者を務めることになった。

だが、現地へ向かおうとするたびになぜか問題が起こり、出発できなくなった。そのたびに心の声が私に、「違う、おまえの場所はあそこではない。あそこに行ってはならない」とささやいた。スーダンに行けない理由は、席を予約した飛行機が急に欠航になる、戦闘が激しくなって足止めされる、などさまざまだった。

予約した四便が相次いで欠航したあと、私はあきらめの境地に入った。そんなときスヴェイン・ハウスヴェェッツから電話をもらい、「ペンテコステ派宣教団からブカヴの支援ニーズを特定する仕事を任されたので一緒に行かないか」と誘われたので同行することにした。

コンゴ東部の情勢は混乱をきわめているように思われた。ブカヴとその周辺部はルワンダの部隊に占領されていて、深刻な状況だと認めないわけにはいかなかった。だが、まさかわが身に災難が待ち受けているとは思わなかった。調査を終えてナイロビに戻ろうとすると、国境で出国を拒まれたのだ。

「あんたを国外に出すなと言われている。ここにいろ」将校は言った。

かくして私はブカヴに囚われの身となった……。この試練は二年間続いた。足を踏み入れてもよい場所と悪い場所を細かく指示されたほか、将校一人に張りつかれ、行動をすべて監視された。私はこの〝守護天使〟をあの手この手で欺《あざむ》こうとした。同じ場所に長くとどまらないよう心がけ、友人宅を泊まり歩きながら。

数カ月後、家族をケニアから呼び寄せて一緒に暮らすことを許された。だが、私に対する監視の目は少しも緩《ゆる》まなかったのでつねに精神的圧力にさらされ、大きなストレスを感じた。夜中に「おたくの玄関先に病人がいる」という電話で起こされたこともある。急患の電話がかかってきたときにいつもするように、私は無料診療所に行くようアドバイスした。だが翌日、急患が来たかどうか診療所に確かめると、「誰も来ませんでしたよ」と言われた。誰かが夜中に私を屋外におびき出そうとしたのは間違いない。いったいなんのために？　答えは永遠に得られないだろうが、見当はつく……。

混乱にあったこの時期、私はパンジ地区に診療施設をつくるというプロジェクトにふたたび取り組むことにした。当局がCEPACの土地であることを正式に認めたあの場所に。私はペンテコステ派宣教団に、敷地に建っている植民地時代の二軒の屋敷を修繕することを提案した。

修繕工事は一九九九年春に着手され、数カ月後には病院として体裁が整った。患者第一号は六人の兵士に強姦され、左腿を撃たれた女性だった。手術は同僚のフィンランド人医師、ヴェイッコ・レニニカイネンが担当した。複雑な傷で手術は何時間にもわたり、一〇回も輸血しなければならなかった――と書けば、どのくらいひどい状態だったか想像がつくだろう……。

翌朝、私とヴェイッコがこの気の毒な女性の容態を確認するため病室へ行くと、なぜか入院患者の数が増えていた。夜勤の看護師二人によれば、夜のあいだに妊婦が三人やってきて出産をすませたらしい。三人はそれぞれ新生児と一緒にベッドで休んでいた。

住民に病院の開業を正式に知らせたわけではない。だが彼らは、白衣を着た人が庭を歩きまわっているのを見て、「あそこに行けば治療が受けられる」と思ったらしい。修繕した古い屋敷はそうしていつの間にか病院として機能しはじめた。すぐに四方八方から患者が押し寄せ、列をつくるようになった。患者たちは建物の入り口に置いてあった板材――修繕工事の余り物――に腰掛けて診察を待った。食べ物持参でやってくる人も多かった。そのためのちのち、この〝屋外待合室〟を突っ切る道が立派なアボカドの木々に縁取られることになった。アボカドの木の植栽は私たちの計画にはなかったし、もちろん植えた覚えもない。診察を待つ患者が投げ捨てたアボカドの種が芽を出し、大きく育ったのだ……。

その後、病院を拡大するプロジェクトがすぐに具体化した。私はスウェーデンから支援が約束されるとすぐに知り合いの建築家と契約し、どんな病院をつくりたいのか自分の希望を伝えた。それを踏まえて病院の建物が少しずつ出来上がっていき、修繕した屋敷で最初の手術をしてからちょうど三年後、病院は正式に開業した。病院建設に協力したすべての人が誇りに思ったはずだ。すばらしい成果、まさに共同作業の賜物だった。

だが、施設に問題がなかったわけではない。私の思いからすれば、肉体的にも精神的にも苦しんでいる性暴力被害女性専用の病棟が欠けていた。

そうした病棟を設ける必要性を私はすでに各所で説いていた。まずはコンゴ国内で、次いで国外、たとえば訪問先のヨーロッパの国々で。だが、私の意見に耳を傾けてもらうのにこれほど苦労するとは思わなかった。〝性暴力〟を語ることがまるで不快な行為であるかのような反応を受け、この言葉を口にした途端、人々が目をそらすような気がした。

出口が見えないまま数年が過ぎた。だが歳月とともに国際世論もようやく、コンゴ東部に暮らす女性が前代未聞の途方もない悪夢を味わっていることを理解した。これほど深刻な惨状を呈している場所はほかにはない。また、性暴力がこれほど多発したことも、これほど残虐性をきわめたこともない。メディアもこの問題に目を向け、きちんと取り上げるようになった。そしてそれと時を同じくして、欧州委員会人道援助・市民保護総局（ＥＣＨＯ）が性暴力被害女性専用病棟の建設に対する支援を決定した。

かくして計画は始動し、二〇〇四年一月、病棟が完成した。パンジ病院が治療した性暴力被害者の数は、最初の患者を手術した一九九九年から一五年のあいだに四万二、〇〇〇人にのぼった。毎日平均七人の女性が病院にやってくる。彼女たちは一回、ないしは複数回のレイプを受けている。現在、被害者の数は減少傾向にあり、極端に残虐なケースも少なくなったが、それでもまだまだ多い。

病院を訪れる性暴力被害女性が一人でもいるかぎり、私は怒りの声をあげつづけるつもりだ。

エピローグ

ブカヴの自宅で五人組の男に襲撃されてからおよそ四年が経った。前述したように、あの事件は私と家族に大きな衝撃を与えた。

私たちが普通の暮らしを取り戻したと言えたならどんなによかっただろう。だが、残念ながらそうではない。襲撃事件のあと、私と家族は短期間海外で亡命生活を送ったあとブカヴに戻った。そしてそれ以来ずっと、厳重に監視されたパンジ病院の敷地内で暮らしている。仕事は支障なくこなしているが、移動するときはそれが病院内であっても重装備の国連兵士に警護されている。

そのような状況は私や家族だけでなく、患者やスタッフにとっても負担だ。病院は休息の場であり、暴力を連想させるものすべてが排除された中立地帯でなければならない。

パンジ病院から出られる時期もあったが、そんな時にもいつもボディガードが必要だった。かつて日曜日には教会へ行き、母の家に立ち寄り、町で開かれているさまざまな集会や会議に参加したものだ。だがそれは過去の話だ。具体的な脅威がまだはっきり感じられるからだ。状況が悪化した時期を断言することもできる。二〇一四年末にストラスブールでサハロフ賞を受賞したときだ。

欧州議会から与えられるサハロフ賞は思想の自由を守るためのもので、この栄誉ある賞に輝いたことを私は大変誇りに思っている。それまで授かった数々の賞の中でもこれは特別だ。何しろ七五一人の欧州議会議員に代表される二八カ国が満場一致で私にこの賞を授けたのだから。つまり欧州連合（ＥＵ）二八カ国が、私とパンジ病院のスタッフによる性暴力被害女性への治療活動と野蛮な性暴力に対する闘いを支持したのだ。

私はこの賞を授かったことを、きわめて意義深い承認のしるしと受け止めている。

だがなんと皮肉なことだろう！　サハロフ賞が表現の自由を讃えるものなのに、わが国の一部の人々は賞の主旨に逆らう行動に出た……。

コンゴのメディアが私のサハロフ賞の受賞を報じることはなかった。さらに同時期、パンジ病院は役所のいやがらせを受け、銀行口座が凍結された。そのため患者に治療と食事を提供できなくなり、病院スタッフの給料も払えなくなった。ストラスブールからブカヴに戻るとすぐに、私を脅迫したり罵倒《ばとう》したりする電話やメールや郵便物が殺到した。そうしたいやがらせは以前からあり、いまやすっかり慣れていたので、驚きや憤慨といった反応は過去のものだった。だが、今度ばかりはトーンが違っていた。激しい調子で脅されただけでなく、その内容が非常にリアルで具体的だったのだ。

その少しあと、私の警護担当者のもとにある情報が届けられた。その内容をここで明かすわけにはいかないが、それでもそれは二〇一二年に自宅で襲われたあの事件とよく似た複数の綿密な襲撃計画にまつわるものだったことだけは伝えておこう。もちろん私は背筋を凍らせた。だがその一方で安堵もした。なぜなら、それらの計画が失敗に終わったのは結局、私と病院の安全を守っている警備チームがきちんと仕事をしていることを意味するからだ。

それでも私がかつてないほど危険にさらされていることに変わりはなく、外国に赴く場合をのぞき、病院の敷地から出ることはできない。外国に行くときはいつもかなり前から予定が組まれ、空港までがっちりガードしてもらうことになる。

だが、そんな監獄にいるような暮らしがいったいいつまで続くのだろう。私の唯一の希望の光は次の大統領選挙と国会議員選挙だ。選挙がすべて公正に進められ、政府が憲法に違反しないよう願うしかない。

憲法では大統領の三選は認められていない。法律ははっきりそう明記しており、ジョゼフ・カビラは大統領の地位をほかの人に譲り渡さなければならない。だが彼がかならずそうすると私たちは言い切れるだろうか。

いや、それは難しい。すでに大統領の支持者たちの一部が、憲法をないがしろにしようとする動きを見せている。憲法が軽んじられるような事態が起こらないことを私は切に願っている。そうでなければコンゴがふたたび暴力と対立の泥沼にはまる悲惨な状況になりかねない。

コンゴにはこの国が進むべき新しい道を示せる人物がいるはずだ。そして国民の多くも新しい道を——つまり〝変化〟を——望んでいる。だが、新しい政治を目指す人々が自分たちのプロジェクトを最後まで推し進めることははたして可能なのか。コンゴのように貧しく広大な国で選挙活動をおこなうのは容易ではなく、権力を持つ者——あるいは権力の周辺にいる者——が有利に選挙戦を進めることになる。彼らはどんな奥地にも移動できるし、飢えた国民に途方もない空約束をすることにもやぶさかではない。一票と引き換えにコカ・コーラや新鮮な魚をばらまくこともできる。徒手空拳で参戦した者にははじめから負けが決まっているのだ……。

だが国の方向性を変えたいと望むなら、物事の流れを変えなければならない。私の願いはコンゴ国民が自由に指導者を選べるようになることだ。さらには、権力をカネで買い、権力を握ったとたん社会に対する義務を忘れてしまうような政治屋に国民が愚弄《ぐろう》されないようになることだ。

私は医師で、統治の不具合を示す指標のあれこれにはなじみがある。その実例を日々目にしてもいる。私と同僚の医師たちにできるのは性暴力被害女性たちに手術と治療を施し、彼女たちを自宅に帰すことだ。だが、彼女たちが時を置かずしてまた同じような傷を受け、病院に舞い戻ってくることもしばしばだ。私と同僚の医師たちは身体の傷は治せても、私たちの社会を蝕《むしば》む性暴力という病害の前にはなすすべがない。この国を治療するには、あなた方すべての力が必要なのだ。

どうしたら性暴力をなくすことができるのだろう？　あるいは少なくともその数を減らすことができるのか？　その点について私は何年ものあいだわが国の指導者たちと話し合いを試みた。だが彼らはこちらの呼びかけに応えなかっただけでなく、もっと始末の悪いことに、自分たちにとってそれは問題ですらないことを私にわからせようとした。問題に目をつぶり否認するばかりでは、打開策は見つからない。加えて指導者たちはみずからの責任を放棄することで、国民の信頼を裏切り、コンゴ東部で起きている犯罪の片棒を担いでいる。

私と同僚たちはけっして孤軍奮闘しているわけではない。それはわかっている。私たちの闘いは世界に支持されている。それでも私は、変革はわが国の内部から生まれなければならないと考えている。この問題を解決する手立てを見出すのは実際のところ、私たちコンゴ人でなければならないのだから。

私は望みを捨ててはいない。この国の状況を変えられると信じている。変化は足もとから、それぞれのコミュニティから生まれなければならない。そしてそのあと、変化の波がうねりとなって頂にまで達するのだ。コンゴ東部を疲弊させている紛争や野蛮でむごたらしい暴力はけっして運命づけられたものではない。腐敗や鉱物資源の違法取引も然《しか》り。それらに終止符を打つことはできる。そこへ至るには部分的な解決策や特別な協定などが必要となるとはかぎらない。より全体的な動き――つまり国民の一致団結した取り組み、心の革命、考え方《メンタリティ》の変革が必要なのだ。国民を導く明確なビジョンをそなえた指導者たちも。そのビジョンは道徳と倫理の価値にもとづくものでなければならない。さらに指導者たちは、ひとえに国民の幸せを追求し、壊滅的な状況からこの国をよみがえらせなければならない。そんなシナリオを信じる人は考えが甘いのか？　いや、そうは思わない。その証拠に、かつて問題に苦しみながらも現在は繁栄し、統治がうまく機能している国がいくつかあるからだ。

私は次の選挙が待ち遠しくてならない。選挙結果は私にとっても、私の家族の未来にとっても決定的な影響をおよぼすだろう。指導者が変われば、私たちの望みどおり少なくとも病院での〝幽閉生活〟からは解放され、普通の暮らしを取り戻せるはずだ。
だが私が何よりも望むのは、女性たちを苦しめるこの性暴力の問題に対して新しい指導者が当事者意識を持ち、状況を大きく改善させることだ。残虐行為は一つ残らずやめさせなければならない。そして地域のコミュニティで女性たちがふたたび安心して暮らせるように心を砕かなければならない。彼女たちが誇りを取り戻し、それを通じて国民全体も誇りを取り戻せるように。その日が来るまで、たとえ人生を危険にさらしても、私は闘う。その日が来るのを見届けること。それが私の何よりの願いだ……。

二〇一六年五月　コンゴ民主共和国　ブカヴにて

年表

一九五五年

三月一日、コンゴ東部、ブカヴで生まれる。誕生直後に深刻な感染症にかかるが、スウェーデン人女性教師の奔走で一命を取りとめる。

一九六〇年

六月三〇日、コンゴ独立。人々が歓喜する中、私はなぜ大勢の白人があわててブカヴを発つのかわからなかった。

一九六一年

初代首相パトリス・ルムンバが殺害される。この混乱の時期、父が警察署に連行されて尋問を受け、危ういところで死を免れる。

一九六三年

大人になったら〈ムガンガ〉、つまり〝白衣を着て薬を配る人〟になると決める。

一九六四年

反政府勢力による大規模な蜂起が発生する。家族や知人たちと逃げる際、父の教会の前で無差別殺戮《さつりく》を目撃する。

一九六五〜六六年

軍事クーデターを通じてモブツが権力を掌握する。前政府の閣僚四人に死刑が宣告され、公開処刑される。絞首刑の写真に衝撃を受ける。

一九六七年

傭兵部隊がブカヴを攻撃。自宅に砲弾が落ち、たまたま私の部屋にいた若者二人が命を落とす。私は暴力を恐れて田舎に逃れていたので無事だった。

一九七一年

モブツ大統領が〈真正化政策〉を開始する。服装が変えられ、コンゴの国名も〈ザイール〉に変更された。さらに西洋風の名前が禁止されたため、母は私の名を〝忘れられない人〟を意味する〈ムケンゲレ〉に変えた。

一九七四年

中等教育を終える。大学で医学を学ぶつもりだったが、当局よりエンジニアを養成する工学部に振り分けられる。

一九七七年

ブルンジの首都ブジュンブラで念願の医学生となる。裕福な卸売商、カボイ家の娘マペンド（マドレーヌ）と初めて出会う。

一九八〇年

マドレーヌと結婚。ブジュンブラの小さな家で暮らしはじめる。

一九八一年

困難な状況下で長男のアランが誕生する。

一九八三年

学業を終え、レメラ病院に勤務する。

一九八四年

産婦人科医になるためフランスに留学。経済的に困窮するが、福引で車が当たったおかげで窮地を脱する。

一九八九年

キヴ州の山間部に住む女性たちの出産をケアするためにザイールに帰国。

一九九一年

地域の情勢不安を理由に宣教団のメンバーたちが国外に退避、レメラ病院の責任を任される。

一九九二年

レメラ病院の医師兼院長に正式に任命される。モブツ政権が行き詰まり、暴力が蔓延《まんえん》する。

一九九四年

地元住民が私とレメラ病院の一部のスタッフを追い出す。ルワンダ大虐殺《ジェノサイド》発生。大虐殺のあと、ルワンダからザイール東部に数十万のフツ系住民が難民として押し寄せる。

一九九六年

レメラ病院への襲撃を端緒に〈第一次コンゴ戦争〉が始まる（～一九九七）。病院襲撃事件では多くの患者とスタッフ数名が殺害される。事情によりたまたま病院を留守にしていた私は奇跡的に殺戮を免れる。その後、大規模な人道支援活動に取り組む。約五〇万人がブカヴを逃れてキサンガニを目指す。

一九九七年

反政府軍を指揮していたローラン＝デジレ・カビラが首都キンシャサに入り、権力を掌握。レメラ病院の虐殺事件の責任者でもあるカビラがわが国の大統領に就任する。国名、ふたたび〈コンゴ民主共和国〉となる。

一九九八年

〈第二次コンゴ戦争〉勃発（～二〇〇三）。家族とケニアに逃れる。仕事で短期間ブカヴに戻ったあと、出国を阻まれる。ブカヴに〝囚われの身〟となり、つねに当局に監視される。

一九九九年

植民地時代に建てられた二軒の屋敷を修繕しパンジ病院が誕生、九月に診察が始まる。妊婦のケアを専門にするつもりだったが、残虐な性暴力が地域に蔓延《まんえん》するという新しい事態に直面したため、被害女性の治療に力を入れることにする。

二〇〇一年

カビラ大統領が暗殺される。その後、息子のジョゼフ・カビラが大統領に就任。病院建設と並行して患者に手術や治療を施す。

二〇〇二年

初めてパンジ病院で外科手術をおこなってからちょうど三年後、病院が正式に開業する。

二〇〇四年

ブカヴがふたたび攻撃される。攻撃はジュール・ムテブチとローラン・ンクンダが率いる部隊によるもので、女性数百人が強姦される。私設診療所が銃撃されるが、友人のおかげで難を逃れる。

二〇〇六年

独立以来初めてとなる民主的選挙が実施される。国連総会で演説する。世界各国の大使が集まる中、唯一、わが国の代表だけは欠席する。

二〇〇八年

国連人権賞を受賞する。

二〇〇九年

オロフ・パルメ賞を受賞する。

二〇一〇年

ジョゼフ・カビラが初めてパンジ病院を訪れる（最初で最後の訪問）。孫同然だった10代の子二人が国境検問所で殺害され、家族一同、悲しみに暮れる。

二〇一一年

ニューヨーク滞在中、政府の要人に脅迫される。クリントン・グローバル・シチズン賞を受賞する。

二〇一二年

見知らぬ五人組に自宅の庭で殺されかける。警察はまったく捜査せず、家族とともに国を離れることにする。

二〇一三年

短期間、ヨーロッパとアメリカで亡命生活を送ったあと、ブカヴに戻る。身の安全を図るため、病院の敷地内に住むことを余儀なくされる。秋、フランスへ赴き、ジャック・シラク財団賞受賞。その後スウェーデンで〈第二のノーベル賞〉とも言われるライト・ライブリフッド賞を受賞する。

二〇一四年

八月初め、オバマ大統領（当時）の招きでマドレーヌとともにワシントンD.C.を訪問。ホワイトハウスで開催された晩餐会に出席、アフリカの四六人の大統領と顔を合わせる。一一月、ストラスブールで欧州議会よりサハロフ賞を授かる。

二〇一六年

日本の支援団体〈コンゴの性暴力と紛争を考える会〉の企画で初訪日を果たす。ソウル平和賞を受賞する。

二〇一八年

ノーベル平和賞を受賞する。

訳者あとがき

本書はコンゴ民主共和国の産婦人科医、デニ・ムクウェゲ氏の自伝『Plaidoyer pour la vie（命の擁護）』（l'Archipel 社刊、二〇一六年）の全訳である。ムクウェゲ医師は二〇一八年、イラクの少数派ヤジディ教徒の人権活動家、ナディア・ムラド氏とともにノーベル平和賞に輝いた。「戦争や武力紛争の武器としての性暴力の撲滅を目指す取り組み」が評価されての受賞である。

ムクウェゲ医師はこの二〇年来、紛争が続くコンゴ東部で性暴力被害女性の支援に取り組んできた。同医師が設立したコンゴ東部にあるブカヴのパンジ病院で治療を受けた被害女性は実に四万二、〇〇〇人以上。しかもその多くが、レイプだけでなく女性器を徹底的に傷つけられる凄惨《せいさん》な暴力を受けているという。

この問題の背後には当地ならではの複雑な民族・部族間の対立と、紛争の資金源となる鉱物資源の支配権をめぐる武装勢力間の抗争があり、鉱山周辺にある村々を恐怖で制圧するための安上がりな手段として性暴力が組織的かつ大々的に用いられているとされている。

本書はまず、このコンゴ東部の性暴力の実態と背景を教えてくれるという点で意義深い。と同時に、コンゴ民主共和国（旧ザイール共和国）というおそらく一般の日本人にはなじみの薄いアフリカの国の近・現代史を垣間《かいま》見せてくれる点でも貴重だろう。そこで浮き彫りになるのは、世界屈指の資源大国でありながら、その資源が国を豊かにするどころか、つねに災いの種となってきた同国の悲劇的な歩みだ。それは腐敗した支配者の統治の失敗によるものであると同時に、植民地時代から続く資源をめぐる先進諸国の身勝手な振る舞いがもたらしたものでもある。古くは天然ゴム、そして銅と続き、現代では電子機器に用いられるコルタンなど……。先進諸国はその時々の産業界の需要に応じてこの国の資源をいいように利用してきた。私たち日本人も、電子機器に欠かせない紛争鉱物を輸入することでこの地の紛争に加担してきたことをもっと自覚すべきだろう。

他方、自伝である本書はムクウェゲ医師の考え方や人生哲学に触れる絶好の書ともなっている。印象的なのは、キリスト教の信仰が同医師の人格形成に大きな役割を果たしていることだ。現代社会において宗教は憎悪や対立を生み出す要因、古い因習や頑迷さの象徴として否定的にとらえられる場面も多い。だが本書は、つねに死と隣り合わせの場所では宗教が安心を得るための手段となっていることや、ムクウェゲ医師の揺るぎない信念や命がけの活動が信仰に支えられていることを伝えていて興味深い。

本書の読みどころとしてはもう一つ、ムクウェゲ医師の特異な人生そのものが挙げられるだろう。ここでわざわざ〝特異な〟と形容するのは、同医師の人生は絶体絶命のピンチを奇跡的に逃れたエピソードに彩られているからだ。ほかにも福引の大当たりなど、不思議な偶然にも事欠かない。あまりにもいろいろあるので、本人が主張するように、やはりムクウェゲ医師には天から授けられた使命があり、同医師がそれを果たせるように何か特別な力が働いているのではないかと思えてくるほどだ。だがその一方で、ムクウェゲ医師の人間的な魅力が同医師を数々の困難から救ってきたという側面も否《いな》めないのではないか。「他者と分かち合わない人生など意味がない」と語る同医師は、つねに他者を思いやり、心の通った濃密な人間関係を築いてきたのだろう。だからこそ窮地に立たされたとき、手助けしてくれる人、文字通り身を挺して救おうとしてくれる人があらわれたのだ。二〇一二年に自宅で襲撃されたあと家族で国外に避難したときも、コンゴ東部の女性たちが果物などを売り、同医師の帰国のための飛行機代を捻出する活動を展開したという。

ムクウェゲ医師が現地の女性たちにどれほど慕われているか、その絆の深さがうかがえるのが同医師の活動を追ったドキュメンタリー映画『女を修理する男』（二〇一五年、ベルギー制作）だ。この作品は同医師の取り組みを日本で精力的に支援している〈コンゴの性暴力と紛争を考える会〉が字幕をつけて日本語版を制作、ＤＶＤが発売されているほか、各地で上映会が開催されているので、未見の方は機会があればぜひご覧いただきたい。文字では伝えきれない映像ならではの迫力で、コンゴの惨状および現地の人々の悲しみや苦悩のほか、命の危険を顧みずに奮闘するムクウェゲ医師、笑顔を忘れず前向きに生きようと懸命に努力する被害女性、武装勢力が跋扈《ばっこ》するなか加害者の処罰を求めて活動する勇気ある人々の姿を伝えている。

さて、陰に陽にジョゼフ・カビラ政権から脅しと圧力を受けつづけたムクウェゲ医師が「唯一の希望の光」と語っていた大統領選挙がようやく二〇一八年一二月末に実施された（カビラ大統領は二〇一六年一二月の任期満了後も留任、二〇一八年八月に腹心のシャダリ前副首相を後継に指名したうえでの選挙だった）。選挙は混乱し、結果をめぐって対立が激化したが、野党候補のフェリックス・チセケディ氏の当選が確定、二〇一九年一月末に平和的な政権交代が実現した。新大統領は就任宣誓のなかで、人権を尊重する新たな時代を約束したとのこと。これを機にコンゴの性暴力や紛争資源の問題が解決へと向かうよう、ムクウェゲ医師のノーベル賞受賞で高まった国際社会の同国への関心を今後も維持し、必要があれば声をあげていくことが求められるだろう。本書を通じて同国の性暴力問題への理解と関心が深まり、ムクウェゲ医師の取り組みに対する支援の輪が広がれば嬉しく思う。

最後に、さまざまなご助言をくださった株式会社リベルの山本知子さん、北欧の固有名詞の表記についてお手伝いいただいた下倉亮一さんに心からの謝意を捧げます。

二〇一九年三月

加藤かおり

すべては救済のために　デニ・ムクウェゲ自伝

2019年4月15日　初版発行

著者　デニ・ムクウェゲ
ベッティル・オーケルンド
訳者　加藤かおり
発行者　山浦真一
発行所　あすなろ書房
〒162-0041 東京都新宿区早稲田鶴巻町551-4
電話 03-3203-3350（代表）
印刷所　佐久印刷所
製本所　ナショナル製本

ISBN978-4-7515-2935-5　NDC956　Printed in Japan